Vera

José Falero

Vera

todavia

*Para Dalva Maria Soares,
que me comprou na planta.
Te amo, Preta.*

I

Avizinhavam-se as eleições municipais: o nome Andrea Bianchi voltava à baila nas vilas da Lomba do Pinheiro. Era impressionante, e até certo ponto inexplicável, a fé que a população do bairro teimava em depositar na vereadora apesar de ela ter sumido por exatos quatro anos, logo após eleger-se pela primeira vez, reaparecendo apenas agora, como quem não quer nada e sem apresentar o menor sinal de vergonha, para de novo encher os ouvidos de todo mundo com discursos e promessas. Havia marcado um pequeno comício para o dia seguinte, um sábado, no campo de futebol da vila Viçosa; em torno disso girava o assunto sobre o qual Fátima, Rose, Jurema e Vera conversavam, com alguma consciência de causa, inclusive, já que as quatro tinham filhos pequenos e a campanha de Andrea Bianchi, desta vez, focava justamente no problema da ausência de creches na região.

— Vai ser o quê?, o terceiro mandato dela? — perguntou Fátima, espremendo os olhos por efeito daquela curiosidade súbita, como se assim pudesse enxergar melhor o passado.

— Negativo — respondeu Rose, cuja memória quase nunca era apanhada desprevenida. — Vai ser o segundo.

— Isso se ela conseguir se eleger — observou Jurema, inclinando a cabeça com certo ceticismo.

— Ah, mas se elege, sim, minha filha — garantiu Vera, já ficando sem fôlego, a exemplo das suas interlocutoras. E em seguida, com o pouco ar que lhe restava, fez questão de praguejar pausadamente, verbalizando o sentimento de todas: — Lomba nojenta!

Era com a pressa do trabalhador atrasado — refogada no mais profundo rancor — que as quatro vizinhas escalavam a rua Guaíba para pegar um ônibus qualquer na estrada João de Oliveira Remião. O Dez Para as Sete as havia deixado na mão, isto é, a linha 398.4 PINHEIRO VIÇOSA, que passava por ali e lhes teria poupado a cruel subida a pé, descumprira o horário das dez para as sete da manhã. Diga-se de passagem, no entanto, que a falta estava longe de provocar surpresa; aquele tipo de transtorno matinal já tinha fama nas redondezas, e a frequência com que se dava havia até feito com que muitos dos que costumavam sair naquele horário desistissem de vez de esperar o ônibus no ponto em frente à praça da vila; esses, em sua maioria jovens cheios de energia, passaram a sair dos becos e ir logo subindo a Guaíba, toda santa manhã, como se o famigerado Dez Para as Sete simplesmente não existisse. Mas Fátima, Rose, Jurema e Vera, em cujas pernas já havia se instalado o cansaço permanente da meia-idade, prefeririam compor o grupo que nunca deixou de contar com o ônibus, e agora viam-se de novo obrigadas a caminhar até a estrada, entre outros quinze ou vinte trabalhadores igualmente atrasados e indignados.

— Eu acho que quem inventou que o paraíso é lá em cima e que o inferno é lá embaixo ia ter pensado o contrário se morasse aqui.

— Pois é, guria! Olha, se a Andrea Bianchi prometer que vai fazer essa bosta desse *Dez Para as Sete* passar todo dia, sem falta e sem atraso, já tem o meu voto.

— O problema é que aquela mulher só fala bonito. Ô mulherzinha pra falar bonito! Lembra da outra eleição? Ela passou ali na Vilinha, lembra? E apontava as rua, e toda indignada, e dizia que aquilo era uma vergonha, e que ia fazer uma lei, e que o prefeito ia ser obrigado a asfaltar tudo, e que não sei mais o quê. Aí eu te pergunto: asfaltaro as rua da Vilinha?

— Prometer é uma coisa; *meter* mesmo é outra — brincou Fátima, tomando o cuidado de falar muito baixinho para não ser ouvida por um grupo de trabalhadores homens que também subiam a rua, logo à frente delas.

— Despudorada! — disse Jurema, rindo.

— É, mas vocês quer saber de uma coisa? Eu vou votar na Andrea Bianchi — confessou Vera. — Não que eu morra de amor por ela, claro. Deus que me perdoe, mas só esse sobrenome dela já me dá nos nervo. — Ia passar para outro ponto logo após esse comentário; porém, como as amigas acharam graça, preferiu quebrar a linha de raciocínio e falar mais sobre o seu incômodo, em tom jocoso: — Juro, juro, me dá nos nervo, esse sobrenome. Andrea *Bianchi*. Ah, vai pro inferno! Parece nome de vilã de novela ruim, não parece? E o pior é que vicia. Tô falando sério! Pode prestar atenção: a gente nem consegue dizer simplesmente "Andrea", porque o maldito "*Bianchi*" vai saindo da boca sem a gente querer.

— Mas como tu é palhaça, Vera! — queixou-se Rose, aos risos. — Diz logo por que tu vai votar nela.

— É verdade, desculpa, me empolguei, me empolguei. Ah, sei lá, é que esse projeto dela das creche parece que é bom. Eu ia gostar de ter onde deixar o Van pra não ter que ficar toda hora incomodando a Lúcia ou a mãe pra cuidar dele.

2

O Van a quem Vera se referia era Vanderson, o seu filho, e não lhe ocorreu que o menino, às vésperas de completar quatro anos, provavelmente já teria ultrapassado a idade de creche muito antes que Andrea Bianchi tivesse tempo de cumprir as suas novas promessas (se é que as cumpriria algum dia). Na verdade, o ideal para o menino, e para Vera também, assim como para muitas outras mães e muitos outros filhos, era que já houvesse na região, naquele exato instante, uma pré-escola em tempo integral, de preferência gratuita; mas, bem, aquela era uma vila que nem sequer tinha nome, espremida entre as vilas Viçosa e Nova São Carlos, no coração da Lomba do Pinheiro, extremo leste de Porto Alegre, onde nem mesmo o saneamento básico havia chegado ainda. O que desembarcara tinha sido um circo, cujo acampamento achava-se instalado não muito longe dali, no pátio da quadra da Mocidade Independente da Lomba do Pinheiro. E era com ele, com o circo, que o filho de Vera sonhava agora, encolhido em posição fetal na cama de Lúcia, uma das suas tias maternas, enquanto ela passava café, com o humor já meio estragado pela presença da criança. Na maior parte das vezes o arranjo era este: antes de sair para o trabalho, Vera deixava o menino ali, pois as suas outras irmãs, Ivone e Maria, também trabalhavam regularmente, ao contrário de Lúcia, que, sem emprego fixo, só conseguia fazer umas poucas faxinas ao longo do ano. E nessas raras ocasiões em que a irmã desempregada, momentaneamente ocupada com um biscate, não estava disponível para cuidar do seu filho, Vera via-se obrigada a recorrer à mãe, dona Helena, que era aposentada, o que lhe agradava ainda menos do que deixar o menino com Lúcia, apesar de a idosa ter muito mais boa vontade do que ela, porque dona Helena já cuidava de João e Ronaldo, os filhos de Ivone. Naquele pátio, a única mulher-feita livre de ambos os incômodos — o de deixar o filho com alguém e o de cuidar do filho de alguém — era Maria, cuja unigênita, Camila, já tinha idade para ficar sozinha, embora ainda não fosse adulta.

Os becos da vila haviam sido batizados de acordo com os nomes das mulheres que, por uma razão ou outra, tiveram as suas figuras associadas a eles ao longo da história. O Beco da Dona Delci, por exemplo, era chamado assim porque ali aconteciam escândalos e tumultos recorrentes, sempre promovidos ou pelo menos protagonizados por dona Delci, uma senhora de gênio explosivo e violento que trazia nas entranhas a perigosa combinação de energia e revolta. Já o Beco da Dona Helena tinha esse nome justamente em homenagem à mãe de Vera, não por temperamento tempestuoso, uma vez que dona Helena era a serenidade em pessoa, e sim pela qualidade de moradora mais antiga da viela, havendo sido ela própria quem, num passado do qual poucos podiam se lembrar, desmatara e limpara toda aquela vasta área, reservando um canto para si e vendendo todo o resto em lotes separados. Tinham sido tempos difíceis, aqueles, e dona Helena nem mesmo pudera se dar ao luxo de habitar as melhores partes do terreno, às margens da Guaíba, pois eram justamente essas porções que lhe rendiam um pouco mais de dinheiro; ademais, se fixasse residência lá no fundo, como de fato viera a fixar, seria, como de fato viera a ser, a dona do pátio mais próximo ao matagal, de modo que, no futuro, caso as coisas voltassem a piorar, teria novamente a oportunidade de derrubar árvores, queimar arbustos e lotear a maior área que desse conta de limpar para, enfim, vender tudo. Felizmente, nunca mais fora necessário. Dona Helena arranjara um emprego que se atreveria a chamar de "bom", como cozinheira na casa de uma família que se atreveria a chamar de "rica", e lá trabalhara até se aposentar. Somados os dois períodos — o do mato e o da cozinha —, foram três casamentos, que lhe renderam quatro filhas e nenhum marido. E ainda hoje era lá, no último pátio do beco, à beira de um mar de árvores, que a idosa vivia, com a diferença de que o seu lote, outrora muito mais espaçoso, agora continha não apenas a sua casa, mas também outras quatro, nas quais moravam as suas filhas e os seus netos, incluindo Vanderson, ou Van, ou Vanzinho.

Vanderson nunca tinha estado em um circo; era, portanto, a sua imaginação, muito mais do que a sua memória, que ia dando forma à atmosfera onírica ao seu redor. Havia muita gente, muita alegria, muitas luzes. E este último detalhe talvez tenha sido o motivo pelo qual o menino experimentou um estranhamento inédito ao dar por si na habitual escuridão melancólica da casa de Lúcia. Com o avanço da manhã e o consequente aumento da temperatura, o cobertor tornara-se desconfortável, de modo que tratou de livrar-se dele, ao mesmo tempo que se perguntava, já totalmente desperto, a razão de a tia jamais abrir as janelas. Era a primeiríssima vez que pensava a esse respeito, não obstante as inúmeras manhãs e tardes desperdiçadas naquela masmorra de ar pesado e cheiro estranho.

O pátio tinha uns quinze metros de frente por uns trinta de profundidade, e a casa de Lúcia era a última das cinco, ficando lá no fundo à direita. Também na parte posterior do terreno, embora à esquerda, achava-se, sobre duas pilhas de tijolos maciços meio limosos, algo que não raro causava contendas por ali: o único tanque de lavar roupas disponível, que toda a família compartilhava. No centro do lote, disputavam espaço a residência de Ivone, à esquerda, e a de Maria, à direita, uma com a porta de entrada rigorosamente de frente para a da outra, de maneira que não havia como duas pessoas saírem ao mesmo tempo uma de cada casa. Tal configuração também era motivo de contendas; estas, no entanto, muito menos frequentes do que as do tanque, ainda que eventualmente mais inflamadas. Uma vez, por exemplo, Ivone trocara farpas graúdas com Maria ao descobrir que a irmã batera nos seus filhos, João e Ronaldo, por eles haverem jogado pedras na filha dela, Camila, que, segundo os meninos, teria varrido a sujeira da sua casa diretamente para dentro da deles, através das portas abertas; fora o suficiente para que Ivone, João e Ronaldo, de um lado, e Maria e Camila, do outro, passassem meses sem se falar. Na época, dona Helena chegara a comentar, com muita razão, que um episódio como aquele não teria sido possível na parte da frente do pátio, porque tanto a sua casa, à esquerda, como a de Vera, à direita, tinham a fachada devidamente voltada para o beco, de modo que a entrada de uma não atrapalhava a da outra, paralelas como eram entre si. Mas isso não significa, claro, que nenhum tipo de contenda se originava por ali. De vez em quando os ânimos também se exaltavam, sim, no terço frontal do terreno, quase sempre por causa do banheiro da casa da matriarca, que, a exemplo do tanque, também era o único disponível para toda a família. Banheiro esse, inclusive, que havia sido construído do lado de fora da residência, em anexo, o que levara o pequeno Vanderson a sugerir, certa vez, com a mesma empolgação de quem inventa a roda:

— Vó, e se o banheiro ficasse dentro da casa da senhora? Não ia ser melhor? Daí, nos dia de chuva, a senhora não ia precisar se molhar pra fazer xixi ou cocô.

A perspicácia do menino, contudo, embora deveras surpreendente para a sua idade, ainda não lhe permitia notar que o sorriso esboçado pela idosa denotava alguma amargura.

— Pois é, Vanzinho. Acontece que quem mandou fazer a casa foi os patrão da vó. Talvez eles achasse que a vó não merecia ter um banheiro dentro de casa.

3

E era remoendo mágoas como essa, ou às vezes embalando-se em lembranças melhores, ou então absorta em preocupações que tinham mais a ver com o presente do que com o passado, era dessa forma ensimesmada que, toda manhã, antes de o sol transpor o zênite e vir acabar com as sombras sossegadas do pátio, e antes ainda que Ronaldo acordasse e João chegasse da escola para juntos acabarem de vez com o doce silêncio da casa, era assim que dona Helena costumava escancarar a porta da residência e sentar-se por ali, as nádegas mirradas na soleira, as pernas varicosas para o lado de fora, os pés rachados sobre as pedras grés da escadinha, as mãos calejadas trabalhando em uma nova peça de crochê, o rádio a pilha de um lado, o copo de cachaça do outro. Hoje não foi diferente, a não ser pela presença demorada de Lúcia, que, depois de passar o café, tinha vindo bebericá-lo em pé ao lado da mãe, ombro escorado na quina onde as paredes da casa se encontravam. Queria ajuda para comprar beterrabas, e dona Helena já havia concordado em ajudar; mesmo assim ela permanecia ali, sorvendo sem pressa o café, comentando amenidades de vez em quando, disputando a atenção da idosa com o radialista. Forçada, então, a desistir tanto das notícias matinais quanto dos próprios pensamentos, dona Helena soltou um suspiro longo e resignado, perguntando em seguida:

— Vanzinho dorme?

— Graças a Deus! — respondeu a filha, arregalando os olhos e fazendo o sinal da cruz, como quem escapa de uma tragédia. — Porque dormindo é um anjo, aquela peste.

Eis aí um dos motivos pelos quais Lúcia não tinha lá muitos amigos: o seu azedume perpétuo, do qual não escapavam nem mesmo as crianças, parecia condicionar-lhe a língua a uma espécie de maledicência viciosa. Incapaz de tecer boas palavras a respeito de alguém, e ademais pouco disposta a perdoar a existência de quem quer que fosse, a mulher não precisava de mais do que uma simples menção a qualquer pessoa para de pronto torcer os beiços e franzir a testa, e o seu aborrecimento parecia particularmente maior quando a pessoa mencionada era o sobrinho, quase como se a figura de Vanderson simbolizasse um tipo de afronta indesculpável.

— Ora, ora, ora, não fala assim do Vanzinho lindo da vó, tão bonitinho que ele é — sorriu a idosa, com a mesma voz mimosa que costumava empregar ao conversar com o neto.

— Tá bom, mãe, tá bom! — impacientou-se Lúcia. — Eu vou é lavar roupa, que eu ganho mais. Quando o seu Sebastião chegar, então, tu me avisa?

— Pode deixar.

Se dona Helena soubesse que bastava falar no neto para que a filha fosse cuidar da vida, é possível que o tivesse feito antes; mas não sabia, e aparentemente atribuiu a sorte de se ver de novo sozinha e em paz às nuvens, pois foi para elas que lançou um sorriso cheio de gratidão, embora vazio de dentes, enquanto Lúcia se afastava em direção aos fundos do pátio. Largou a agulha de crochê por um momento, tomou um pequeno gole de cachaça e pôs-se a cantarolar um samba antigo, que nos últimos dias não lhe saía da cabeça ("E o seu pranto, ó, triste senhora, vai molhar o deserto"). Ao mesmo tempo, contudo, aumentou um pouco o volume do rádio. Algo no noticiário parecia ter o efeito de relaxá-la, por mais sanguinolentas que fossem as notícias.

Hoje fazia cinco dias desde a ocasião em que dona Helena preparara bifes de fígado acebolados para o almoço de domingo, notando, depois, o desaparecimento de um deles. Ivone e Maria logo concluíram que ela devia ter se enganado com o número de fatias, ao passo que Vera, confiando nas contas da idosa, não conseguira formular qualquer hipótese. Para Lúcia, porém, não havia engano e muito menos mistério: uma vez que a mãe passava os dias com a porta e as janelas escancaradas, argumentara, um dos malditos gatos da vizinha devia ter adentrado a casa e surrupiado o bife faltante. E como pensava assim até agora, era olhando atentamente pelos cantos do pátio que a mulher o atravessava, com uma roleta de maldades a girar dentro da cabeça para sortear o que faria caso deitasse os olhos em um dos bichanos. O que viu quando já estava a poucos passos de casa, entretanto, não era um gato, ainda que lhe inspirasse aversão equivalente: nu em pelo, imóvel e silencioso à entrada da sua residência, parecendo um anão de jardim, Vanderson a observava com curiosidade.

— O que a senhora tá procurando, tia Lu?
— Nada.
— A senhora tava na vó?
— Tava.
— O Jô já veio da escolinha?
— Não.
— O Naldo já acordou?
— Não.

A experiência do pequeno neste mundo era ainda quase nula, mas a dureza do convívio com Lúcia se encarregara de acelerar alguns processos, de maneira que ele já havia desenvolvido, por exemplo, intuição suficiente para ter medo de fazer muitas perguntas seguidas à tia. Ainda assim, porém, arriscou uma quinta:

— Tem mamá?

A mulher comprimiu os lábios e abanou a cabeça, sem conseguir disfarçar de todo a satisfação em ter algo desagradável para dizer ao sobrinho.

— Tua mãe não deixou leite hoje. Então é limonada, se quiser e gostar. — Esperou resposta por um momento, mas o menino não tinha captado a intenção de pergunta. — Quer ou não quer, praga? Diz logo, que eu não tenho o dia todo.

— Quero — aceitou Vanderson, entre tristonho e assustado, enquanto a tia passava para dentro da casa com o peso dos passos acrescido pela má vontade.

4

Acontece que todos os mantimentos de Lúcia aproximavam-se do fim, incluindo os limões, que, aliás, normalmente não faltavam por ali. E não faltavam porque vinham do exuberante limoeiro que havia no pomar do terreno ao lado, cuja proprietária autorizava qualquer um a colher quantas frutas quisesse. Nos últimos dias, contudo, Lúcia não queria saber de nada que viesse dali, e assim seria por um bom tempo, talvez para sempre, pois o terreno ao lado, o pomar, as frutas, tudo pertencia a Nair, que também era a dona dos gatos contra os quais ela vinha tramando sem nenhuma possibilidade de perdão. Não haveria mais limões, portanto, e usar os últimos de que ainda dispunha no desjejum do sobrinho significava abrir mão da limonada que costumava tomar com gosto antes de dormir, o que a fez hesitar por uns instantes. Mas, por fim decidindo que não podia deixar a criança de estômago vazio, deu de mão nos limões e numa faca e se pôs a cortá-los.

— Buceta!

Vanderson não compreendia por que a tia de vez em quando gritava daquela maneira, mas achava melhor afastar-se em tais ocasiões e por isso voltou para o quarto, com a intenção de esperar a limonada deitado na cama. Nem bem entrou no cômodo, entretanto, algo capturou a sua atenção: no alto do guarda-roupa, coberta de pó e teias de aranha, jazia esquecida uma caixa de papelão desbeiçada; grande, para as impressões do menino, porém pequena para a quantidade de coisas depositada nela; metade das bugigangas escapava dos seus limites, compondo um monte tão desequilibrado que não se podia entender como tudo aquilo nunca despencara lá de cima. Mas os olhos de Vanderson haviam se fixado em um objeto em particular: um quadro antigo cuja metade superior despontava enviesada do meio da bagunça, com a face voltada para baixo, de modo que se podia ver a figura ali representada: um homem bochechudo, de sobrancelhas grossas e ar sisudo. Então, enquanto encarava o rosto desconhecido, enquanto era engolido pela própria curiosidade, o menino experimentou, mais uma vez, o único prazer que conseguia extrair das estadas naquela casa repleta de quinquilharias por todos os cantos: o de fazer descobertas extraordinárias.

Mesmo um coração irremediavelmente embrutecido como o de Lúcia não pode evitar bons sentimentos de vez em quando. Ao entrar no quarto, já com a mamadeira de limonada na mão e ainda pensando nos derradeiros bagaços de limão atirados à lixeira, ela deu com a imagem imaculada de Vanderson bem ali, parada, esquecida de tudo, mãozinhas às costas, os dedos minúsculos movendo-se distraídos, a cabeça voltada para o alto, os olhos cravados no retrato. Quase lhe aconteceu um sorriso. No fundo, lamentava não ser capaz de doçuras com a criança.

— Sabe quem é? — perguntou, espanando o próprio espírito com um suspiro para livrar-se de um princípio de remorso.

— Quem é? — disse vivamente o menino, como quem aceita um desafio divertido.

— É o seu Sebastião.

— Ah, nem é nada! — sorriu ele, aparentemente entendendo que a tia tentava enganá-lo.

— É, sim. Só que ele tá bem mais novo nesse quadro. Ó a tua limonada.

Vanderson pegou a mamadeira com as duas mãos e tornou a olhar para o quadro, com curiosidade redobrada; e assim permaneceu por longo tempo, analisando aquela figura a partir da nova perspectiva possibilitada pelo fato de agora saber de quem se tratava. A tia o convencera totalmente, isto é, ele já não duvidava mais de que aquele fosse mesmo seu Sebastião, mas era-lhe muito difícil o exercício de imaginação necessário para compatibilizar o moço do quadro, que entre outros diferenciais apresentava uma cabeleira volumosa, com o idoso da carroça, que jamais retirava o chapelão de palha, a não ser brevemente, para enxugar com um pano o suor da careca.

O menino não demorou a dar-se conta de que fazia alguns dias que não via seu Sebastião e imaginou que talvez hoje tornasse a vê-lo. Empolgado, então, com a ideia de lhe perguntar o que acontecera com o seu cabelo, tornou a deitar-se no colchão carcomido de Lúcia, com a barriga para cima, os joelhos dobrados e os ouvidos atentos, enquanto ia mamando a limonada. Escoou-se, no entanto, o que lhe pareceu toda uma eternidade sem que escutasse o que esperava. Foi só muito depois de largar a mamadeira já esvaziada sobre o criado-mudo e mudar várias vezes de posição na cama que enfim ouviu, muito ao longe, o grito familiar que vinha anunciar o final de todas as manhãs e que supunha ser capaz de atravessar qualquer distância:

— Verdureeeiro!

De pronto saltou da cama e correu para fora da casa, onde a essa altura tudo já brilhava à luminosidade implacável do sol. Encontrou Lúcia vergada sobre o tanque, lavando roupas e desmanchando-se em suor, indiferente aos pássaros, às cigarras, às árvores, ao céu, enfim, incapaz de reparar nos encantos que a rodeavam. E tampouco ele teve sentidos para tanto, naquele momento, porque mal podia com o peso da informação que trazia na ponta da língua.

— Tia Lu, tia Lu, tia Lu!
— Que é, pentelho?
— O seu Sebastião chegou!

Ela interrompeu o trabalho e olhou para o menino.

— Como tu sabe?
— Eu ouvi: "Verdureeeiro!".
— Tem certeza?

Vanderson fez que sim com a cabeça, precipitando-se a perguntar:

— Será que a vó vai lá hoje?
— Vai, sim. E eu também vou, inclusive — disse a tia, abandonando a peça que esfregava até aquele momento, secando as mãos no vestido e dando meia-volta para se encaminhar à casa de dona Helena.
— Posso ir junto?
— Pode.
— Oba!

Como se não fosse estar ao lado da mãe dentro de poucos segundos, dali mesmo Lúcia resolveu avisar, aos berros, as mãos em concha ao redor da boca, enquanto cruzava o pátio com o sobrinho saltitante nos seus calcanhares:

— Mãe, o seu Sebastião chegou! Ouviu, mãe?! O seu Sebastião chegou! Mãe! Mãe! — Não havendo qualquer resposta por parte da idosa, que naquele momento só tinha ouvidos para o rádio, estalou os beiços e resmungou: — Véia surda!

5

Vanderson experimentava a vida com a impressão permanente de que havia muitos mundos, um a envolver o outro como as camadas de uma cebola. Não que fosse colocar a coisa nesses termos caso convidado a explicá-la, claro; aquilo não passava de uma espécie de intuição difusa, ainda que jamais se dissipasse de todo, sobre a qual nunca lhe ocorrera sequer pensar minimamente. A casa de Lúcia, por exemplo, parecia-lhe todo um mundo completo em si mesmo, cheio de segredos e particularidades que ele não conseguia decifrar; saindo-se porta afora, contudo, havia um outro mundo muito mais amplo e por isso mesmo muito mais misterioso, isto é, o pátio da família, no qual a residência da tia estava inserida; e o próprio pátio, por sua vez, também era apenas uma pequena fração de um mundo ainda mais vasto e enigmático, composto dos vários outros pátios recheados das várias outras casas que cercavam ambos os lados do beco ao longo de toda a sua extensão. Não era à toa, portanto, a emoção borbulhando dentro do menino por poder acompanhar a avó e a tia naquela aventura: iam os três pela viela, a cada passo deixando familiaridades para trás e aproximando-se das estranhezas do mundo mais externo conhecido por Vanderson; o mundo que ele visitava com menor frequência; o mundo que mais lhe tirava o fôlego; o mundo que, na sua opinião, devia englobar absolutamente tudo o que existia: o mundo asfaltado da rua Guaíba.

— O que tu vai pegar, mãe? — quis saber Lúcia.

— Só banana — disse dona Helena. No momento seguinte, porém, imaginou que a economia da resposta talvez inibisse a filha e por isso apressou-se a acrescentar: — Mas tu pode pegar o que tu quiser, minha filha. Viu? Não tem problema nenhum. Quando tu puder, tu me paga.

— Pois é justamente porque depois eu vou ter que pagar que não vou querer um monte de coisa. Só as beterraba mesmo.

— Eu gosto muito de batata, tia Lu — atreveu-se a comentar Vanderson, que era a principal vítima das refeições cometidas pela tia.

— Mas é beterraba, se quiser e gostar — rebateu Lúcia prontamente. — Ora, ora, "eu gosto muito de batata, tia Lu". Mas era só o que me faltava.

Como de costume, a carroça de seu Sebastião achava-se estacionada junto aos maricás da praça da vila, cujas copas eram muito mais volumosas do que densas e por isso não bloqueavam bem os raios de sol. Apesar de ralas, entretanto, as sombras daquele par de árvores pareciam boas o suficiente, não apenas para o verdureiro e para o seu cavalo, mas também para os dois rapazes que naquele momento fumavam maconha debaixo delas, sentados no banco da praça e imersos em uma conversa que de longe se adivinhava muito divertida, a julgar pelo tanto que riam.

— Ah, mas deixa de ser mentiroso! — protestou um deles.

— Mentiroso é o meu pau escandaloso! — rimou o outro, em resposta.

— Ei! — repreendeu seu Sebastião. — Olha a boca suja, que tem mulher e criança chegando aqui.

Os rapazes pararam de rir e esticaram o pescoço para ver que, de fato, do outro lado da carroça acabavam de chegar Vanderson, Lúcia e dona Helena.

— Eu vou fingir que nem ouvi isso que tu disse, Davi — falou a idosa, muito séria.

— Foi mal, dona Helena — desculpou-se o jovem, encabulado. — Eu não vi que a senhora tava aí.

Assim como também não viu que um carro da polícia vinha descendo a Guaíba devagar, silencioso, sorrateiro, como uma serpente. Quem percebeu a aproximação foi o seu amigo, que na mesma hora pôs-se de pé com um sobressalto, atirou o cigarro de maconha no chão e saiu correndo para os fundos da praça.

— Ué, que é isso, Diego? Onde é que tu vai, mano?

Davi só se deu conta do que estava acontecendo quando a viatura acelerou bruscamente para invadir a praça, freando logo em seguida e abrindo as portas. Dois policiais saltaram para fora, os revólveres já em punho, estendidos à frente, apontados para o nariz do rapaz.

— Pro chão, filho da puta, pro chão!

Ele obedeceu de pronto, deitando-se no saibro da praça com a barriga para baixo e colocando as mãos atrás da cabeça, o pavor consumindo-o por dentro. E deu um gritinho, mais de susto do que de dor, quando sentiu um dos policiais apoiar o joelho nas suas costas, agarrando-lhe o pescoço por trás e colocando o cano da arma na sua orelha, enquanto o outro corria em paralelo à cancha de bocha, indo ao encalço de Diego e gritando para que ele parasse de correr. Mas os gritos aparentemente foram ignorados, porque não demorou a soar um disparo nos fundos da praça, seguido de mais outros três, alguns segundos depois.

Seu Sebastião, as mãos pateticamente enganchadas na lateral da carroça, esquecidas de que ajeitariam as caixas de frutas, verduras e legumes, analisava imóvel a cena, o rosto petrificado por baixo do chapelão de palha; dona Helena, por sua vez, parecia à beira de um ataque cardíaco, os olhos arregalados, a boca murcha repetindo "o que é isso, meu Deus do céu?" num sussurro de espanto; e Lúcia, sem se dar conta, havia pegado

Vanderson no colo e o envelopado num abraço apertado, dando as costas para o acontecimento mas acompanhando-o com a cabeça virada, olhando por cima do ombro, o corpo maciço interposto entre a criança e o perigo. Esse, inclusive, era um pormenor que ficaria registrado para sempre na memória do menino: o inesperado abraço da tia ("Vem cá, Vanderson!"), a pele quente e grudenta do seu pescoço roçando-lhe a bochecha, o cheiro ardido do sovaco dela, idêntico ao do sovaco da sua mãe: um cheiro que durante muito tempo ele associaria à ideia de carinho, antes de aprender com o mundo que devia considerá-lo desagradável.

6

Quando o policial voltou dos fundos da praça, o seu colega terminava de submeter Davi a uma revista severa e dolorosa.

— E aí? Pegou o outro?

— Não. Pulou a cerca. Fugiu.

O desespero não turvou totalmente o raciocínio do rapaz imobilizado. Cuspindo a terra que havia grudado na ponta da sua língua e tentando posicionar a cabeça de modo a não machucar ainda mais a bochecha no saibro, Davi gostou de ouvir que o amigo escapara; mas essa singela alegria não durou muito, pois quase no mesmo instante calculou que a frustração dos policiais se reverteria num acréscimo à hostilidade agora direcionada exclusivamente contra ele. Talvez fosse melhor que Diego não tivesse conseguido fugir, pensou. Antes tivesse sido capturado e estivesse agora ao seu lado, para que ambos pudessem dividir meio a meio aquele momento amargo.

— Por que o teu amiguinho fugiu, seu bosta?

— Não sei, seu.

— Ah, não sabe, é?

— Olha só o que que eu achei aqui! — disse o policial que tinha corrido atrás de Diego, recolhendo do chão o cigarro de maconha ainda fumegante. — E isso aqui, de quem é? Também não sabe?

— Não sei, seu.

O triunfo de um suposto bem sobre um suposto mal costuma vir acompanhado de sadismo, e não podia ser mais evidente que cada segundo daquela situação proporcionava enorme prazer aos homens de farda. Já não restava nas suas maneiras qualquer vestígio de interesse protocolar; era como se a humilhação e o sofrimento do jovem sob o seu poder lhes saciassem algum tipo de fome profunda. Sem pressa, pois sorriam e trocavam olhares e abanavam a cabeça e demoravam-se em cada gesto, aproveitando ao máximo o sabor das circunstâncias.

— Ele tá sem documento?

O policial que havia imobilizado e revistado Davi fez que sim com a cabeça; o outro, então, ampliou o sorriso e abaixou-se junto ao rapaz, coçando uma região do pescoço que não necessitava ser coçada.

— Olha aqui, meu jovem — começou a dizer, simulando com exagero um ar pensativo. Mas não pôde prosseguir, porque nesse momento uma frigideira, arremessada a curta distância, atingiu-lhe em cheio o topo da cabeça, por trás, produzindo um ruído metálico seco.

— Mas então tô louca, então, que vão abusar do meu neto!

Com agilidade e vigor impensáveis para uma figura tão repleta de rugas, dona Delci surgira do nada, pegando os policiais desprevenidos. E não satisfeita em acertar a panela em um deles, no momento seguinte empurrou o outro, fazendo-o cambalear brevemente.

— Ei, ei, ei, senhora!

— "Ei, ei, ei" é um caralho! Este guri aqui foi tu quem pariu, por acaso?

A aparição alvoroçada da idosa terminou por conferir contornos ainda mais dramáticos à cena; àquela altura, qualquer um apostaria que uma tragédia seria o único desfecho possível. No entanto, ao precipitar-se para tal conclusão, o observador estaria enganado. Porque, para a felicidade de todos, o acaso apresentava bom humor naquele dia, e uma série de atenuantes contribuiu para que os apuros não se transformassem em desgraça. A condição mais decisiva de todas, sem dúvida, foi a obviedade de que dona Delci nem de longe representava ameaça significativa, muito menos depois de Davi erguer-se do chão para segurá-la pela cintura, impedindo que avançasse contra os policiais; e outra sorte importante foi o peso quase inexistente da frigideira, que não causara o mínimo de dor ao atingido. De qualquer modo, mesmo com a situação totalmente sob controle, os homens de farda seguiam a bater boca com a velhinha, sem deixar de lhe apontar os revólveres, o que em determinado momento a fez bradar:

— Dois machão, né?! Olha aí, minha gente, dois machão! Mas acontece que de arma na mão até eu sou machão!

Atacados na sua masculinidade, por fim eles trataram de guardar os revólveres, balançando a cabeça e deixando-se cair num silêncio de constrangimento maldisfarçado.

— Podemo ir, seu? — aproveitou para perguntar Davi, súplice.

— Vai, vai, vai, leva essa véia louca daqui, pelo amor de Deus!

Impelida, então, pelo neto, dona Delci atravessou a Guaíba e enveredou pelo seu beco, sem parar de gritar por um segundo sequer.

— Ora! O que tão pensando?! Eu sou filha de Bará!

7

Os policiais entraram na viatura e foram embora, as nuvens voltaram a se movimentar, o verde das plantas se restabeleceu. Mas o acontecimento tinha sido pesado demais para uma manhã tranquila como aquela, de modo que todos precisavam de um tempo para digeri-lo; por essa razão, os vizinhos mostravam-se pouco dispostos a sair das janelas ao redor, onde haviam se empoleirado para bisbilhotar. Ao mesmo tempo, para o profundo aborrecimento de Lúcia, dona Helena e seu Sebastião começaram a desenrolar uma conversa espinhosa; uma conversa que Vanderson, já devolvido ao chão, não conseguia compreender muito bem.

— É nisso que dá ficar fumando essas porcaria por aí — resumiu o verdureiro, as mãos finalmente ajeitando as caixas de frutas, verduras e legumes. — E os pai desses guri, onde é que anda? Isso é o que eu queria saber.

— Mas tu não tem nem vergonha de fazer uma pergunta dessa na minha frente? — quis saber dona Helena, parecendo ultrajada.

— E por que eu ia ter vergonha? Até onde eu me lembro, foi tu que não me quis por perto.

— Claro, porque eu precisava era de um marido, e não de outra criança pra criar.

— Puta que me pariu, mãe! — protestou Lúcia. — Tinha que tocar nesse assunto comigo aqui?

Ignorando a filha, a idosa prosseguiu:

— Tu por acaso pensa que eu vou me esquecer, Tião? Hein? Eu lá, ralando naquele mato, me acabando naquele mato...

— "Cortando as árvore a machado e facão" — adivinhou seu Sebastião, com desdém.

— ... cortando as árvore a machado e facão, botando fogo em tudo, limpando tudo, deixando tudo cercadinho, ajeitadinho e bonitinho pra vender, e tu depois indo gastar o dinheiro todo em cachaça!

— Mas tu falando assim parece até que eu era um inútil! Eu também não trabalhava na obra?

— Ah, Tião, uma vez na vida e outra na morte! Porque nunca tinha serviço. Impressionante: nunca tinha serviço. Ou era porque tava chovendo ou era porque tinha faltado material. Nunca vi: nunca tinha serviço. Até hoje não sei se não tinha mesmo ou se era tu que inventava que não tinha.

— Olha aqui, Helena, vagabundo eu nunca fui, viu? E tem outra coisa: quando eu te assumi, tu já tinha a Vera, pequetitinha, e já tava barriguda da Maria. Não é verdade?

— E daí?

— Como "e daí"? Foi uma prova de amor. Não é qualquer um que sai por aí pegando os filho dos outro pra criar.

— Mas tu é muito sem-vergonha mesmo! Tu nunca criou ninguém! Nem a Lúcia, que é tua, tu não criou! Mesmo quando tu tava lá era como se não tivesse!

— Mãe, pelo amor de Deus! — tornou Lúcia, cada vez mais irritada. — Daqui a pouco esse homem tá aí, reclamando que eu nunca chamei ele de "pai".

— Pois é! Nunca me chamou de "pai"! E, Deus do céu, será que custa muito? — perguntou o verdureiro, os lábios tremendo, ameaçando emoção.

A filha o encarou com dureza.

— Custa, sim. Custa muito. Mais do que essa tua bosta de carroça, mais do que essa tua bosta de cavalo, mais do que essas tuas bosta de verdura. E quer saber de uma coisa? Eu não vou comprar é mais nada. Vem, Vanderson, vamos embora pra casa.

— Eu vou depois, com a vó — disse Vanderson, com a maior das inocências.

Mas a escassa paciência de Lúcia parecia ter se esgotado por completo. Ela pegou o menino pela mão e saiu a passos largos, levando-o de arrasto.

— Tua mãe te deixou foi comigo, não foi com a tua vó.

A sós, dona Helena e seu Sebastião de repente mostravam-se incapazes de dizer qualquer coisa. Era como se ressuscitar aqueles desgostos pretéritos só fizesse sentido mediante plateia, de modo que, com a saída da filha e do neto, os dois ficaram meio desorientados, à maneira dos vira-latas de rua que perdem a vontade de latir para uma moto assim que ela é estacionada. Mantiveram-se, pois, calados, durante quase um minuto inteiro, enquanto o passado perdia as forças e retornava para a tumba. Quem se dignou de quebrar o silêncio foi o cavalo do verdureiro, expulsando uma enorme quantidade de ar pelas narinas, fazendo-as vibrar: um passe de mágica que pareceu devolver a voz a dona Helena.

— Tá, tá, tá, homem nojento, deixa eu ver essas tuas banana — disse ela afinal.

— Hum! "Homem nojento" — resmungou seu Sebastião, puxando a caixa de bananas do fundo da carroça. — Entre mãe e filha, não sei qual das duas é mais boba.

8

Acontece que de boba Lúcia não tinha nada. Fora muito mais por senso de oportunidade do que por indignação autêntica que ela havia se retirado daquela maneira. Afinal, o combinado era que a mãe lhe comprasse apenas umas beterrabas, para serem pagas depois, quando possível; agora, porém, as circunstâncias eram outras, ainda mais favoráveis: que mãe seria capaz de fazer compras só para si, deixando uma filha à míngua com um sobrinho pequeno para cuidar? De fato, quando dona Helena apareceu de regresso ao pátio, trazia na sua sacola de estopa um pouco de tudo o que seu Sebastião tinha para vender, sendo que, com exceção do cacho de bananas que levaria para casa, todo o resto era para Lúcia: muito mais do que apenas as beterrabas combinadas a princípio. E o melhor de tudo, pensava a filha, era o caráter donativo daquelas compras, uma vez que a mãe as tinha feito por conta própria, sem consultá-la, o que no seu conveniente entendimento a isentava de qualquer débito.

— Minha filha... — principiou dona Helena, em tom quase choroso.

— Nem tenta, mãe — atalhou Lúcia, retirando uma cabeça de alface crespa da sacola e colocando-a sobre o balcão da pia. — É sério, nem tenta, nem tenta. Eu já te falei nem sei quantas vez: eu morro antes de chamar aquele homem de "pai".

Observando a cabeça de alface, Vanderson lembrou-se da cabeleira que a versão jovem de seu Sebastião apresentava no quadro; em seguida, por associação de ideias, deu-se conta de que perdera a chance de perguntar a ele como tinha ficado careca. O pior era que o menino acabara de estar com o verdureiro, e agora não fazia ideia de quando tornaria a vê-lo. Não que fosse raro captar o grito diário que denunciava a proximidade da hora do almoço ("Verdureeeiro!"); isso ouvia sempre, ou quase sempre, ou com boa frequência, ou com alguma frequência; enfim, fosse o dia que fosse, sabia que bastava estar atento no momento certo e então ouviria aquele grito. O que eram raras — e, mais do que isso, imprevisíveis, pelo menos para Vanderson — eram as vezes em que dona Helena ia comprar qualquer coisa, sendo essas as únicas ocasiões nas quais ele tinha a oportunidade de ver seu Sebastião, já que costumava acompanhar a avó sempre que a tia estava de humor bom o suficiente para permitir. Na verdade, as idas da idosa à carroça eram, sim, regidas por certa regularidade: davam-se mais ou menos a cada quinze dias. Mas para uma criança com a idade de Vanderson não há muita diferença entre quinze dias e quinze anos, ou mesmo quinze séculos. Por isso, o menino achou melhor recorrer a dona Helena, aproveitando que ela estava por ali.

— Vó.

— Fala, Vanzinho lindo da vó, tão bonitinho que ele é.

— O cabelo do seu Sebastião sumiu.

Pega de surpresa pela observação, a idosa ergueu as sobrancelhas rarefeitas e olhou para Lúcia, que prontamente explicou, indo guardar uma metade de moranga:

— Ah, sim, é que ele viu o quadro.

Tornando a encarar o neto, a avó suspirou, pensativa; em seguida, puxou-o para si, pelo ombro, beliscando-lhe de leve a bochecha, com a outra mão.

— Não precisa se preocupar com isso, Vanzinho. Isso só acontece com gente boba. Sabia? Por acaso tu é um menino bobo?

— Não.

— Então não precisa se preocupar com isso, ora bolas. O teu cabelo nunca vai sumir. Ouviu?

Dona Helena demorou-se ainda mais uns minutos na casa da filha, comentando com ela sobre um assassinato terrível que acontecera na vila Mapa e do qual tinham falado muito por cima no rádio. Lúcia, porém, não tinha lá muito interesse por tragédias; aliás, ao contrário do que o seu temperamento enviesado poderia sugerir, seduziam-na, isto sim, as notícias boas. Porque a violência, o sofrimento, a injustiça, tudo isso lhe soava imensamente tedioso; por mais que tentasse, não podia achar qualquer originalidade nas desgraças do mundo e muito menos comover-se com elas; era como se só servissem para confirmar mais e mais o seu entendimento soturno a respeito da vida. As notícias boas, por outro lado, tinham o estranho poder de desarmá-la, de desmontar algo dentro dela. Pena que eram tão raras.

9

Quando dona Helena retirou-se, Lúcia pensou consigo mesma que já não valia a pena voltar ao tanque; decidiu, pois, que continuaria lavando as roupas mais tarde, depois do almoço, e se pôs a picar um tomate para comerem, ela e Vanderson, com o arroz queimado que havia sobrado do dia anterior. Casualmente, Vera, a exemplo da irmã, também picava um tomate naquele preciso instante, no apartamento onde trabalhava, do outro lado da cidade; a coincidência, entretanto, terminava aí, porque não havia comparação cabível entre ambos os frutos. O tomate que Lúcia picava, embora apresentasse as melhores características possíveis para um tomate arranjado junto à carroça de seu Sebastião, tinha a metade inferior ligeiramente verdolenga e uma série de machucados marrons em cima, ao redor do umbigo; já o tomate que Vera picava, pago com o dinheiro da patroa mas escolhido pela própria Vera num supermercado de alto padrão do Menino Deus, esse tomate, assim como todos os tomates à venda no supermercado, era tão perfeito, mas tão perfeito, que picá-lo daquela maneira inspirava certo dó na empregada: de algum modo parecia-lhe errado reduzir a pedaços algo tão vistoso, de proporções tão harmônicas, de vermelho tão uniforme. E os dois frutos, em si, não eram as únicas coisas entre as quais não cabia qualquer tipo de comparação; na verdade, tudo ao redor de um dos tomates era totalmente incomparável com tudo ao redor do outro: um ia sendo picado no fundo de um beco; o outro, no nono andar de um prédio; um seria servido com arroz velho; o outro, com risoto de camarão feito na hora; um alimentaria Vanderson, que até agora trazia no estômago apenas uma mamadeira de limonada e, na alma, as impressões de uma abordagem policial violenta; o outro alimentaria Artur, que empanturrara-se de waffles no café da manhã e não tardaria a chegar da aulinha de inglês.

Depois de picar o tomate, Vera olhou ao redor, comprimindo os lábios, atormentada pela impressão desagradável de estar esquecendo alguma coisa. Tudo, porém, parecia em ordem: o risoto ficaria pronto em questão de poucos minutos e o tomate já estava picado; ela sabia, claro, que ainda precisava espremer as laranjas e pôr a mesa, mas sentia que algo além disso lhe escapava. "Será que o Artur ainda tá de castigo?", procurou se lembrar, tamborilando com os dedos ossudos no balcão de mármore da cozinha. "Sim, sim, tá de castigo; é uma semana de castigo, então ele vai ficar de castigo até terça que vem. Isso significa que eu não preciso fazer sobremesa hoje, porque o Artur não pode comer e a dona Iolanda tem pavor de doce. Se bem que às vez o seu Péterson chega e procura a bendita sobremesa na geladeira, em vez de tomar café da tarde... Ah, não, mas hoje é sexta: hoje o seu Péterson sai com os amigo e chega só de noite. É isso mesmo: eu não preciso fazer sobremesa hoje. Mas então o que que é que eu tô esquecendo, meu Pai do céu?" A maior parte dessa cadeia de pensamentos dissipou-se instantaneamente, logo após haver se formado, mas um fragmento dela, de especial importância, conservou-se, como uma bolha de sabão que se recusa a se desfazer, e seguiu a vagar pela mente da empregada, com cores de alívio: hoje, o patrão só voltaria para o apartamento à noite, depois de ela já ter ido embora para casa. Vera não se sentia à vontade com Péterson. Muito menos na ausência da esposa dele, Iolanda.

Libertando-se da impressão de esquecimento, Vera desligou o fogo, despejou o tomate picado por cima do risoto, preparou o suco de laranja e se pôs a arrumar a mesa para o almoço; ainda não tinha terminado de ajeitar tudo, porém, quando a porta da sala se abriu e Artur apareceu. O menino apresentava uma expressão meio emburrada, e a empregada não teve dificuldades para imaginar que a mãe possivelmente andara lhe negando alguma coisa. "Talvez ele pediu pra sair do castigo pra poder comer sobremesa e a dona Iolanda não deixou e ele ficou com essa cara." Mas o humor de Artur transformou-se logo, bastando, para isso, que deitasse os olhos na figura de Vera.

— Verinha! — exclamou com fascínio, como se vê-la ali, ajeitando os pratos sobre a mesa, fosse uma completa surpresa. Tomado de súbita agitação, os olhos faiscando, fechou a porta atrás de si, correu para dentro do apartamento, retirou a mochila das costas e atirou-a no sofá, indo por fim abraçar a empregada, tudo de maneira demasiado infantil para um menino de doze anos como ele.

— E aí? Como foi hoje? — quis saber Vera, aproveitando o abraço para remover a soprões um pedacinho minúsculo de folha de caderno que havia se prendido no ombro de Artur.

— Foi cool.

— Como é que é?

— Cool: legal — traduziu ele, afastando-se dela e jogando-se no sofá, do mesmo jeito que fizera com a mochila.

— Ah, bom! Que susto! — riu a empregada. — Eu pensei... — E preparou-se para explicar a graça que achara naquela expressão, mas desistiu a tempo, dando-se conta de que não seria apropriado. — Nada, nada, deixa pra lá. E a tua mãe, cadê? — perguntou, em parte para mudar rápido de assunto, em parte porque realmente estranhava ver o menino chegar sozinho.

A expressão meio emburrada de antes tornou a apoderar-se do rosto de Artur.

— Ficou lá embaixo, xingando o porteiro.

— Ah, entendi... — falou Vera, pausadamente. E o menino não percebeu, mas, com essas palavras, ela queria dizer que agora entendia o mau humor dele. — É a vaga de novo?

— É a vaga de novo — confirmou Artur, balançando a cabeça, torcendo os lábios e erguendo as sobrancelhas, exatamente como faria alguém mais maduro do que ele, porém parecendo ainda mais infantil com aquela simulação de adulto.

10

Fazia já algum tempo que Iolanda andava se estressando por causa da sua vaga na garagem do edifício, ou melhor, por causa da vaga ao lado da sua, ou melhor ainda, por causa do modo como Ricardo, o condômino a quem pertencia a vaga ao lado da sua, costumava deixar ali a enorme caminhonete que comprara no início do verão. Não era sempre que o vizinho se achava em casa durante o dia, e portanto não era sempre que Iolanda chegava de carro da rua e encontrava o "maldito trambolho" na garagem, mas, nas ocasiões em que isso acontecia, ela tinha dificuldades para estacionar e prontamente ia à loucura, queixando-se, depois, com o porteiro que estivesse de plantão. Uma vez que os porteiros passavam o dia inteiro na guarita, vendo sair e chegar todo mundo pelas câmeras de segurança, era obrigação deles, dizia ela, ficar de olho e não permitir que acontecesse aquele tipo de abuso. Os porteiros, contudo, já tinham encolhido os ombros muitas vezes, explicando que infelizmente nada podiam fazer; às vezes levados à garagem por Iolanda, olhavam a caminhonete e admitiam que realmente atrapalhava, mas em seguida apontavam para as rodas do veículo para mostrar que respeitavam a linha amarela que dividia os boxes, e isso deixava a mulher ainda mais indignada, porque, segundo ela, aquilo não era o suficiente, isto é, as rodas da caminhonete, mais do que apenas respeitar a linha, precisavam ficar a pelo menos um palmo dela, ao que os funcionários respondiam que, desse modo, seria desrespeitada a linha divisória do outro boxe, lá do lado oposto. A discussão, claro, ia muito mais longe do que isso, terminando só com a recomendação, por parte dos porteiros, de que Iolanda recorresse a Gilberto, já que ele, além de síndico, era tão morador do prédio quanto ela, e não um simples funcionário como eles, de maneira que estava em posição mais adequada para tentar propor alguma solução. Curiosamente, entretanto, essa providência Iolanda jamais tomava, apesar de sempre prometer o contrário. E ainda mais curioso do que isso era que eventualmente, quando cruzava com Ricardo nas dependências do condomínio, tratava-o com naturalidade e até trocava palavras amistosas com ele, como se o vizinho não fosse justamente o dono da caminhonete que tanto a irritava.

— Não gosto quando a mamãe faz escândalo — comentou Artur, após um momento.

— E eu não gosto de ver o senhor com essa cara — disse Vera, terminando, nesse momento, de preparar a mesa. — Olha aqui: eu fiz risoto de camarão: endireita logo essa cara e vem comer, mocinho. Anda, anda, vamo lá! — acrescentou, batendo palmas. — A minha comida ninguém come de cara amarrada, não, viu? Além disso (criatura, agora é que eu me lembrei), não é hoje que chega a TV nova?

O risoto de camarão fumegava no centro da mesa, bonito, suculento, espalhando pela sala inteira o seu cheiro de maravilha; mas aparentemente foi a lembrança de que a televisão nova estava para chegar que devolveu o apetite ao menino.

— É verdade! — falou ele, saltando do sofá e aproximando-se da mesa.

— Pois então! E o senhor aí, com essa cara... Ei, ei, ei! Tem que lavar as mão primeiro, não é assim?

Artur tornou a largar na mesa o prato que pegara e correu para o banheiro, de onde se pôs a gritar para Vera todas as vantagens da televisão nova, enquanto lavava as mãos. A sua empolgação era tanta que, embora empreendesse a lavagem com esmero, conforme lhe ensinara a empregada, desta vez não lhe ocorreu dar-se à brincadeira habitual de entrelaçar os dedos e usar as mãos como bomba, pressionando repetidas vezes a palma de uma contra a da outra para fazer jorrar a espuma produzida pelo sabonete líquido.

— E tem até controle remoto, Verinha! Além disso, vai ser bem melhor de jogar video game nela, porque a imagem é muito, muito, muito mais bonita!

Ao voltar para a sala, deu-se conta de que a mãe acabava de chegar e, mais do que isso, percebeu que Vera, conversando com ela, provavelmente não escutara nada do que ele gritara do banheiro. A essa altura, todavia, o menino já estava irreversivelmente animado e não se importou em ter sido deixado falando com as paredes, assim como também não deu importância nenhuma aos resquícios do escândalo que a mãe fizera questão de trazer para casa para compartilhar com a empregada. Permitindo que as duas desaparecessem da sua atenção, sentou-se à mesa e serviu-se do risoto. Era necessário comprar um cabo AV, pensou, para conseguir tirar o máximo proveito da televisão nova quando fosse jogar video game nela.

— Pois é, mas é como os porteiro sempre diz pra senhora, dona Iolanda: tem que acionar o seu Gilberto — observou Vera.

— Eu sei, eu sei, eu sei, eu vou fazer isso — prometeu Iolanda, pela milésima vez. — Não aguento mais chegar da rua e dar de cara com aquele maldito trambolho. Mas, paciência, deixa isso pra lá. Eu vou é comer, porque eu tô com um buraco no estômago. — E lançando os olhos ao risoto, viu o tomate picado e inclinou ligeiramente a cabeça, sem conseguir disfarçar o descontentamento. — Tu não lembrou, né?, de colocar ovo cozido picado em vez de tomate picado?

— Putz! — exclamou a empregada, dando um tapa na testa. — Eu sabia que eu tava esquecendo alguma coisa. Desculpa, dona Iolanda.

— Não tem problema, Verinha, não tem problema — sorriu a patroa.

E aquele sorriso, que poderia passar por um sinal de compreensão, no mais das vezes causava em Vera um enorme incômodo, pois ela trabalhava ali já havia alguns anos e conhecia Iolanda o suficiente para saber, ou pelo menos intuir, que no fundo a patroa gostaria de tratá-la como tratava os porteiros, não chegando a fazê-lo, talvez, por causa da horizontalidade capciosa que costuma se estabelecer na relação entre um empregador e um empregado quando os afazeres do último se dão no recôndito do lar do primeiro, em meio à sua família e à sua intimidade. Compreensão era uma virtude incompatível com o modo de ser que Iolanda apresentava na maior parte do tempo, e ver um sorriso como aquele no seu rosto levava Vera a imaginar que ela devia omitir, a custo, um sentimento exatamente contrário ao que dava a entender em ocasiões assim.

II

Deixando a patroa e o menino a sós na sala, a empregada encaminhou-se à cozinha e se pôs a lavar os utensílios e recipientes que havia sujado no preparo do risoto. Como de costume, fingia não se lembrar de uma sugestão recorrente de Iolanda: se quisesse, dizia a patroa, Vera podia se ocupar de outra tarefa enquanto ela e Artur almoçavam e deixar para lavar os utensílios e recipientes depois do almoço, pois assim seria possível "aproveitar o embalo" e lavar também os pratos, talheres e copos, tudo de uma vez só, sem precisar dividir a lavagem em duas etapas como estava habituada, o que "sem dúvida" otimizaria o seu tempo. Vera irritava-se com essa sugestão. Parecia-lhe descabida. Não conseguia imaginar qualquer vantagem em fazer as coisas daquela maneira; além disso, suspeitava que a única finalidade do conselho era relembrá-la da sua condição de subalterna, isto é, fazê-la entender que não estava na sua própria casa, de modo que não podia fazer as coisas como bem entendesse. E assim como a empregada costumava fingir não se lembrar de já ter recebido a sugestão, a patroa costumava fingir não se lembrar de já tê-la dado, repetindo-a de tempos em tempos como se fosse a primeira vez. A princípio, Vera argumentara contra a ideia, alegando não haver diferença entre lavar tudo de uma vez só e dividir a lavagem em duas etapas, mas logo se dera conta de que tudo o que dizia a Iolanda lhe entrava pelos ouvidos e lhe saía pelas narinas; era como se não fosse possível uma conversa real entre as duas: a patroa, quando vinha intrometer-se no seu trabalho, esforçando-se para fazer parecer que apenas puxava assunto, no fundo desejava obediência, e não diálogo, exatamente como se regulasse uma máquina para funcionar de acordo com o seu desejo.

Por outro lado, se a empregada parasse para pensar com sinceridade e alguma frieza, logo teria de reconhecer a desproporção da raiva que aquela sugestão em particular lhe causava. Afinal, a patroa era uma palpiteira incorrigível, e Vera acatava muitas das suas ideias sem opor resistência, apesar de considerar todas, sem exceção, absolutamente fora de propósito. Havia, inclusive, ocasiões em que chegava a sorrir, divertindo-se com a capacidade que Iolanda tinha de sentir-se à vontade para opinar e opinar a respeito de afazeres dos quais não entendia nada, e com aquele sorriso e aquela serenidade prontamente punha-se a fazer as coisas como a patroa pedia, sem esboçar qualquer protesto. Por que, então, a ideia de deixar para lavar os utensílios e recipientes depois do almoço a irritava tanto? No fundo, a sua alma passava a manhã toda ansiando aquela tarefa, como se intuísse nela algo de urgente e sagrado, algo que não podia esperar. Vera não se dava conta disso, claro, e não suspeitava, muito menos, que a sua impaciência devia-se não à tarefa em si, mas à oportunidade de concentrar melhor os pensamentos em Vanderson, o que só era possível durante os afazeres que exigiam menor atenção, entre os quais estava justamente a lavagem dos utensílios e recipientes. Como o menino teria passado a manhã? O que estaria fazendo? Estaria almoçando? Ou será que já teria almoçado? Eis o que agora ocupava de todo a mente da empregada, enquanto as suas mãos ensaboavam autonomamente um pote de vidro.

Nos últimos tempos, pensar sobre o filho fazia Vera lembrar-se imediatamente do circo que havia chegado à Lomba do Pinheiro. De algum modo, Vanderson soubera da notícia e agora não falava noutra coisa. Ela até tinha imaginado que, por ser ele ainda tão novinho, bastariam dois ou três dias para que esquecesse completamente o assunto. Mas não fora isso o que acontecera. Todas as noites, quando Vera chegava em casa depois de um dia inteiro de trabalho, a primeira coisa que Vanderson fazia, logo após correr para abraçá-la e demorar-se grudado nela como um carrapato, era lhe perguntar, sem rodeios: "É hoje que a gente vai no circo?". E a mãe, invariavelmente esgotada nessas ocasiões, tirava energias de algum lugar misterioso para responder com doçura. A resposta era sempre negativa, porém Vera nunca deixava de fazer um acréscimo atenuador ("Não, meu pimpolho, ainda não é hoje que a gente vai no circo, mas não te preocupa, porque agora falta pouco"). Mentira, evidentemente. Não que a mãe tivesse a intenção deliberada de ludibriar o filho, bem entendido; nas vezes em que dissera isso, Vera de fato acreditava na iminência de um ensejo para cumprir a sua promessa. No entanto, conforme os dias passavam e a oportunidade não se apresentava, ficava cada vez mais claro para ela que, na verdade, vinha enganando a si mesma. A sua esperança, começava a entender, não fazia o menor sentido, porque, na prática, não tinha dinheiro para levar Vanderson ao circo e, pensando bem, não conseguia acreditar com sinceridade que em algum momento viria a ter, pelo menos não em um futuro próximo, antes de os circenses levantarem acampamento. Ademais, mesmo quando Vera vencia a vergonha de pensar tolices e atrevia-se a aventar a possibilidade de pôr as mãos em um dinheiro inesperado, e mesmo que a quantia imaginária fosse muitas vezes maior do que a suficiente para levar o filho ao circo, havia tantos problemas mais urgentes do que aquele esperando solução financeira, que a sua mente insistia em pintar com cores de incerteza o picadeiro, o algodão-doce, o palhaço, o mágico e o fascínio de Vanderson com tudo aquilo. Só um milagre, ou uma loucura, permitiria a concretização daquela imagem.

Entre os tantos problemas mais urgentes, destacava-se a necessidade de comprar roupas para o menino: outra coisa de que Vera se lembrava ao concentrar os pensamentos nele, exatamente como se lembrava do circo. E do mesmo jeito que no caso do circo, ela vinha alimentando uma esperança que aos poucos percebia infundada, assim também enganara-se no caso das roupas, com a diferença de que fora uma ilusão muito mais prolongada e prejudicial. Durante a maior parte dos quase quatro anos sucedidos desde o nascimento de Vanderson, por alguma razão Vera acreditara piamente que era apenas questão de tempo até que o menino viesse a ter o que vestir, como se o problema fosse resolver-se sozinho, o que por óbvio não ocorrera. Para não dizer que Vanderson não tinha peça alguma, o seu vestuário resumia-se a uma calça e um casaco, providenciados às pressas por dona Helena através das doações anunciadas no rádio no penúltimo inverno, que fora particularmente rigoroso. No ano seguinte, contudo, tanto o casaco como a calça ficaram apertados no menino, e provavelmente nem sequer entrariam nele nas próximas temporadas de frio, que já não tardavam tanto assim. Além disso, pensava Vera, Vanderson já estava ficando crescidinho demais para passar os dias quentes completamente nu como passava.

12

A essa altura, a empregada tinha ensaboado e enxaguado todos os utensílios e recipientes, assim como também os secara e os guardara um a um nos seus devidos lugares; já estava na área de serviço inacreditavelmente ampla do apartamento, estendendo no varal as roupas que tinha posto mais cedo na máquina de lavar. Foi quando Iolanda surgiu, palitando os dentes e fazendo os pensamentos de Vera se evaporarem.

— Verinha, agora vai ser a minha vez de te pedir desculpa, mas é que eu preciso que tu me faça um favor. Eu sei que tu já foi no super hoje, mas preciso que tu volte lá pra comprar uma régua e um compasso. — Revirou os olhos, desaprovando a compra que ela mesma pedia.

Na verdade — e Vera entendeu isso de imediato —, a régua e o compasso deviam ser comprados não no supermercado, embora isso talvez fosse possível, mas na papelaria que havia próxima a ele. Quando se fazia necessário algo desse tipo, a patroa esperava uma ida da empregada ao supermercado para lhe pedir que aproveitasse a viagem e passasse na papelaria. Tais ocasiões nem de longe eram tão raras quanto se poderia esperar, sobretudo no início do ano, porque nesse período Iolanda sempre achava-se, *ainda*, sob influência do espírito natalino e decidida a promover renovações pessoais, como a de tornar-se uma mãe exemplar, e assim fazia questão de comprar, ela mesma, os materiais escolares de Artur, antes do início das aulas, mas toda vez esquecia a maior parte das coisas indispensáveis e a totalidade das coisas complementares, de modo que, ao longo dos primeiros meses letivos, os professores do menino iam constatando, de quando em quando, a falta de um item ou de outro.

— Claro, dona Iolanda, agora mesmo — balbuciou Vera, com um prendedor de roupa na boca. — Deixa só eu terminar de estender tudo, que já dou um pulo lá.

— Calma, não precisa ser agora. Pode comer primeiro.

Dizendo isso, outra vez a patroa abriu o sorriso que tanto perturbava a empregada. E dessa vez havia um agravante: além da complacência inconvincente de costume, Vera também encontrou na expressão de Iolanda um traço autocongratulatório, como se ela se considerasse o máximo por lhe permitir uma pausa para o almoço. "Ah, então eu posso comer? A senhora me permite? Quanta generosidade!", teve vontade de ironizar. Mas o que efetivamente falou foi outra coisa:

— Olha, se eu almoçar antes de ir lá, não vou conseguir voltar a tempo. Já vai ter dado a hora do Artur ir pra escola.

— Ah, sim, mas não tem problema. Ele vai precisar da régua e do compasso na segunda; hoje, não. Eu tô só te avisando que tem que comprar.

— Entendi...

Como de costume, a patroa foi sentar-se no sofá, abraçada a Artur, e se pôs a interrogá-lo sobre a aulinha de inglês; a empregada, depois de estender as roupas, tratou de ir desocupar a mesa, recolhendo silenciosamente os pratos sujos e tudo o mais, para só então vir almoçar na cozinha, em pé junto ao balcão. Ouvindo a voz de Iolanda na sala, e segura, portanto, de que a mulher não apareceria ali inesperadamente, serviu-se de um copo de suco, cheio até um ponto que ela própria considerava deselegante, por jamais ter visto os patrões atingirem-no sequer com água; mas não demorou mais do que uns poucos segundos para beber tudo, e engoliu também, a um só tempo, a breve vergonha de haver enchido o copo daquela maneira, perdoando a si mesma com o entendimento de que não podia tomar os modos dos patrões como exemplo, uma vez que eles, ao contrário dela, não ficavam até aquela hora do dia sem comer coisa alguma, assim como certamente jamais se viram e jamais se veriam sob o peso do dilema que naquele exato momento a esmagava mais uma vez: olhando para a travessa com as sobras do risoto, que mal serviam ainda uma pessoa, tentava decidir se matava a própria fome ou se levava aquilo para casa, para o filho jantar. Não que a refeição noturna dele dependesse disso; o problema era a incapacidade dela de sentir-se confortável comendo melhor do que o menino, isto é, comendo risoto de camarão ou qualquer outra das iguarias que compunham o cardápio variado daquele apartamento, enquanto ele, lá nas profundezas da Lomba do Pinheiro, só tinha acesso a pratos infinitamente mais modestos, para dizer o mínimo. Às vezes esse dilema fazia com que Vera considerasse seriamente a possibilidade de preparar comida a mais de propósito, de sorte que as sobras dessem para o seu almoço e para o jantar do filho; também hoje ela pensou nisso, porém apressou-se a problematizar a ideia, como sempre, porque não suportava sequer imaginar o grau do constrangimento que a roeria por dentro caso a patroa percebesse a manobra e viesse lhe dizer qualquer coisa que fosse, com aquele seu sorrisinho. Por fim, após muita ponderação, a empregada decidiu levar as sobras para casa, como acabava fazendo na maioria das vezes, mas permitiu-se um segundo copo de suco, tão cheio quanto o anterior, e planejou comer três ou quatro fatias do pão de fôrma dos patrões mais tarde, quando estivesse novamente sozinha no apartamento.

13

Vera nutria um carinho sincero por Artur, quase como se fosse o seu próprio filho, e podia adivinhar grande prazer em passar dias inteiros com ele ao seu redor, enchendo-a de perguntas e contando-lhe curiosidades enquanto ela trabalhava, caso o menino tivesse manhãs e tardes livres e as passasse por ali; em contraste, a simples presença de Iolanda, sem que esta precisasse dizer nada ou fazer coisa alguma, punha a empregada numa espécie de estado de alerta permanente, como se a qualquer momento algo pudesse explodir. Não foi sem alívio, pois, que Vera saiu para o corredor do nono andar do prédio e fechou a porta de serviço do apartamento atrás de si, encaminhando-se à papelaria. Chamou o elevador reservado aos funcionários e esperou; quando as folhas de aço finalmente se abriram, experimentou, de novo, uma frustração que tinha se tornado recorrente nos últimos dias: queria olhar-se no espelho e ajeitar o cabelo, se houvesse necessidade, o que agora não era mais possível, por causa da capa protetora que recobria todo o interior do elevador. Aquilo fora colocado ali para evitar arranhões no espelho e nas superfícies quando um ex-condômino, então de mudança, precisara transportar as suas coisas, havia quase um mês. Não era a primeira vez que usavam a capa, claro, mas era a primeira vez que não a retiravam após o uso, e a empregada se irritava, tanto com a preguiça de quem devia tê-la retirado e não a retirara quanto com a sua própria capacidade de esquecer, todos os dias, que ela ainda estava ali.

Já no térreo, atravessou o saguão de entrada do edifício e chegou ao jardim frontal, porém não seguiu reto em direção ao portão gradeado, que dava para a avenida Getúlio Vargas; em vez disso, virou à direita e tomou a estradinha de ladrilhos que cortava o gramado e conduzia até a guarita dos porteiros. Chegando lá, deu três batidinhas na porta, que se abriu quase instantaneamente.

— Mas olha aí! — surpreendeu-se Marcelo, o porteiro que estava de plantão, percorrendo com os olhos cada centímetro do corpo de Vera, sem disfarçar. — Qual é os bom vento que te traz?

— E aí, Marcelo, tudo certo? Me diz uma coisa: quem é que bota aquela porra daquela proteção no elevador de serviço? Não é vocês?

— É a gente, sim. Por quê?

— Ora, como "por quê"? Porque botaro e nunca mais tiraro. Aquele caralho já vai fazer aniversário lá, já.

— Ah, sim. Foi o Danilo que mandou não tirar.

Danilo era um dos supervisores da empresa de portaria que prestava serviços ao prédio, ou seja, um dos superiores de Marcelo. Vera não sabia disso, e tampouco queria saber, de modo que prosseguiu com a conversa como se soubesse.

— E por que o Danilo mandou não tirar?

O porteiro abriu os braços e encolheu os ombros exageradamente, como se aquela fosse a maior incógnita de todos os tempos. Mas em seguida arriscou um palpite:

— Bom, pra que tirar, né?, se logo alguém inventa de carregar alguma coisa e daí tem que botar de novo? Vai ver foi isso que o Danilo pensou. E até que faz sentido.

— Faz sentido na cadeia! — impacientou-se a empregada. — Todo esse cuidado pra não arranhar o espelho, mas o que que adianta um espelho intacto se ele ficar atrás duma bosta de capa pra sempre?

— Ah! — exclamou Marcelo, erguendo as sobrancelhas. — Então o problema é que a senhorita queria se olhar no espelho...

— Claro... — confirmou Vera, com um leve embaraço, porque só agora se dava conta do quanto era evidente o motivo do seu incômodo.

— Porra, mas isso eu entendo perfeitamente. Quem é que não quer te ver? Eu também fico aqui o dia inteiro esperando tu passar pra poder te ver.

A mulher sorriu, porém mostrou o dedo médio ao homem, retirando-se sem dizer mais nada.

— Ei, ei, ei, tô falando sério, Vera! — continuou ele, alteando um pouco a voz para ser ouvido enquanto ela se afastava. — Te juro: é só por isso que eu aturo esse trabalho! Se eu não pudesse te ver de vez em quando, já tinha me sumido daqui!

Como a ida à papelaria era uma nova oportunidade para Vera concentrar os pensamentos no filho, o tempo obviamente passou muito rápido, e quando ela menos esperava já estava de volta ao edifício, com a régua e o compasso numa sacolinha de plástico, preparando-se espiritualmente para administrar a presença custosa de Iolanda no apartamento, caso a patroa ainda não tivesse saído para levar Artur à escola e seguir para o trabalho. No saguão, tornou a encontrar Marcelo, que agora empurrava uma caixa de papelão em direção ao elevador de serviço, aos poucos e com cuidado, sem se atrever a tentar erguê-la e carregá-la.

— Força, homem! — brincou a empregada, aos risos.

— É, rir é a coisa mais fácil do mundo. Vem tu empurrar essa merda, que eu quero ver.

— Eu, não. Cada um com os seus problema.

— Pois é. Acontece que esse aqui é um problema muito mais teu do que meu, viu?

— Ué, por quê?

— Porque essa TV é pra bruxa da tua patroa.

— Ora, então é problema dela, e não meu. Eu não tenho TV. Por que tu não interfonou e mandou ela descer pra buscar?

— Porque ela já pegou o carro e saiu, com o guri, enquanto tu tava fora. Aliás, nem me fala nessa mulher. A minha cota de aturar donas Iolandas já tá paga por hoje. Pois ela não veio me encher de osso, de novo, por causa da caminhonete do seu Ricardo? Seguinte, Vera: teoricamente, eu podia botar essa TV no teu cu: deixar aqui embaixo e foda-se: se quebrar ou se sumir, foi a empregada que não quis levar pro apartamento. Mas não vou fazer isso. Porque, ao contrário de umas e outras, eu tenho coração.

— Eu sei bem o tipo de coração que tu tem, Marcelo. Quem não te conhece que te compre.

— Ó: em vez de ficar aí me xingando, chama o elevador e me espera aqui, que eu já volto.

O porteiro correu até a guarita e pendurou no vidro da porta um aviso improvisado, escrito à mão, em letras garrafais, nas costas de um calendário do ano anterior: "FUI NO BANHERO". Quando voltou ao saguão, o elevador já tinha chegado, e Vera impedia que a porta se fechasse automaticamente, mantendo um braço estendido no limiar.

— Força, homem! — tornou a brincar ela, vendo Marcelo pôr-se a empurrar a caixa de novo.

Ele riu.

— Se tu ficar me fazendo rir eu perco as força, desgraça!

A atividade física pareceu drenar por completo a sua criatividade, porque, depois de deixar a caixa dentro do apartamento e ouvir a empregada perguntar "Quanto é que eu te devo?", não conseguiu formular um bom galanteio como resposta. Ofegante, limitou-se a fazer um abano com a mão, em sinal de que não era necessário nenhum tipo de pagamento, e foi embora, usando a gravata do uniforme para enxugar o suor da testa. Às suas costas, Vera agradeceu:

— Sem palavras, Marcelo. Tu sabe, né? Depois da girafa, tu é o maior.

14

Tornando a descer pelo elevador de serviço, o porteiro já chegava ao térreo quando concluiu que a frase de Vera talvez não fosse exatamente um elogio.

— Ora, ora! "Depois da girafa, tu é o maior." Mas que filha da puta! — riu consigo mesmo, fazendo uma anotação mental para não esquecer de reproduzir a brincadeira com alguém no futuro.

Na guarita, esperava-o um supervisor. Não o referido Danilo, mas um outro, infinitamente mais desagradável, chamado Charles. Estava sentado na cadeira de rodinhas, o corpo jogado para trás aproveitando o encosto, as mãos entrelaçadas sobre a barriga, as pernas esticadas por baixo da mesa; Marcelo sabia muito bem que aquela postura não era por acaso e, mais do que isso, conhecia o seu propósito: era como o chefe costumava ilustrar o seu sermão detestável e infalível, que também hoje não faltou:

— Eu juro que não consigo entender, Marcelo — foi dizendo o supervisor, tão logo botou os olhos nele. — Qual pode ser a dificuldade de ficar aqui, com a bundinha quietinha na cadeirinha, com as perninhas esticadinhas e com as mãozinhas tapando o umbiguinho?

— Eu é que juro que não consigo entender, Charles: como funciona essa tua habilidade de chegar sempre na hora errada? Porque eu juro por Deus que passei a manhã inteira sentado aí nessa cadeira, exatamente como tu tá agora. E tu por acaso apareceu pra me ver assim? Claro que não! Esperou eu ir no banheiro pra chegar.

    O funcionário não achou uma boa ideia revelar ao supervisor a sua ida ao nono andar, porque descumpria o protocolo mais fundamental da empresa, que era exaustivamente reiterado a cada reunião e de acordo com o qual os porteiros não podiam, em hipótese alguma, abandonar o térreo, por mais que um condômino solicitasse ajuda de qualquer tipo em qualquer que fosse o apartamento. O que Marcelo não esperava, claro, era que o chefe estivesse tão atento, a ponto de farejar a mentira.

    — Então o banheiro agora fica pra lá? — perguntou Charles, apontando para a direção do saguão, de onde o porteiro tinha vindo. — Engraçado… Eu achava que era pro outro lado…

    — Me pegou — disse o funcionário, tirando uma mão do bolso para esfregar o topo da cabeça, numa simulação de embaraço. — Eu usei o banheiro do saguão. Pronto, falei.

    — Cara, mas quantas vez a gente já falou que não é pra vocês usar aquele banheiro? Aquele banheiro é só pros morador, Marcelo. Ou pra alguma visita que precisar ficar esperando no saguão. Aquilo ali não tá ali pra vocês, cara.

    — Eu sei, Charles, eu sei. Pode deixar que não vou mais usar o banheiro que era pros morador usar e acaba ninguém usando. Agora vamo mudar de assunto? Por exemplo: será que o papa toma sol?

    — Vamo mudar de assunto, sim, mas o que o papa faz ou deixa de fazer pode esperar. Eu tenho que conversar contigo sobre uma coisa um pouco mais importante. Duas coisa, na verdade. E é por causa delas que eu tô aqui, inclusive. Primeira: antes de ontem tu comeu peixe no almoço?

    Era asserção, mais do que pergunta. Até então Marcelo mantinha os olhos fitos na caneca que ganhara da esposa no último Natal, onde uma mosca se afogava no seu resto de café, mas naquele momento não pôde evitar de olhar para o chefe, genuinamente surpreso e intrigado com aquilo que parecia o início de algum tipo de acusação. E não foram necessários mais do que dois ou três segundos para que um pequeno dilema se cristalizasse na sua alma: intuía que o melhor a fazer seria negar sobre o macarrão com sardinha da antevéspera, apesar de Charles aparentemente já conhecer a verdade, mas ao mesmo tempo desejava entender como ele ficara sabendo daquilo e qual podia ser a relevância daquele assunto, o que não conseguiria através da mentira.

— Sei lá. Comi?
— Sim, comeu. E sabe como é que eu sei disso? Eu sei disso porque, quando tu tava lá, esquentando a tua comida no salão de festa, um morador passou e sentiu o cheiro. Ele ligou pra firma pra reclamar na mesma hora.

O porteiro ficou ainda mais surpreso e ainda mais intrigado. Foi só depois de um momento que o seu semblante se iluminou com uma breve suspeita de onde o chefe queria chegar, embora a hipótese a princípio lhe parecesse absurda demais para ser levada a sério.

— Bom, então... isso significa... que eu... não posso mais... ahn... comer peixe?
— É uma possibilidade.
— Eu não tô acreditando que eu tô ouvindo isso.

Charles suspirou.

— Deixa eu te explicar uma coisa, Marcelo. Aquele banheiro onde tu tava agorinha, e que não é pra vocês usar, é deles. Mas olha só: o outro banheiro, que é pra vocês usar, também é deles. Cara, esta guarita é deles. O jardim é deles, o saguão é deles. Entendeu? Nada aqui é teu, e também não é meu. Tu pode achar que eu tenho prazer de vir aqui dizer o que pode e o que não pode usar, como se as coisa fosse minha. Mas não, cara, nada aqui é meu; não sou eu que decido nada. Tudo aqui é deles. Então é eles que decide *o que* vocês pode usar, *quando* vocês pode usar e *como* vocês pode usar. O salão de festa, e tudo o que tem lá dentro, não é exceção. É deles também. Se eles disser que não pode usar o fogão do salão de festa pra esquentar peixe, bom, então não pode usar o fogão do salão de festa pra esquentar peixe. Simples assim. Olha, o que eu te peço é o seguinte: ou tu evita de trazer coisa que tenha cheiro muito forte na vianda, ou então tu até traz, mas daí não esquenta. O peixe, por exemplo: se tu trazer peixe na vianda, deixa ele de lado, separadinho, e esquenta o resto: o arroz, o feijão. Entendeu? Não é o fim do mundo.

Mas para Marcelo isso parecia, sim, o fim do mundo. De uma perspectiva menos abstrata, até podia concordar com o supervisor: não faria muita diferença esquentar ou não esquentar alguma coisa. Entretanto havia algo de profundamente humilhante na compreensão de que os moradores daquele prédio estavam em posição de determinar as condições de cada minuto das doze horas que ele passava ali dia sim, dia não. Era-lhe impossível pensar nisso sem sentir um embrulho na boca do estômago, misto de raiva e vergonha, embora não encontrasse palavras para diagnosticar com precisão aquela violência e muito menos para se defender dela.

— E a outra? — perguntou, tornando a observar o drama da mosca na caneca.

— Hein?

— Tu disse que tinha duas coisa pra falar comigo. Qual é a outra?

— Ah, sim. Vem cá, por acaso tu anda dando uma de bonitão?

— Bonitão?

— É. Um passarinho me contou que tu já comeu *todas* as faxineira desse prédio. Isso é verdade?

Nesse momento, o misto de raiva e vergonha que o assunto anterior já tinha feito nascer em Marcelo elevou-se a níveis perigosos. De novo ele encarou Charles, mas desta vez esforçava-se para dar-lhe a entender, com os olhos, que no campo daquele novo tema não estava disposto a fazer concessões ou evitar que a conversa terminasse por conduzi-los às consequências mais desagradáveis, se fosse esse o caso.

— Não, não é verdade que eu já comi *todas* as faxineira desse prédio. A Vera do nono, por exemplo, eu ainda não comi.

15

A resposta era um desafio categórico, mas o supervisor não se apressou a formular uma tréplica. Manteve-se calado, pensativo, sisudo, até que uma transformação lenta e gradual nas linhas do seu rosto revelou um estado de espírito inesperado. Ele agora não apenas sorria, ameaçando gargalhar a qualquer momento, como fazia parecer que desde o começo vinha se esforçando para ocultar a graça que achava daquela história. Marcelo fechou os olhos e respirou fundo, sentindo o misto de raiva e vergonha atingir o auge, espalhando-se da boca do estômago para o resto das suas entranhas. "Não acredito que eu caí nessa de novo", pensou, pois aquela não era a primeira nem a segunda vez que Charles o colocava contra a parede com um assunto delicado só para depois dizer que estava brincando, o que nunca ficava claro para o porteiro se era mesmo verdade.

— Calma, homem! — riu o chefe. — Pode ficar tranquilo, que eu não vou querer fiscalizar as tuas foda. Não comendo ninguém aqui nas dependência do prédio, claro, quem tu come ou deixa de comer lá fora não é problema meu. Eu tava brincando.

— Foi uma brincadeira muito engraçada. Dormiu com o Bozo?

— Não. Mas se eu tivesse dormido com ele, ele é que ia acordar engraçado. — Charles se levantou, tirando os óculos escuros da gola da camisa e colocando-os no rosto, preparando-se para ir embora. Antes de sair, porém, disse: — Ah, mas sobre as comida com cheiro forte, eu tava falando sério, viu? Ontem eu já conversei com o Jairo e o Danilo já conversou com o Cristiano;

hoje eu vim conversar contigo e o Danilo vai vir conversar com o Antônio, depois que ele te render. E não precisa se preocupar, porque se depender da gente os teus colega não vão saber que a culpa disso é tua.

Marcelo teve vontade de falar que não tinha culpa de nada; que a culpa era toda do condômino infeliz que se incomodara com o cheiro da sua comida e ligara para a firma para reclamar. Temendo, entretanto, que esse protesto inspirasse Charles a um novo discurso e prolongasse a sua presença ali para além do suportável, preferiu dizer outra coisa:

— Valeu, Charles. Depois da girafa, tu é o maior.

Já meio distraído, possivelmente preocupado com outros problemas que enfrentaria dali a pouco em outros prédios com outros porteiros, o supervisor fez um leve aceno de cabeça e retirou-se, fechando a porta da guarita atrás de si. Marcelo tomou o seu lugar na cadeira e o acompanhou com os olhos, através do vidro, deixando-se cair em meditações amargas. O vidro era bastante escuro; mesmo assim foi possível perceber como a figura do chefe de repente brilhou ao sair da sombra do edifício e entrar em contato com o sol, perto do portão gradeado, e esse efeito de iluminação pareceu ilustrar justamente o que o porteiro pensava naquele momento: lá ia um homem meio burro, meio mau-caráter, meio desprezível sob qualquer ângulo possível, mas que de alguma maneira fora parar naquela posição de destaque; um homem cuja função era embarcar no Escort da firma, como fazia naquele exato instante, para ir de prédio em prédio dizer besteiras para os seus subordinados; um homem que podia almoçar o que bem entendesse, no restaurante que bem entendesse, sem o receio de que o cheiro da sua comida incomodasse alguém; um homem que não precisava passar doze horas sentado em uma cadeira ouvindo desaforos de tempos em tempos.

Foi só depois de o Escort pôr-se em movimento e desaparecer de vista, indo em direção à Cidade Baixa, que Marcelo sentiu-se à vontade para salvar a mosca do afogamento e entregar-se ao prazer de pensar num desfecho diferente do real para a sua ida ao nono andar. Sacou a caneta esferográfica do bolso do uniforme, perguntando-se como seria se Vera o convidasse para entrar, com a desculpa de lhe oferecer um copo de água gelada, por exemplo. E quase pôde ouvir os batimentos cardíacos acelerados da mulher, tamanha a força com que no momento seguinte se imaginou perto dela, na cozinha do apartamento, enquanto ela abria a geladeira e pegava a jarra. Levou a ponta da caneta para dentro da caneca, e assim retirou a mosca do resto de café, mas não podia ver mosca ou café, caneta ou caneca; o que via era o sorriso de Vera, no qual adivinhava malícia; o que via era a delicadeza brutal do seu corpo ligeiramente inclinado, quase como se houvesse naquela postura um pedido tácito para que ele enfiasse o rosto no seu decote e chupasse os seus seios. E lhe ocorreu, então, elogiar o seu perfume, com a esperança desesperada de ouvir, em resposta, a sua voz cheia de tesão convidando-o para senti-lo de pertinho, esfregando o nariz no seu pescoço. Com cuidado, colocou a mosca sobre a mesa, devolveu a caneta ao bolso do uniforme e foi ao banheiro se masturbar.

16

Nem de longe fazia tanto calor quanto se poderia esperar para aquela época do ano, apesar de o sol apresentar um brilho particularmente forte na sua marcha vagarosa em direção ao Guaíba, sem que uma única nuvem aparecesse pelo caminho para ofuscá-lo; um vento fresco se instalara em Porto Alegre depois da última chuva, havia duas semanas, e por alguma razão misteriosa seguia a circular pelas ruas da capital gaúcha com a curiosidade de um turista, sem pressa de ir-se embora para o sudeste do país. Mas a beleza e a agradabilidade de um dia costumam ser proporcionais ao desgosto de quem se encontra impossibilitado de aproveitá-lo, de maneira que Marcelo, já de volta à guarita e ao tormento de saber que tinha a obrigação de manter-se ali por mais algumas horas ainda, não conseguia achar arrimo no azul do céu ou na amenidade incomum da temperatura.

Entre um suspiro de tédio e outro, contemplou as palmeiras da Getúlio Vargas e as imaginou arrancadas por um vendaval; trocou as estações no radiozinho que trazia de casa com profundo desinteresse; pôs-se de pé e caminhou de um lado para outro para depois tornar a sentar-se; tentou pensar em explicações para o seu uniforme nunca parecer tão bem passado como o dos colegas; correu os olhos pelas páginas do livro de ocorrências do condomínio sem conseguir resgatar o divertimento que certos episódios ali relatados já tinham lhe proporcionado; pegou a bola de tênis que habitava a guarita desde antes da sua contratação e distraiu-se por um tempo arremessando-a na parede e pegando-a de volta; e, por fim, revirou a latinha de lixo que ficava debaixo da mesa para ver se por acaso Cristiano, o colega do turno anterior, não teria descartado algo interessante. Foi então que, para o seu espanto, encontrou um pacote de biscoito recheado completamente vazio, a não ser pela camisinha usada escondida no seu interior.

— Caralho! — exclamou aos risos, tapando a boca com uma mão, os olhos arregalados custando a crer no que viam. — Então, né, Cristiano? Dando uma botada na noitinha!

Havia oito câmeras de segurança estrategicamente espalhadas pelas dependências do condomínio, e as imagens P&B captadas por elas quadriculavam a tela do monitor posicionado sobre a mesa, diante de Marcelo. Mesmo com a alma em rebuliço, o porteiro não podia evitar o hábito inconsciente de dar uma espiada ali de vez em quando, e assim percebeu que um Tempra esperava o portão da garagem ser aberto, do outro lado do jardim. Aquele era Flávio, morador do décimo segundo andar, e não devia estar lá há mais do que uns poucos segundos, calculou Marcelo, porque do contrário teria buzinado com impaciência, como de costume; em vez disso, quem se impacientou foi ele próprio, Marcelo, pois o controle remoto do portão estava com as pilhas fracas e já não funcionava àquela distância, de modo que o funcionário viu-se obrigado a levantar-se, dirigir-se para fora da guarita e aproximar-se da entrada da garagem, sem poder dar vazão em paz à torrente de pensamentos prontamente suscitada pelo seu achado.

— Ah, mas que filho da puta! Tinha que chegar bem agora?

Ignorando a estradinha de ladrilhos, que primeiro conduzia à entrada do saguão e só depois descrevia um semicírculo até o outro lado do jardim, Marcelo pisoteou a grama para encurtar o caminho, desviando-se dos arbustos e do chafariz, o braço peludo estendido à frente, o controle remoto apontado na direção do portão, o polegar apertando o botão repetidas vezes para acionar o mecanismo o quanto antes, sem que fosse necessário afastar-se da guarita nem mesmo um passo a mais do que o necessário. Quando o portão começou a se abrir, o porteiro estacou onde estava, querendo dali mesmo fechá-lo depois que o carro tivesse entrado, para então finalmente retornar à sua cadeira e às suas meditações. Nem bem o Tempra passou para dentro, porém, a voz de Flávio soou por trás dos pinheirinhos que separavam o jardim da entrada da garagem:

— Marcelo, meu querido, dá um pulinho aqui!

O funcionário comprimiu os lábios, revirando os olhos e desferindo um suspiro feroz. Entretanto teve o cuidado de colocar no rosto o sorriso mais convincente de que foi capaz antes de contornar os pinheirinhos e aparecer diante do condômino.

— Pois não, seu Flávio.

O homem esticou o braço para fora do veículo, através da janela aberta, oferecendo a Marcelo um envelope pardo massudo.

— De noite vai vir um cara buscar esses documentos. O nome dele é Denis. Tu pode entregar pra ele, por favor?

— Bom, de noite eu já não tô mais aqui — explicou o porteiro, todavia pegando o volume. — O que eu posso fazer é transferir a missão pro Antônio, quando ele chegar pra me render.

— Perfeito, perfeito — concordou o condômino, pondo o carro novamente em movimento, sem preocupar-se em agradecer.

— De nada... — murmurou Marcelo, girando nos calcanhares e voltando com pressa para a guarita.

Já sentado na cadeira, abriu uma gaveta e guardou o envelope, tornando a fechá-la. Em seguida fez questão de outra vez enfiar a mão até o fundo da latinha de lixo, pegar o pacote de biscoito recheado e conferir o seu conteúdo, cedendo ao pensamento improvável de que talvez tivesse se enganado. E lá estava, no fundo do pacote, a camisinha usada.

— Caralho! — tornou a exclamar, de novo aos risos, de novo tapando a boca com uma mão, tão espantado quanto antes. — Mas esse Cristiano é um retardado! Deixar a prova do crime aqui, assim! — disse, devolvendo o pacote para o fundo da lata e ajeitando o lixo para que não parecesse revirado.

Aquela descoberta — e, mais do que isso, tudo o que havia para tentar entender a respeito dela — era mais do que suficiente para entreter Marcelo pelo resto do dia, sem que ele sentisse como penoso o tempo restante até a hora de ir embora para casa. Parcialmente consciente disso, o porteiro suspirou com satisfação, enquanto ajeitava as costas no encosto da cadeira e entrelaçava as mãos sobre a barriga, com ares de um delegado de polícia que acaba de assumir uma investigação importante.

17

A tarde já chegava ao fim quando Marcelo deu uma espiada no monitor e viu que um condômino atravessava o saguão. Levantando-se, saindo da guarita e chegando ao jardim antes dele, encaminhou-se ao portão gradeado e preparou-se para abri-lo de maneira servil — todos esses movimentos, claro, operando-se maquinalmente, porque os pensamentos do porteiro achavam-se presos na guarita e nos atos furtivos que ela testemunhara na noite da véspera e possivelmente em noites anteriores. Marcelo estava inclinado a acreditar que Cristiano devia receber a visita de alguma namorada no meio da madrugada, pois não conseguia imaginar outra explicação. Era impossível para o colega envolver-se com uma das faxineiras do prédio, por exemplo, já que todas elas trabalhavam durante o dia.

— De pensar morreu um burro, Marcelo — brincou o condômino, aproximando-se e percebendo o olhar distante do funcionário.

Foi apenas então, ao prestar atenção no dono da voz que o trazia de volta à realidade, que Marcelo deu-se conta de quem era.

— Quer saber no que que eu tô pensando, seu Ricardo? — perguntou, enquanto abria o portão. — Na bronca que eu levei hoje mais cedo da dona Iolanda por causa da caminhonete do senhor — revelou, sem nenhum traço de mágoa.

Ricardo, que naquele momento terminava de ajustar o walkman na cintura do calção esporte como parte da preparação para a sua habitual caminhada de fim de tarde, escancarou a boca, mas sem emitir nenhum som, numa espécie de risada muda.

— É, o senhor ri porque não é com o senhor — continuou o porteiro. — Eu queria saber por que ela não xinga o senhor, quando o senhor e ela se esbarra aí no jardim ou no saguão. É impressionante: parece até outra pessoa.

Por fim a risada do condômino passou a produzir um ruído involuntariamente cômico, parecido com uma sirene, o que levou Marcelo a rir também, de maneira contida.

— Eu sei muito bem o que aquela mulher quer de mim, Marcelo — disse Ricardo, colocando os fones de ouvido e saindo para a rua. — E o que ela quer, meu amigo, não é mole.

O porteiro não se deu ao trabalho de fechar o portão, porque Vera já atravessava o jardim para sair também.

— Força, mulher! — exclamou ele, percebendo a ligeira dificuldade dela para carregar a televisão a que vinha abraçada.

— Ai, criatura! Como se já não bastasse o ônibus lotado, hoje ainda tenho que ir embora carregando esse troço...

Raríssimas vezes a figura de Vera despertava em Marcelo um sentimento diferente do puro desejo sexual, porém foi justamente isso que aconteceu naquele momento. Compreendendo de imediato que a empregada ganhara aquela televisão, já que Iolanda acabava de adquirir um aparelho maior e mais moderno, o porteiro sentiu-se contagiado pela sua indisfarçável alegria. Mas não foi apenas isso que o comoveu. Também causou-lhe impressão a queixa da mulher por ter que carregar o presente — uma queixa que no fundo denunciava um vício, uma mania, uma força de hábito. Ali estava alguém em quem ele podia reconhecer a si próprio: uma pessoa dada a reclamações, demasiado acostumada aos infortúnios, que ficava toda sem jeito e sem conseguir encontrar as melhores palavras para dizer diante da boa sorte.

— Calma, calma aí, deixa esse negócio aqui um pouquinho — instruiu Marcelo, fechando o portão e coçando o queixo, como quem pensa em uma estratégia. Vera obedeceu, largando a televisão sobre o banco do jardim que o porteiro indicava. Depois ele prosseguiu: — Bom, em primeiro lugar, a gente precisa colocar isso num saco.

— Ué, por quê? — estranhou a empregada.

— Porque é uma coisa que pode estragar se cair.

— Tá, e um saco vai conseguir proteger, por acaso?

— Mas não se trata de proteger. Se trata de conseguir pegar um ônibus pra ir embora pra casa em paz. — Vendo que Vera ficou ainda mais confusa, Marcelo explicou, com ares professorais: — Nenhum motorista vai deixar tu subir no ônibus se ver que tu tá carregando uma TV. Pode acreditar, eu sei por experiência própria. Se tu insistir, o argumento do motorista vai ser que numa freada essa TV pode ir parar no chão e quebrar, e quem garante que tu não vai tentar fazer a empresa do ônibus pagar uma nova? Entendeu? Acontece que se a TV tiver num saco, daí não dá pra ver o que que é, e o motorista também não deve perguntar. Mas de qualquer forma, mesmo se ele perguntar, é só tu dizer que é uma caixa com roupa usada que tu ganhou, por exemplo.

— Nossa, mas nunca que eu ia pensar nisso. Obrigada, Marcelo.

— Espera, não me agradece ainda. Primeiro eu tenho que ver se tem um saco de lixo ali na guarita. Já volto — prometeu ele, saindo a trote. E de fato logo estava de volta, trazendo consigo um enorme saco de lixo preto e usando-o para envolver a televisão. — Prontinho! Agora é o seguinte: onde é mesmo que tu mora?

— No Pinheiro.

— Hum... E onde tu pega o ônibus, então?

— Lá na Salgado Filho. Sabe? Perto do Cine Victoria. Quer dizer, normalmente é lá que eu pego, porque é o fim da linha e dá pra conseguir lugar pra sentar. Mas como hoje eu tenho que carregar esse troço, talvez seja melhor não ir até lá. Eu posso pegar ali no comecinho da Azenha, que saindo daqui é bem mais perto.

Claro que ali na Azenha o ônibus já chega cuspindo gente pela janela, né?, mas fazer o quê?

— Hum...

A essa altura o porteiro já havia voltado ao seu estado de espírito normal, muito mais lascivo do que empático, e calculava quais poderiam ser as chances de Vera querer transar com ele, ou pelo menos ficar um passo menos longe de querer transar com ele, caso se prestasse a paletear a televisão dali até a avenida da Azenha.

— Olha, Vera, eu posso levar a TV até a parada do teu ônibus, se tu quiser. Mas ainda falta uma hora pra eu ir embora. Tu ia ter que ficar aqui esperando.

— Hum...

A empregada também fazia os seus cálculos. O peso da televisão representava um esforço extra na caminhada até o ponto de ônibus, que já era desgastante por si só, e sem dúvida seria ótimo que Marcelo a carregasse no seu lugar; por outro lado, ela não gostava da ideia de passar uma hora ali plantada: não tinha avisado a ninguém sobre chegar mais tarde hoje, e um atraso tão grande seria motivo de aflição, especialmente para Vanderson.

— Não, pode deixar, eu acho que é melhor eu ir indo. Mas obrigada.

— Tu é que sabe — lamentou o porteiro, abrindo o portão.

— Até segunda, Marcelo — despediu-se Vera, tornando a pegar a televisão no colo e saindo para a rua.

— Segunda não é eu. Segunda é o Jairo.

— Ah, sim. Bom, até terça, então.

— Até, Vera. Bom descanso.

Como a televisão ocupava boa parte do campo de visão da mulher, ela quase pisou em um yorkshire minúsculo e distraído que cheirava minuciosamente um dos blocos de grama da calçada do condomínio, tentando decidir se fazia xixi ali ou não.

O acidente só não aconteceu porque o dono do cachorro, que o acompanhava no passeio, gritou:
— Átila, sai daí!
E o bicho chispou a tempo, mais por susto do que por obediência.

18

Todo final de mês Vera recebia, além do pequeno salário, um saco de vales-transportes igualmente pequeno. O dinheiro era única e exclusivamente para que a empregada não morresse de fome ao longo do mês seguinte, de modo que pudesse continuar a trabalhar, e as fichas de ônibus serviam para garantir que ela não deixasse de comparecer ao trabalho um dia sequer por falta de meios para pagar a condução. Mas tanto o salário quanto os vales-transportes conseguiam falhar nos seus respectivos desígnios, não obstante tais desígnios serem tão indecentemente tacanhos. Se os meses passavam um após o outro, como de fato passavam, e se Vera nunca morria de fome, como de fato nunca morria, isso certamente não se devia apenas ao seu salário, que via de regra terminava antes da hora; analogamente, se a empregada jamais faltava ao serviço, como de fato jamais faltava, isso também não se devia apenas às fichas de ônibus, que estavam longe de serem suficientes. Dado que Vera morava na Lomba do Pinheiro e que o seu trabalho ficava no Menino Deus, o ideal seria pelo menos o dobro de vales-transportes, para que ela pudesse usar dois ônibus na ida e dois ônibus na volta; como, porém, não era esse o caso, a empregada tinha que empreender uma caminhada de quase uma hora inteira para chegar ao trabalho, logo após descer do único ônibus de ida, e no fim do dia ainda precisava repeti-la no sentido inverso, antes de embarcar no único ônibus de volta. Não foram poucas, portanto, as ocasiões em que Vera, inspirada por dores nos pés, pusera a cabeça para funcionar, tentando entender por que os patrões não lhe davam a quantidade ideal de fichas de ônibus, uma vez que o custo disso certamente não faria para eles a menor diferença. E hoje pensou nisso com ainda mais força, porque, além dos pés, lhe doíam também os braços.

Parou para descansar por um momento, largando a televisão no chão, no cantinho da calçada, junto às grades de um condomínio. Era horário de trânsito intenso, e a agitação barulhenta dos carros que iam passando abafava por completo o som das águas do arroio Dilúvio. Aquele não era o caminho mais curto para Vera chegar ao seu destino; ela certamente economizaria alguns minutos se atalhasse por uma das ruas paralelas à avenida Ipiranga, como a Marcílio Dias. Mas o senso espacial não era o seu forte. Tinha medo de enveredar por uma daquelas ruas e acabar perdida, sobretudo porque não era do seu costume ir pegar o ônibus na Azenha, de modo que nem de longe estava tão familiarizada com aqueles caminhos quanto com os que conduziam ao Centro.

Olhou para a televisão, dando graças a Deus por Marcelo ter arranjado aquele saco de lixo para envolvê-la e imaginando o infortúnio que teria sido se tivesse carregado o aparelho até o ponto de ônibus para só então descobrir que os motoristas não a deixariam embarcar com ele, restando-lhe apenas carregá-lo de volta para o apartamento. Soltou um longo suspiro, em parte pela fadiga imaginária dessa situação em que pensava, em parte pela fadiga real que tomava conta do seu corpo; ato contínuo, estalou a língua com impaciência: queria tornar a pegar a televisão logo e seguir o seu rumo de uma vez, pois não seria conveniente que a noite caísse e tudo se tornasse escuridão antes de ela chegar ao ponto de ônibus, mas sabia que de nada adiantaria apressar-se a retomar a caminhada sem ter descansado o suficiente, porque antes da próxima esquina a dor nos braços provavelmente a obrigaria a parar de novo. Dor nos braços, inclusive, que lhe causava surpresa. Quando pegara a televisão pela primeira vez, ainda no apartamento, não a considerara tão pesada assim; chegara mesmo a pensar que seria capaz de carregá-la até o fim do mundo; no entanto, a cada minuto que passava tinha a impressão de que o aparelho ganhava um quilo, e sustentá-lo nos braços, agora, já parecia tão difícil quanto carregar o filho no colo.

O filho. Vanderson. Aquele que continuava sem as benditas roupas pelas quais ela não podia pagar. Que continuava a sonhar com o bendito circo ao qual ela não tinha condições de levá-lo. Se bem que este último problema talvez fosse resolvido com a televisão... Afinal de contas, uma televisão não era muitíssimo melhor do que qualquer circo? Em uma televisão podiam-se ver jogos de futebol, podiam-se ver novelas, podia-se ver de tudo. Podia-se ver até um programa sobre circos. Uma televisão era uma espécie de janela para tudo o que existia no mundo. Sim! Vanderson certamente esqueceria o bendito circo de uma vez por todas, porque o que Vera levava para casa, ela se dava conta agora, não era senão a maior das maravilhas já inventada!

Tornou a pegar o aparelho, com especial determinação, e apertou o passo em direção ao ponto de ônibus, sentindo-se plenamente revigorada. Imaginar a alegria de Vanderson ao botar os olhos na televisão era fonte de energia mais do que suficiente para que outra vez ela se sentisse capaz de carregá-la até o fim do mundo.

Chegou à Azenha poucos minutos antes de a noite estabelecer-se por completo, mas o trânsito já parecia um verdadeiro show de luzes, com faróis, setas, lanternas, alertas e semáforos multicolorindo tudo, onde quer que se lançasse os olhos. Buzinas bramiam aqui e ali e motores rosnavam por toda parte, denunciando a frustração dos veículos, que, naquele ponto do espaço e do tempo, tornavam-se momentaneamente inúteis, incapazes de imprimir velocidade maior que a dos pedestres. Ainda que com desesperadora lentidão, entretanto, a manada luminosa seguia o seu curso, e entre todas aquelas ferozes criaturas de aço destacavam-se, pelo tamanho e pela quantidade, os ônibus, que, vindos do Centro, já chegavam ali cheios, como se a cidade inteira estivesse de mudança. Muitos deles vinham pelo lado direito da avenida, parando para embarque e desembarque no ponto junto às lancherias duvidosas daquela região, antes de seguirem pela Azenha em direção à zona sul; outros tantos — incluindo os ônibus que serviam a Vera — usavam o corredor exclusivo, e portanto paravam para embarque e desembarque no ponto que ocupava o centro da avenida, antes de virarem à esquerda, tomando a Bento Gonçalves e seguindo em direção à zona leste.

O cansaço, a dor e todos os outros tipos de desconforto costumam fazer com que as pessoas confundam a boa sorte com o azar. Foi o que aconteceu com Vera. Após atravessar o braço direito da avenida e travar uma batalha para penetrar na multidão que abarrotava o ponto de ônibus, ela só queria a oportunidade de largar a televisão no chão por mais uns instantes, o que não pôde fazer, pois um 398.4 já vinha se aproximando pelo corredor exclusivo. Em outra circunstância, o milagre de chegar ao ponto de ônibus ao mesmo tempo que um PINHEIRO VIÇOSA certamente teria lhe tirado da boca palavras mais bonitas do que as que resmungou naquele momento, enquanto tentava avançar por entre a aglomeração para se posicionar mais ou menos onde o coletivo devia parar e abrir a porta traseira para o embarque.

19

"Insuficiência" é uma palavra com cujo significado os trabalhadores mundo afora costumam estar bastante familiarizados, e Vera não era uma exceção. Assim como o seu salário não bastava para lhe garantir a mínima dignidade e os vales-transportes que recebia junto com ele todo mês eram apenas metade do ideal, também as suas horas de descanso entre um dia de trabalho e outro não conseguiam repará-la totalmente. Em virtude disso, os restos de fadiga iam se acumulando em cada uma das células do seu corpo ao longo da semana, de modo que às sextas-feiras não lhe restava energia sequer para pensar. Esse fato por certo bastava para absolvê-la da imprudência de fazer a televisão de banco, como fazia agora, após embarcar no PINHEIRO VIÇOSA e aboletar-se num canto onde não atrapalhasse o fluxo de passageiros entre a porta e a catraca. Felizmente o ônibus não viera tão cheio quanto ela imaginara, embora já não fosse possível evitar o contato com uma bolsa ou com uma mochila, com um cotovelo ou com uma nádega. Sentada e levemente curvada para a frente como estava, e portanto rodeada de quadris de desconhecidos na altura do seu nariz, experimentou uma inesperada sensação de privacidade, mesmo em meio a tanta gente, pela simples ocasião de que ninguém podia olhá-la nos olhos. Isso a deixou suficientemente à vontade para erguer as mãos diante do rosto e examinar os dedos, que se mantinham até agora ganchudos, como se ainda segurassem a televisão, incapazes de retornar ao estado normal sem dor.

Se por um lado ninguém podia olhá-la nos olhos, por outro havia um ângulo em particular do qual era possível entrever, através de uma pequeníssima fresta entre os corpos abatidos dos passageiros em pé ao seu redor, um pedaço da sua orelha direita. Esse era o ponto de vista de Aroldo, um homem que morava na rua Guaíba e também estava no ônibus, sentado em um dos assentos mais ao fundo. Ele não tinha com Vera sequer a intimidade do bom-dia, apesar de há tempos prestar atenção nela quando a via saindo do beco, ou conversando à porta da venda, ou descendo a lomba. Bastante atenção. Atenção o suficiente para ser capaz de reconhecê-la apenas pelo brinco, como a reconheceu.

Mas logo tornou-se impossível divisar a bijuteria, porque o ônibus seguia a galope rumo aos morros e matagais da zona leste, às vezes parecendo mesmo fugir dos edifícios ao redor, e, depois de mais três ou quatro paradas para embarque, o número de passageiros aparentemente dobrou, fazendo tanto o adorno como a orelha desaparecerem na massa compacta de trabalhadores esfalfados. De qualquer modo, bastava para Aroldo saber da presença de Vera a poucos passos para que a sua viagem de volta para casa tivesse outra cor, outro cheiro, outro sabor. Que se lembrasse, era a primeira vez que pegavam o ônibus juntos, e agora perguntava-se qual devia ser a sua ocupação, onde ela devia trabalhar, quanto devia receber de salário. Era sempre assim: quando a via, ou quando ouvia falar dela, ou quando dela se lembrava sem nenhum motivo aparente, enfim, quando se acendiam na sua mente as luzes da consciência de que ela existia, logo apanhava-se com o pensamento monopolizado por curiosidades e mais curiosidades ao seu respeito; e como ocorre com todas as perguntas para as quais não há meios triviais e imediatos de arranjar respostas, também as suas jamais perdiam a capacidade de mobilizar o interesse, o que em algum momento terminava por levá-lo a formular hipóteses. Faxineira. Cidade Baixa. Cento e vinte reais por mês.

As suposições, entretanto, longe de permitirem que Aroldo se libertasse do círculo de ideias ao redor de Vera, suspendiam as curiosidades iniciais apenas para ocasionar o surgimento de outras novas. Ele não vira o momento em que ela embarcara no ônibus, e quando os seus olhos perceberam-lhe o brinco, fora impossível não reparar na posição incomum em que se apresentava — uma posição baixa demais para que a mulher estivesse em pé, porém insuficientemente à direita para que ocupasse um dos assentos do ônibus. A única explicação seria que Vera estivesse sentada em pleno corredor, sobre algo sólido que trouxera consigo. Mas o quê? Uma caixa. Mas contendo o quê? Roupas. Mas arranjadas onde?, de que maneira? Ganhadas no emprego.

Como quem acorda gradativamente e a contragosto de um sonho melhor do que a realidade, retirado de lá com imperdoável delicadeza por um incômodo sutil e persistente, assim Aroldo foi notando, aos poucos, que o ônibus não se movimentava havia já algum tempo, o que finalmente o fez desviar os pensamentos de Vera por um momento e olhar pela janela. Reconheceu o Hospital Psiquiátrico São Pedro mergulhado em trevas e aspectos de abandono, compreendendo de imediato que estava preso no congestionamento absurdo que sempre se formava no cruzamento das avenidas Bento Gonçalves e Aparício Borges naquele horário e que muitas vezes se estendia por mais de um quilômetro. Suspirou, amofinado. Na mais otimista das hipóteses, seriam necessários pelo menos vinte minutos para que o ônibus conseguisse transpor a Aparício.

Voltando a pensar em Vera, contudo, Aroldo de repente esbarrou em uma ideia tão iluminada quanto pontuda, tão empolgante quanto assustadora, e a partir de então o tempo, como que para castigá-lo pela falta de paciência com o trânsito, pôs-se a correr rápido sob a sua perspectiva, empurrando-o com todas as pressas rumo ao momento em que teria a oportunidade de colocar em prática o plano diabólico que acabava de lhe ocorrer. Com brevidade inédita, ou assim lhe parecia, o ônibus não só venceu o engarrafamento e alcançou o quartel como também ultrapassou o sanatório e chegou à PUC, transpôs o Carrefour e atingiu a Estação Antônio de Carvalho, cruzou a Faculdade de Agronomia e invadiu aquele setor remoto da cidade onde a temperatura sempre caía três ou quatro graus bruscamente, denunciando a proximidade da Lomba do Pinheiro.

A ideia era falar com Vera. Dirigir-lhe a palavra pela primeiríssima vez. Se ela realmente trazia uma caixa de roupas do trabalho, ou qualquer que fosse o objeto que fazia de assento, precisaria carregar aquilo até sua casa após descer do ônibus, e Aroldo pensou consigo mesmo, com toda a sua dificuldade para avaliar pesos e medidas daquela natureza, que talvez não soasse tão absurdo, tão suspeito, tão evidentemente postiço oferecer-se para ajudá-la. Não obstante, bastou que o ônibus entrasse na curva fechada que tirava os veículos da Bento Gonçalves e os colocava na estrada João de Oliveira Remião para que o coitado sentisse instalar-se no seu interior o nervosismo de quem se prepara para cometer o mais terrível dos pecados. Agora era questão de poucos minutos para que ele e Vera desembarcassem, e não sabia ao certo se até lá não teria se evaporado da sua alma a coragem necessária para alinhar os seus olhos com os da mulher, sorrir-lhe muito de leve (com o devido cuidado de não lhe exibir o espaço vazio deixado pelos dentes que perdera, o qual tanto o envergonhava) e por fim perguntar-lhe, imprimindo na voz o máximo de segurança e naturalidade que pudesse, se queria que ele carregasse o peso até a casa dela, no fundo do beco. Imaginar a cena atormentava-o de antemão, menos por como Vera poderia interpretar a atitude do que por como *as pessoas ao redor* poderiam interpretá-la. Para piorar tudo, era sexta-feira, de modo que, além dos vários outros passageiros que deviam descer do ônibus no mesmo ponto que eles — todos vizinhos que conheciam a ambos pelo menos de vista —, havia ainda os bares da rua, que àquela altura já deviam estar lotados de marmanjos bêbados à espera de qualquer pretexto para gargalhar de alguém.

A Escola Onofre Pires na parada 1-A, o Cemitério Parque Jardim da Paz na parada 2-A, a caixa-d'água da vila Mapa na parada 4, a mansão d'Os Serranos na parada 5: o ônibus ia deixando tudo para trás, indiferente à aflição de Aroldo. Quando chegou à parada 6, não pôde estacionar exatamente em frente à Escola Rafaela Remião, porque um Bonsucesso havia ocupado o ponto primeiro; teve que parar, portanto, um pouco antes, logo atrás dele, diante da pequena igreja que ladeava o colégio. E foi então, olhando pela janela e encarando a cruz imponente no topo daquela capelinha simples, que Aroldo encontrou a força de espírito de que precisava. Ele era um filho de Deus, afinal. Tinha direito ao amor e não precisava se envergonhar de almejá-lo.

20

— Fiquei cego, mano, larguei fincado. Se tu me perguntar como é que eu pulei aquela porra daquela tela, nem vou saber te falar, nas que é. Quando eu vi, eu já tava no valão, me enfiando pra dentro do mato. Fui sair lá em cima, no Beco da Dona Neusa, o cu que não entrava uma agulha, todo lanhado dos espinho, as roupa tudo rasgada, os pé tudo cagado do valão. Tu tá é louco!

Desse jeito Diego contava sobre a sua fuga matinal, a testa enrugada simulando consciência da gravidade do ocorrido, mas o coração refestelando-se num profundo sentimento de prazer, de grande satisfação com o próprio valor, com a própria honra. O adolescente sabia o quanto aquela história fazia-o crescer no conceito de todos aqueles homens adultos que o ouviam com atenção, entre um gole de cerveja e outro, reunidos na frente de um dos bares da rua Guaíba.

— Tá, Diego, e os porco sentaro mesmo o dedo em ti?

— Caralho, mas se tô te falando. Pergunta pro Davi, pra tu ver. Senti as bala passar zunindo, irmão. Sabe lá o que é isso? — Diego fez uma pausa e aproveitou para tomar um gole de cerveja, porque não seria ouvido em meio à barulheira do motor do PINHEIRO VIÇOSA, que desceu a lomba lentamente, desviando das aglomerações de pessoas que bebiam às portas dos bares, e estacionou logo adiante, em frente à venda, para que os passageiros pudessem desembarcar. Depois que o ônibus acelerou e afastou-se, fazendo todas as paredes da vila tremerem, o adolescente continuou: — O pior agora é que tô todo espiado. É foda. Vai que os porco lembra da minha cara: vou andar por aí de que jeito? Vai que eles passa e me dá recunha. Eu acho até que...

Mas não pôde concluir, pois um dos homens que até então escutava o seu relato subitamente desviou o olhar para um ponto às suas costas, pondo no rosto uma pronta expressão de deboche e interrompendo-o:

— Hummm! Ó lá, Diego, ó lá, ó lá, ó lá. Não é o teu tio lá, tacando pedra na Vera? Mas ah!, Aroldo véio! O peito que é uma pomba! Cansou de ser cabaço, será?

A troça produziu uma onda de gargalhadas no bar. Também aos risos, o adolescente olhou por cima do ombro, a tempo de ver Vera, toda dentes, transferindo um volume para os braços de Aroldo. Os dois seguiram lado a lado, trocando algumas palavras que àquela distância não se podia ouvir, e por fim desapareceram na escuridão do Beco da Dona Helena, enquanto Diego tornava a empinar o copo de cerveja e balançava a cabeça negativamente.

— Deus que me perdoe. A vergonha da família tá ali. Eu, com metade da idade do tio Aroldo, já comi o dobro de mulher.

— Então tu é cabaço também. Porque o dobro de zero é zero.

— Se o dobro de zero é zero, o teu cu é o que eu mais quero — rimou o adolescente, em resposta.

— O que eu quero, nunca acho; tu, putão, quer cu de macho — consoou também o adulto.

— Macho onde, que eu não vi? Tu é mais mulher que a Rita Lee.

— Acho que tô mais pra Wando, tu vai me dizer que não? Se pá a tua mãe é o fogo, se pá eu sou a paixão.

— Entre tu e o cantor Wando, eu não sei quem é mais feio; mas se tu fosse malandro, não botava a mãe no meio.

— Pode crer, eu rateei, mas quem é que nunca erra? Quem nunca correu dos porco, que atire a primeira pedra.

Nesse momento, Diego se desconcentrou completamente, ofuscado pelo orgulho de si mesmo, que brilhou com ainda mais força pela alusão à sua fuga. Chegou a abrir a boca para prosseguir no duelo, mas não lhe ocorreu nenhuma boa rima a tempo. E bastaram dois ou três segundos sem que ele dissesse nada para que, ato contínuo, os homens todos começassem a gritar e lhe dar tapinhas na cabeça, declarando, assim, a sua derrota.

— Não, não, mas o guri tá ficando bom, o guri tá ficando bom — elogiou o vencedor, colocando mais cerveja no seu copo e depois estendendo-o para brindar com o adolescente.

Foi quando Margarete, a mãe de Diego, surgiu à janela de casa, do outro lado da rua, uns vinte metros lomba acima.

— Di! — gritou ela, com as mãos atrás da cabeça, tentando prender o cabelo.

— Quem me chama?! — respondeu o filho, tornando a encher o seu copo de cerveja.

— Teu tio não chegou nesse Viçosa?!

— Chegou, mas foi ajudar a dona Vera a carregar um bagulho!

— Que bagulho?!

— E eu vou saber, mãe?!

— Vai lá chamar ele! Fala pra ele do cano!

— Tá, tô indo lá!

21

Diego foi mesmo fazer o que a mãe pedia, sem nem ao menos se dar conta de que lá, à janela, ela tinha inclinado a cabeça e enrugado a testa, estranhando tanta presteza da sua parte. E o pasmo tinha toda a razão de ser: no curso da normalidade, não havia favor, grande ou pequeno, que Margarete pudesse solicitar sem que o filho de pronto se desmanchasse em reclamações, especialmente quando forçado a apartar-se de um copo de cerveja. O que a mulher não tinha como adivinhar, claro, era o quanto aquele pedido vinha a calhar para o adolescente, que passara o dia inteiro tentando, sem sucesso, bolar um bom pretexto para ir ao pátio de dona Helena, sem que recaísse sobre ele a suspeita acertada de que só queria deslizar os olhos pelo corpo de Camila, o qual já ensaiava as formas de mulher pronta.

O Beco da Dona Helena, assim como todos os becos da vila, era estreito e profundo, sem qualquer tipo de iluminação própria; quanto mais Diego se embrenhava por dentro da viela, afastando-se dos postes da Guaíba às suas costas, mais a escuridão ao seu redor se intensificava. O breu, no entanto, era intercalado por trechos indiretamente iluminados, porque a maioria das casas à direita e à esquerda tinha sido construída com a entrada voltada para o acesso e, estando algumas dessas casas com a porta aberta e as lâmpadas interiores acesas, cuspiam no caminho uma luz fraca e amarelada, possibilitando que o adolescente pudesse ver aparecerem e em seguida tornarem a desaparecer os próprios pés, metidos em chinelos maiores do que o ideal, quando passava em frente a elas.

Já próximo ao final do beco, Diego podia ouvir nitidamente um rumor suave e constante, parecido com o som do mar: o único indício de que poucos passos à frente havia um matagal, já que olhando-se naquela direção nem os mais aguçados dos olhos poderiam identificar qualquer coisa além dos vaga-lumes a piscarem fugazmente no pretume completo que se erguia do chão à guisa de parede sólida, sem deixar ver nem raízes nem troncos, nem galhos nem folhas, como se dali para diante o resto do mundo ainda não tivesse sido desenhado. Logo, porém, o adolescente esqueceu o farfalhar, preferindo voltar a atenção para as vozes que de repente percebeu virem do pátio de dona Helena. Não chegava a ser um burburinho particularmente exaltado, mas Diego o achou encorpado o bastante para considerá-lo estranho. Era como se todos os integrantes da família que vivia naquele terreno por alguma razão houvessem se reunido em apenas uma das casas, o que não se explicaria sem uma ocorrência extraordinária, sobretudo estando lá o seu tio Aroldo, que, até onde ele sabia, não tinha a menor intimidade com aquelas pessoas.

E, de fato, ao aproximar-se do portãozinho de madeira apodrecida centralizado na cerca de arame farpado, o adolescente viu que a casa de Vera achava-se cercada de gente. Cinco ou seis vizinhos que não faziam parte da família tinham vindo ao pátio para sondar de perto, sem disfarçar a curiosidade. Um pouco mais adiante deles, João e Ronaldo — os filhos de Ivone, e portanto sobrinhos de Vera e primos de Vanderson — conversavam com a mesma empolgação de uma véspera de Natal, às vezes fazendo gestos no ar, como se trocassem fabulosos testemunhos. Uma vez que João tinha sete anos, enquanto Ronaldo contava apenas cinco, o mais velho mantinha a cabeça voltada para baixo para poder encarar o mais novo, mas de vez em quando o desconsiderava por completo e esticava o pescoço, tentando espiar o interior da residência, como se esperasse novidades vindas de lá. Mais próxima à porta, dona Helena parecia dar explicações às pessoas lá dentro; Vanderson, nu em pelo e abraçado à perna da avó, era o único mudo, e nem por um segundo desviava o olhar da entrada da casa. Entretanto tinha a visão bloqueada pelo corpo de Lúcia, que se mantinha estacada no caminho, uma mão na cintura e a outra no batente. Ela também parecia dirigir instruções, e às vezes dava a impressão de estar prestes a perder a paciência, fazendo menções de ir se juntar aos demais lá dentro, porém desistindo logo, possivelmente por perceber que não caberia mais ela ali. Olhando de onde estava, Diego fez um breve cálculo mental e achou que não seriam necessárias mais do que quatro pessoas para abarrotar aquele barraco minúsculo, o que lhe permitiu adivinhar que no seu interior deviam estar Aroldo, Vera, Ivone e Maria. E como que para confirmar o seu palpite, a voz da última de repente explodiu num grito potente:

— Achou, filha?!
— Acho que achei! — respondeu a voz de Camila, vinda de lá dos fundos do pátio. — É um azul?!
— Isso não é azul, meu anjo! É verde!
— Mas pra mim isso aqui é azul!
— Tu quer apanhar, Camila?!
— Eu não!
— Então traz logo essa porcaria! É o maior que tem, não é?!
— É!
— Então é esse mesmo! Vamo logo com isso!

Diego direcionou o olhar para o corredorzinho entre a casa de dona Helena, à esquerda, e a de Vera, à direita, o qual dava acesso aos fundos do pátio, e ficou esperando a aparição de Camila, cujos passos aborrecidos logo se fizeram ouvir e cuja sombra tênue logo se antecipou, projetada de lá para cá pela luz de uma lâmpada oculta, provavelmente pendurada à entrada de uma das residências que ficavam lá atrás. Quando a menina surgiu, trazendo no rosto ainda mais aborrecimento do que nos passos, o adolescente estava tão interessado em descobrir o que ela tinha ido buscar que se esqueceu por completo de esquadrinhar o seu corpo centímetro por centímetro e imaginá-lo nu, o que não costumava acontecer. Era um pedaço de fio.

Desviando-se de João e de Ronaldo, e depois de dona Helena e de Vanderson, Camila seguiu até a entrada da casa de Vera, mas não conseguiu entrar, porque Lúcia, sem perceber que a menina, às suas costas, tentava passar, manteve-se estacada no caminho, sempre dirigindo instruções às pessoas lá dentro. Impaciente, Camila recuou alguns passos para ganhar ângulo e inclinou o corpo para trás, esticando a mão com o fio quase até o calcanhar, e então o arremessou lá para dentro da residência, pela janela. No mesmo instante, ouviu-se a voz de Aroldo:

— Ai!

E em seguida Maria trovejou:

— Puta que me pariu, Camila! Tu vai ver só, depois!

Segurando o riso, a menina simulou grande surpresa e perguntou:

— Ué, mãe, mas o que que eu fiz de mais?

— Tô falando sério contigo, praga! Tu te prepara, viu, tu te prepara!

E esse comportamento espevitado por parte de Camila, esse espírito animado e travesso que ela demonstrava em cada palavra, em cada gesto, esse seu jeito desenvolto de ser acendeu algo dentro de Diego, fazendo-o sorrir. Não era desejo sexual, a princípio, mas de todo modo bastaram dois ou três segundos para tornar-se exatamente isso.

22

— Psiu! — fez o adolescente, tentando chamar a atenção da menina. — Psiu! — repetiu. E quando ela finalmente olhou na sua direção, chamou: — Chega aí, fedorenta.

— Fedorenta é a tua vó — disse Camila, se aproximando.

— Que que tá pegando aí?

— A tia Vera ganhou uma TV no serviço. Agora tá uma luta lá dentro pra tentar liberar um espaço pra botar o troço.

— Caralho, mano, uma TV! — espantou-se Diego, tapando a boca com a mão.

— Pois é.

— Tá, e aquele fio que tu jogou lá dentro?

— É que não tem tomada na casa da tia. Daí o teu tio tá lá, fazendo uma enjambração pra poder ligar a TV.

— Ah, entendi. Mas escuta aqui, vem aqui pertinho... Deixa eu te perguntar uma coisa, vem aqui pertinho...

Camila sorriu, cheia de curiosidade, e ofereceu a orelha direita a Diego. Ele, então, segurou a cabeça da menina pelo outro lado, trazendo-a para ainda mais perto, e começou a falar, o nariz enfiado no cabelo dela, os lábios roçando de leve no seu lóbulo:

— Pô, nem sei como te perguntar isso... Engraçado, né?... Às vez a gente... sei lá... Às vez a gente pensa... sabe?... que vai ser fácil perguntar uma coisa pra alguém, só que quando chega na hora... — Embromava porque, na verdade, não tinha nada a perguntar. Levado pelo impulso, construiu de improviso e sem hesitar aquela circunstância mentirosa e pôs-se a desfrutar dela, aproveitando que a sua mão estava em contato com a cabeça de Camila para fazer-lhe carícias com o polegar, nem tímidas a ponto de passarem despercebidas, nem ousadas o bastante para caracterizar acinte, mas agora precisava inventar uma curiosidade qualquer para justificar o momento de intimidade. — Como é que eu vou perguntar isso?...

— Ai, Di, pergunta logo, imundície — sussurrou a menina, cada vez mais curiosa.

E Diego, imaginando aquele sussurro em outro contexto, a dizer outras coisas, fechou os olhos, esforçando-se para não desperdiçar sequer uma parcela do tesão que latejava na sua alma, concentrando-se por inteiro nele, tentando experimentá-lo todo.

— Bom, é que... Será que... sabe?... nos dia que tiver jogo do Inter na TV... Ah, sei lá... Eu só pensei que...

— Tu quer saber se a tia Vera deixa tu ver o jogo na casa dela — adivinhou Camila, com outro murmúrio.

— É... Quer dizer... Bom, resumindo, seria isso, sim... — confirmou o adolescente, também em voz baixa, o nariz ainda metido no cabelo dela, o polegar ainda trabalhando. — Tu acha que... Pode falar a verdade, viu?... Tu acha que... sei lá... ia ser muito abuso?...

— Sei lá, Di. Tinha que perguntar pra ela. Tu quer que eu pergunte?

— Não, não... Pode deixar que eu mesmo pergunto, qualquer dia desses...

Percebendo que as pessoas estavam prestes a sair da casa de Vera, Diego finalmente largou a cabeça da menina, mas não sem antes fazer-lhe um breve cafuné, à maneira de agradecimento. Depois abriu o portãozinho, passou para dentro do pátio e se aproximou da porta da residência, dando um tapinha nas cabeças de João e Ronaldo na passagem, o que fez os meninos irem atrás dele, tentando acertá-lo com socos e pontapés de brincadeira.

Quando as pessoas saíram da casa, uma atrás da outra, trouxeram para fora um par de conversas cruzadas, Vera falando com Aroldo enquanto Ivone falava com Maria.

— Ah, eu achei que ficou ótimo ali, em cima da cômoda.

— Nossa, muito obrigada! Nem sei como agradecer o senhor...

— Não ficou ruim ali. Mas acho que tinha ficado melhor do outro lado do quarto.

— Que isso, foi um prazer ajudar a senhora.

— Sim, mas pra ficar lá ia ter que ficar em cima do banquinho.

— Qualquer dia o senhor passa aqui, pra tomar outro cafezinho.

— Paciência, banquinho se arruma outro.

— Claro, eu venho, sim.

Os vizinhos curiosos que estavam por ali pediram permissão para entrar na residência e dar uma conferida na televisão, o que foi devidamente autorizado por Vera. Porém, como não cabia tanta gente lá dentro, apenas dois deles entraram, junto com dona Helena e Vanderson, e os demais ficaram esperando para irem depois, quando alguém saísse.

— Tá, tá, chega de arreganho, chega de arreganho — disse Diego a João e Ronaldo, que ainda tentavam golpeá-lo. Em seguida dirigiu-se a Aroldo: — Tio, a mãe tá chamando o senhor.

— Aconteceu alguma coisa? — quis saber o homem, preocupado.

— Não, nada. Quer dizer, tirando o cano, que estourou, nada. Tivemo que fechar o registro. Tamo sem água faz duas hora, já.

— Certo, eu já tô indo lá.

— Mais uma vez, obrigada, seu Aroldo — falou Vera, toda sem jeito, esfregando uma mão na outra por não saber o que fazer com elas.

— Nada, dona Vera, eu que agradeço — respondeu Aroldo, ainda mais tímido do que ela. E imediatamente arrependeu-se dessa resposta, considerando um completo desastre dizer "eu que agradeço" como se tivesse sido a mulher a lhe fazer um favor em vez do contrário. Mas achou melhor não tentar emendar o soneto e foi embora sem falar mais nada, acompanhado pelo sobrinho e sentindo o rosto arder de vergonha.

23

Aroldo e Margarete eram irmãos só por parte de mãe, uma tal Jaqueline, ou pelo menos assim se supunha. Contudo não tinham sido criados por ela, e sim pela avó, dona Tereza, falecida havia já algum tempo. Ninguém sabia ao certo o teor de veracidade das histórias contadas a respeito daquela família, entretanto acreditava-se que dona Tereza enxotara Jaqueline de casa ao descobrir que a filha se prostituía. E, segundo constava, Jaqueline voltara à vizinhança apenas duas vezes após a expulsão, ambas efemeramente e às escondidas, na calada da noite, em cada uma dessas oportunidades trazendo uma criança recém-nascida para dona Tereza criar. Esta teria aceitado as incumbências para tentar aliviar o sentimento de remorso, que a essa altura a excruciava. Mas tanto Aroldo quanto Margarete já eram adultos e independentes quando dona Tereza e a versão correta dos fatos foram sepultadas.

Durante alguns anos, os dois irmãos seguiram habitando a mesma residência em que tinham crescido, mas quando Aroldo soubera do namoro de Margarete com Robson, o homem que mais tarde viria a ser o pai de Diego, achara que já era hora de procurar outro lugar para morar, um canto só seu, e deixar aquela casa de dois quartos toda para a irmã. Contribuíra para essa decisão a sua baixa autoestima. Dado que ele não conseguia sequer pensar em si próprio sem emitir um suspiro de desânimo e prontamente concluir que mulher nenhuma haveria de nutrir o mínimo interesse pela sua pessoa, parecia-lhe evidente que Margarete tinha muito mais chances de constituir família em algum momento da vida, e, se isso acontecesse, ela precisaria de espaço. "No fim das conta, quem não casa também quer casa", pensara Aroldo, com amargura.

No entanto, como não tinha dinheiro para sonhar muito alto ou tomar muita distância, a solução que encontrara tinha sido passar alguns meses juntando retalhos de madeira dos mais variados tipos, obtidos das mais variadas maneiras, e por fim usá-los para erguer o seu barraco de cômodo único nos fundos do mesmo terreno onde passara a vida inteira, a apenas alguns metros do teto a que renunciara. E nem bem se transferira para lá quando Robson engravidara Margarete, o que o levara a acreditar que fizera escolhas não só certeiras como também providenciais, apesar de o pai da criança jamais ter vindo ocupar o espaço do qual ele abrira mão, a não ser em ocasiões momentâneas e tempestuosas, na condição de visita indesejada.

Aroldo ainda não tinha conseguido engolir o "eu que agradeço" quando deu por si diante do tanque de lavar roupas que ficava do lado de fora da sua casa, encostado na parede, o qual usava também como pia para lavar louças. Sentia sede e, como de hábito, girou o volante da torneira, pronto para inclinar-se e enfiar a boca no bico, mas nenhuma gota de água saiu dali. Foi só então que se lembrou do cano estourado, dando-se conta de que, completamente distraído, contornara a casa de Margarete e seguira direto para a sua.

— Ah, tem mais isso, ainda! — resmungou, tornando a fechar a torneira e encaminhando-se de volta à parte frontal do pátio. — Então quer dizer que se eu não venho pra casa ninguém mais bebe água nesse pátio? E outra: eu lá tenho cara de encanador, por acaso? — Mas envergonhou-se prontamente de ambas as perguntas. Da primeira porque não tinha lugares aonde ir, não era convidado para nada por ninguém, de modo que não conseguia sequer imaginar uma situação em que não voltasse para casa após o trabalho; e da segunda porque, se não tinha cara de encanador, também não tinha de eletricista, e mesmo assim improvisara uma tomada para Vera, Deus sabia bem que com a maior boa vontade.

    Entrou na casa da irmã sem bater na porta ou pedir licença e encontrou-a na cozinha, a mão esquerda com uma colher de pau mexendo algo em uma panela, a mão direita com um bule despejando água quente em outra, os olhos atentos à fervura de uma terceira. Dar de cara com aquela imagem só serviu para fazer aumentar o seu sentimento de vergonha. Margarete também não tinha cara de cozinheira, e mesmo assim era a comida dela que o alimentava todos os dias.

24

— Ah, finalmente! — exclamou a mulher ao ver o irmão. — Eu já tava começando a achar que eu ia ter que largar as panela aqui e ir atrás de vocês dois. — Dizendo isso, olhou por cima de um ombro e depois por cima do outro, percebendo que o filho não viera junto. — Ué, e o Di, cadê?

— Ficou no bar.

Margarete torceu os beiços.

— Mano, tu precisa conversar com esse guri.

— Tá tudo bem. Eu arrumo rapidinho. Qual foi o cano que ele estourou desta vez?

— Não, eu não tô falando do cano. Já se foi o tempo que era só esse tipo de preocupação que ele me dava. Eu tô falando é dele passar o dia inteiro enchendo o cu de maconha por aí. E quando não é isso tá enfiado num bar, bebendo. Saiu igualzinho o pai dele. Olha, vou te contar: eu devo ter atirado a cruz na pedra.

— Mas, mana, isso é normal na idade dele. Não é? Daqui a pouco ele toma jeito.

— Normal? Como normal? Normal era ele tá na escola. Mas já que largou, que pelo menos fosse caçar um serviço. Não sei como tu pode achar normal essa vadiagem.

— "Normal" não significa "bom". Enfim, eu só quis dizer que todo mundo na idade dele faz a mesma coisa.

— É, mas o meu filho não é todo mundo. — Até esse ponto da conversa, Margarete parecia um pequeno tornado indo daqui para lá e de lá para cá, pegando potes de tempero e tornando a guardá-los após o uso, baixando a chama de uma boca do fogão e aumentando a de outra conforme necessário, usando a água de um balde (arranjada com o vizinho) para lavar recipientes e utensílios que havia sujado e dos quais não precisava mais, o tempo todo falando sem olhar para o irmão. Contudo, depois de largar uma faca no escorredor de louças, de repente parou quieta diante da pia, as mãos apoiadas no balcão, os braços tesos como os de um ginasta a praticar argolas, a cabeça baixa entre os ombros encolhidos, as costas voltadas para Aroldo. Ficou assim durante alguns segundos, em silêncio, e então começou a chorar.

— Ei! — disse o irmão, entre confuso e alarmado, aproximando-se dela. — O que que aconteceu?

— Hoje ele fugiu dum brigadiano, mano — revelou Margarete, aos soluços.

— O quê? Mas como assim?

— Assim. Fugiu dum brigadiano.

— Mas e o brigadiano foi atrás dele a troco de quê?

— Sei lá, eu não entendi direito. Foi essa vizinha aí da frente que me contou, quando eu cheguei. Parece que ele tava fumando maconha na praça, a viatura apareceu, ele saiu correndo e um brigadiano foi atrás dele. — Era visível o esforço que ela fazia para que o choro não a dominasse de vez. — O homem chegou a atirar nele, mano! Sacou a arma e atirou no meu filho!

— Meu Deus do céu! — espantou-se Aroldo, arregalando os olhos.

— A sorte foi que os tiro não pegou e ele conseguiu fugir.

— Mas e o que que o Diego disse disso? Tu falou com ele?

A irmã balançou a cabeça negativamente.

— Quando eu cheguei, ele já tava lá no bar.

— Pois então chama ele aqui agora mesmo, mana! Tu precisa falar com ele!

— Aí é que tá: eu esperava que *tu* falasse com ele.

O irmão inclinou a cabeça para o lado e comprimiu os lábios, tentando imaginar uma maneira de recusar o encargo sem entristecer Margarete ainda mais.

— Assim, mana: eu posso falar com ele, se tu quiser. Tá bom? Não tem problema nenhum pra mim. Eu só quero que tu entenda que talvez não é a melhor ideia. Afinal, a mãe dele é tu. Com que autoridade eu vou chamar ele pra uma conversa desse tipo, se eu nem sou o pai dele?

Já se recuperando da pequena crise de choro, Margarete tornou a empunhar a colher de pau e voltou para as panelas.

— Tu vai chamar ele pra conversar com a autoridade do homem que tu é. Entendeu? Ele não me escuta, mano. Já faz dezesseis ano que eu falo nos ouvido desse guri. Se ele escutasse metade das coisa que eu digo, nada disso tinha acontecido. E tem outra coisa: tu pode não ser pai dele, mas é tio. Não é um estranho.

Vencido, Aroldo ficou fazendo que sim com a cabeça, mesmo a irmã estando de costas para ele e portanto impossibilitada de perceber o gesto. Depois verbalizou:

— Tá certo. Eu vou falar com ele, pode deixar. Não hoje. Ele ainda deve tá com a cabeça quente com essa história, pronto pra dizer um monte de coisa, reclamar de tá recebendo sermão. Eu vou esperar um tempo, esperar ele se desarmar. Qualquer dia desses eu chamo ele pra conversar.

Ainda fazendo que sim com a cabeça, os olhos fixos no nada, já se perguntava como poderia começar a conversa com o sobrinho, mas nenhuma ideia lhe ocorria. No fundo, não acreditava que Diego fosse lhe dar ouvidos, pois tinha consciência de estar longe de ser o tipo de homem pelo qual o adolescente nutria admiração e respeito — sentimentos dos quais nem mesmo ele próprio se considerava merecedor.

25

— Olha, às vez eu fico pensando a quantidade de problema a menos que ia ter no mundo se as pessoa soubesse guardar a bendita língua dentro da boca — disse Vera, encabulada, alteando a voz para fazer-se ouvir em meio às gargalhadas das irmãs.

— Por falar em língua, esse teu noivo deve ser bom com a dele — observou Ivone, cruzando os braços e empinando o queixo desafiadoramente, como quem propõe um enigma.

— *Noivo?* Mas meu Pai Eterno! O homem só veio me trazer a TV!

— Por que tu diz que ele deve ser bom com a língua? — quis saber Lúcia, bastante intrigada.

— Ora, porque o homem não tem os dente. Imagina pra comer uma carne, como é que ele faz. Tem que *jokear* muito com a língua, jogando a carne pra lá e pra cá dentro da boca até conseguir engolir. Prática é tudo nessa vida.

Maria achou essa piada particularmente engraçada, e teve um ataque de riso que terminou em tosse violenta. Dando-lhe tapinhas nas costas, Ivone prosseguiu:

— Pra ser justa, alguns dente eu vi que ele tem. Eu consegui contar pelo menos dois: as trave, uma de cada lado. Mas nem sinal do goleiro.

Até esse momento, dona Helena, apesar do visível esforço que precisava fazer para manter-se séria, mostrava-se solidária com Vera, gesticulando com as mãos para que Ivone, Maria e Lúcia a deixassem em paz. À última tirada de Ivone, no entanto, não pôde mais resistir e entregou-se também ao riso, apesar de ela própria ser banguela.

— "Nem sinal do goleiro" — repetiu a idosa, os ombros frágeis chacoalhando.

Ainda estavam todas em frente à casa de Vera, sem darem-se conta de que tinham o espírito docemente embalado pela despreocupação generalizada que antecedia o sábado, dia em que, assim como muitas outras pessoas nas redondezas, nenhuma delas trabalhava. Os vizinhos curiosos já tinham ido cada um para a sua casa; João, Ronaldo e Vanderson, alheios às gargalhadas das mais velhas, usavam uma vassoura para desenhar no chão de terra uma pista de corrida, na qual tampinhas de garrafa fariam as vezes de carros possantes, cada um dos meninos tendo direito a três petelecos por vez para fazê-los correr; e Camila havia desaparecido sem que ninguém desse pela falta dela, mas logo surgiu novamente, com uma toalha no ombro e algumas peças de roupa nas mãos.

— Vó, posso ir lá tomar meu banho?

Dona Helena ainda repetia "nem sinal do goleiro", aos risos, mas não demorou a autorizar:

— Vai lá, essa menina, vai lá.

João, que era o mais velho dos meninos, e também o mais esperto, de repente ficou muito insatisfeito com as tampinhas.

— Ah, mas essas tampinha aí é de cerveja, não dá. É difícil acertar os peteleco nessas aí, não tem como. Tem que ser tampinha de refri, porque as tampinha de refri é mais gordinha.

— Mas nós não temo tampinha de refri — constatou Vanderson, assustado, como se aquela fosse uma questão de vida ou morte.

— E agora? — perguntou Ronaldo, também levando o problema muito a sério.

— Hum... Deixa eu pensar, deixa eu pensar... Ah, já sei! — exclamou João, erguendo no ar o indicador em riste, apontado para cima, como se indicasse uma das estrelas do céu. — Eu tenho umas tampinha de refri que eu guardei!

Os outros dois meninos ficaram empolgados.

— Então vamo lá buscar!

— É, vamo lá buscar!

— Não, vocês dois fica aqui. As tampinha tá no meu esconderijo secreto, e eu não quero que vocês descobre onde é que é. Vou lá pegar. Vocês dois fica aqui, hein? Eu já volto.

Após dizer isso, o menino afastou-se a trote e enveredou pelo corredorzinho entre a casa de dona Helena, à esquerda, e a de Vera, à direita, olhando para trás para certificar-se de que o irmão e o primo permaneciam no mesmo lugar. Quando alcançou a pequena encruzilhada entre as quatro primeiras residências do pátio, deteve-se e ocultou-se atrás da casa de dona Helena, mais uma vez lançando os olhos neles para verificar se por acaso não teriam planos de segui-lo para tentar descobrir onde ficava o seu esconderijo secreto; viu-os completamente distraídos, conversando e apontando para a pista no chão, provavelmente discutindo melhorias, novas curvas, retas maiores. Satisfeito, esgueirou-se até o banheiro da avó e inclinou-se junto à porta, para espiar Camila através de uma fresta, sentindo galopar na sua alma toda a adrenalina de quem desrespeita as proibições tácitas para curvar-se à vertigem da curiosidade e do desejo.

26

Fazia-se necessária toda uma logística para organizar os banhos naquele pátio, porque eram ao todo nove pessoas e apenas um banheiro. Dona Helena costumava banhar-se cedo, durante o dia, para não ser mais uma a encorpar a fila à noite, quando Ivone, Maria e Vera chegavam moídas do trabalho. Entre os meninos, João era o único que já tomava banho sozinho, sem o auxílio da mãe, contudo ainda não tinha desenvolvido gosto pela higiene, de modo que adiava o encontro com o chuveiro o quanto podia, na expectativa de que Ivone decidisse poupá-lo e o deixasse ir dormir sem passar por aquela tortura; por essa razão, jamais acontecia de a noite cair e ele já estar limpo. Vanderson era outro que ainda não tinha aprendido a gostar da hora do banho, assim como Ronaldo também não; a esses, porém, não restava sequer a esperança de evitá-lo, pois ainda se banhavam cada qual junto com a sua mãe. Camila, ao contrário dos meninos, sentia enorme prazer no contato com a água quente, e além disso fazia questão de estar sempre cheirosa, sobretudo nos últimos tempos, em que tinham se tornado frequentes as ocasiões nas quais os meninos da escola, ou mesmo os da vizinhança, vinham com os seus pretextos bobos para estarem muito próximos a ela, falando-lhe ao ouvido toda sorte de tolices e às vezes até lhe fazendo pequenas carícias; mas preferia banhar-se à noite, ainda que tivesse a mesma preocupação de dona Helena e também tentasse não atrapalhar a mãe e as tias. Lúcia, que não tinha emprego fixo e portanto só trabalhava de vez em quando, mesmo assim não seguia o exemplo da mãe e da sobrinha e deixava para banhar-se quando as irmãs já estavam em casa e justamente na hora em que costumavam tomar banho, pelo simples prazer de atrapalhá-las, e ainda por cima ia antecipando na imaginação o momento em que alguma delas viesse a reclamar disso, pronta para responder com cobras e lagartos. Ivone, Maria e Vera, por outro lado, tinham por hábito ser muito solidárias umas com as outras, cada qual sempre fazendo a gentileza de oferecer às outras duas a oportunidade de usar o banheiro primeiro.

Não havia sabonete e muito menos xampu. O que havia era uma única barra de sabão grosso da mais barata, dessas comuns na lavagem de roupas antes da popularização do sabão em pó, a qual todos usavam, em todas as partes do corpo e também nos cabelos. Cada mulher adulta do pátio tinha a sua vez de comprar uma nova barra quando a que estava em uso terminava, na seguinte ordem: Vera, depois Lúcia, em seguida Maria e por fim Ivone. Dona Helena ficava isenta dessa responsabilidade, pois cedia o banheiro. A bem da verdade, entretanto, já fazia alguns anos desde a última ocasião em que uma barra completa fora posta à disposição. Isso porque, certa vez, havendo acabado o sabão e sendo Lúcia a responsável por repô-lo, esta deixara no banheiro apenas metade de uma barra, alegando ser mais fácil segurar aquele pedaço do que segurar uma barra inteira, embora Ivone, Maria e Vera adivinhassem sem nenhuma dificuldade que o seu real objetivo era economizar. E desde então as irmãs passaram a imitá-la, pondo um ponto-final no que dali por diante começaram a chamar de "a época das barras inteira", expressão que hoje em dia usavam automaticamente e de maneira genérica para se referirem a qualquer período de maior fartura.

Desta vez, os últimos a tomar banho foram Vera e Vanderson.

— Eu vou poder ver TV antes de dormir? — quis saber o menino, de olhos bem fechados para evitar que caísse espuma neles, enquanto a mãe esfregava o sabão no seu cabelo.

Vera sorriu, triunfante. Era a primeira vez em muito tempo que o filho não falava em circo.

— Claro, meu pimpolho. A mãe colocou a TV bem perto da cama, então tu vai poder ficar vendo deitado, até pegar no sono.

— Oba! — comemorou Vanderson, arrebatado pela emoção indescritível de quem ignora completamente a maior parte das possibilidades e, portanto, consegue aproveitar por inteiro aquela que se efetiva.

— E tem mais — continuou a mãe, querendo garantir que pelo menos hoje o menino nem sequer pensasse em palhaços e mágicos. — Sabe aquela comida que tu gosta e que faz tempo que a mãe não traz? Lembra?

— Arroz laranja? — arriscou o filho, mal podendo acreditar em tamanha sorte.

— Exatamente, arroz laranja! A mãe trouxe de novo. É o que tu vai comer hoje.

— *Oba!* — tornou Vanderson, com ênfase maior do que antes, como se quisesse dizer que *agora sim* a situação merecia um "oba!".

E só não seria correto descrever a felicidade do menino como a maior possível para uma criatura viva porque a felicidade de Vera em vê-lo feliz era ainda maior. Algo de verdadeiramente sagrado manifestava-se em plena precariedade daquele banheirinho, com o mesmo desaforo de uma flor que rasga o concreto para remendar o nosso coração.

27

Depois de jantar, Vanderson acomodou-se debaixo das cobertas, os olhos cravados na tela da televisão, cheios de fascínio, incapazes de reparar na profusão de chuviscos e fantasmas. Como a luz do quarto já estava apagada, podia-se perceber a oscilação no brilho das imagens apenas olhando-se para o rosto do menino, que desaparecia e tornava a aparecer de acordo com a luminosidade de cada cena. Mas na cozinha, que era separada do quarto apenas por uma chapa de compensado, a lâmpada seguia a cintilar, tingindo tudo de amarelo, pois Vera ainda estava lá, empunhando uma colher de plástico e usando o balcão da pia como mesa, debruçada sobre o resto de risoto de camarão a que o filho não dera vencimento, generosamente acrescido de feijão e farinha de mandioca.

Àquela hora da noite, era comum que Vanderson voluntariamente lhe fizesse um relatório verbal detalhado de como fora o seu dia, o que por vezes a irritava, ainda que em hipótese alguma ela deixasse transparecer o mínimo aborrecimento. Agora, porém, que o menino achava-se completamente entretido e mudo no quarto, a mãe sentia falta da sua falação desenfreada.

— A mãe já vai aí, viu, meu pimpolho?
— Viu.

O *Globo Repórter* daquela noite prometia "levar você a um passeio inesquecível pelo mundo enigmático e apaixonante da arqueologia", e passou todo o primeiro bloco exibindo uma série de imagens fantásticas de escavações nos arredores de uma cidade estrangeira, intercaladas por comentários dos profissionais que trabalhavam nelas. Em determinado momento foi o próprio líder da expedição, um senhorzinho com ar simpático, quem se pronunciou, dirigindo-se ao repórter brasileiro, que não estava à vista; a sua voz soava muito baixinho, em idioma local, imediatamente seguida da tradução para o português, em volume bem mais alto:

"Às vezes eu fico pensando, e simplesmente não entendo em que momento da vida as pessoas perdem a curiosidade a ponto de conseguirem andar por aí alheias a todas as maravilhas ocultas bem debaixo dos nossos pés. Nós podemos começar com um pouco de geologia. Veja bem: o nosso planeta se formou há mais de quatro bilhões de anos. E eu não disse 'milhões', com eme; eu disse 'bilhões', com bê. Para você ter uma noção da diferença absurda entre um milhão e um bilhão, um milhão de segundos equivale apenas a pouco mais de uma semana e meia, mas um bilhão de segundos equivale a mais de três décadas. Imagine, então, o que significam os mais de quatro bilhões de anos de idade que a Terra tem. É um bocado de tempo, meu amigo. E durante todo esse tempo, já aconteceu de um tudo por aqui. Passando para a paleontologia, sabemos que a vida já superou pelo menos cinco grandes extinções em massa. Isso significa que dezenas de milhões de anos de evolução deram origem às mais variadas espécies de seres vivos, e então, do dia para a noite, a maior parte dessas espécies foi varrida da existência por algum evento cataclísmico; depois os seres vivos restantes também passaram por dezenas de milhões de anos de evolução, e assim também deram origem a incontáveis novas espécies, e a maior parte dessas novas espécies também veio a ser dizimada, e assim sucessivamente, por cinco vezes, até onde sabemos."

Nesse ponto do discurso, a figura do senhorzinho desapareceu, dando lugar a novas imagens das escavações, que pareciam ilustrar o que ele seguia dizendo.

"Ora, não podemos deixar isso para lá. É a nossa própria história. É daí que viemos. Somos raros, entende? Somos a personificação de uma das pouquíssimas linhas evolutivas que ainda não chegaram ao fim. É uma história fascinante, que pode ser contada por tudo o que encontramos bem debaixo dos nossos pés, quando saímos fazendo buracos por aí. Desde os primeiros organismos simples que viveram neste planeta até os dinossauros; desde os dinossauros até os primórdios das civilizações humanas. Está tudo bem debaixo dos nossos pés, meu amigo. E a nós, arqueólogos, interessam particularmente os vestígios dos nossos próprios ancestrais. Sabe, tudo o que restou da cultura e dos costumes desses povos antigos que nos antecederam. Estamos falando de verdadeiros impérios que primeiro ascenderam, depois caíram e por fim acabaram enterrados e esquecidos, de muitos dos quais possivelmente a gente nem sequer tomou conhecimento ainda. Já parou para pensar nisso? Eram pessoas, como nós; suaram sob o mesmo sol que nós; à noite, olharam para as mesmas estrelas que nós e perguntaram-se a razão da existência de tudo, assim como nós nos perguntamos hoje. Você entende? Tudo isso, todas essas histórias, todos esses impérios, todas essas pessoas, tudo jaz bem debaixo dos nossos pés, esperando para ser descoberto, esperando para ser estudado, esperando para ser decifrado. É isso que fazemos aqui: tentamos entender os que vieram antes, porque assim fica mais fácil olharmos para nós mesmos de maneira um pouco mais crítica."

Evidentemente Vanderson não assimilou quase nada do que disse o líder da expedição, em parte por ser ainda novo demais para compreender todas aquelas informações, em parte pelo efeito hipnótico das imagens sobre ele. Mas tais imagens, assim como o discurso do senhorzinho, também diziam alguma coisa, também contavam uma história, também atiçavam a imaginação. Tanto que, quando o programa fez uma pausa para os comerciais, o menino de repente exclamou:

— Mãe, eu quero ser um arqueólogo!

Vera, que a essa altura já tinha terminado de jantar e decidido deixar para lavar a louça no dia seguinte, apagou a luz da cozinha e veio para o quarto.

— Bom, se tu quer, tu já é, meu pequeno arqueólogo.

No entanto, o que se perguntou ao acomodar-se debaixo das cobertas com o filho e sentir o seu corpinho nu foi como um menino que não tinha nem o que vestir poderia se tornar arqueólogo algum dia. Era-lhe muito mais fácil imaginar Artur, o filho da patroa, seguindo uma profissão como aquela. Ainda assim, porém, beijou a testa do menino e repetiu, sem nenhuma fé, a mesma resposta que ela própria obtivera de dona Helena, muito tempo atrás, quando lhe confessara o sonho de tornar-se chacrete:

— Se tu quer, tu já é.

28

Toda manhã, bem cedo, corruíras, quero-queros, pardais e bem-te-vis reuniam-se nas árvores da vila para discutir em alto e bom som os rumos do mundo, e era justamente isso que faziam quando Margarete desligou o despertador, saltou da cama, foi até o banheiro e sentou-se na privada para terminar de acordar enquanto urinava, conforme estava habituada. Os passos seguintes seriam tomar banho, vestir-se, passar café, beber rapidamente uma xícara e por fim ir para o ponto de ônibus, mas desta vez um acontecimento inédito veio intrometer-se nessa sequência de ações cotidianas: alguém bateu na porta da casa. Foram batidas muito leves, quase imperceptíveis dali do banheiro, o que permitiu à mulher presumir de pronto que, fosse lá quem fosse, não tinha a intenção de acordá-la, caso estivesse dormindo, e sim de chamar-lhe a atenção de maneira discreta, estando ciente, portanto, da possibilidade de encontrá-la acordada àquela hora. Margarete preocupou-se, pois só conseguia pensar que devia ser Robson, o pai de Diego; não seria a primeira vez que o sujeito apareceria ali de improviso, bêbado e pronto para armar uma confusão. Pesava contra essa possibilidade, porém, um par de fatos: por alguma razão todos os escândalos anteriores envolvendo o ex-namorado tinham acontecido aos domingos e à noite, e nunca sábado pela manhã; além disso, batidas delicadas como aquelas eram incompatíveis com o estado transtornado em que ele costumava surgir.

Quando as batidas se repetiram, outra vez mansas, Margarete finalmente perguntou, exclamando e sussurrando ao mesmo tempo:
— Quem é?
— Sou eu, mana.
— *Tu?* — duvidou ela.
— Eu — confirmou o irmão.
— Tá, já vou aí.

Quando a porta da casa se abriu, Aroldo estava pronto para dizer a que vinha; a expressão de estranhamento no rosto da irmã, entretanto, o levou a indagar, enquanto passava para dentro:
— Ué, que foi? Parece que nunca me viu.
— A essa hora da manhã, num sábado, nunca vi mesmo. O que tu quer?
— Tem café?
— Não, acabei de levantar. E milagre não se desperdiça: já que tu tá aqui, nem vou me dar ao trabalho de passar. Vai passando tu, enquanto eu tomo banho.
— É justo.
— Mas que que tu tá fazendo acordado? Vai trabalhar hoje?
— Ah, vou, sim — ironizou Aroldo, com alegria. — Já tô até indo. Olha lá, na esquina, eu indo trabalhar em pleno sábado.
— Mas e então? — insistiu Margarete.

Ele sorriu e deu de ombros.
— Acordei disposto, sei lá.

Mas a verdade é que sabia muito bem a razão de estar de pé àquela hora. Tinha aberto os olhos mais cedo, ainda na cama, e normalmente o que fazia, ao entender que estava acordado em uma manhã de sábado, era entregar-se de corpo e alma ao prazer de tornar a fechá-los e seguir dormindo, até que não aguentasse mais. Hoje, porém, havia uma delícia ainda melhor do que essa, e precisava manter-se desperto para experimentá-la:

pensar em Vera. Pensar em Vera e congratular-se por ter tido coragem de se oferecer para carregar a sua televisão. Pensar em Vera e relembrar toda a inesperada amabilidade com que ela o tratara. Pensar em Vera e repassar dentro da cabeça cada detalhe daquela aproximação. Pensar em Vera e imaginar os rumos mais felizes para aquela história. Pensar em Vera e jubilar-se com o sentimento de esperança, que chegara, afinal.

Contudo, existia uma região vermelha e piscante nesse quadro mental do dia anterior, que ele tentava empurrar para o esquecimento completo: o momento desastroso em que soltara um "eu que agradeço" totalmente fora de ocasião. Ademais, havia também um conjunto de lembranças acinzentadas e labirínticas, sem qualquer relação com Vera: Margarete aos prantos, preocupada com Diego; o pedido para que ele, Aroldo, falasse com o rapaz; a sua sensação de impotência diante da situação, em conflito com o fato de ter prometido fazer o que a irmã pedia. Dessas coisas não devia se esquecer, mas por ora evitava pensar nelas mais do que o estritamente necessário para saber como encontrá-las na memória em outro momento.

Dedicado às próprias ideias e às próprias emoções, Aroldo passou o café, serviu-se de uma caneca cheia até a boca, acrescentou três colherinhas de açúcar ("Chega de amargura!") e retirou-se, antes que Margarete saísse do banho. Mas não foi longe. Por uns instantes, andou em círculos em frente à casa da irmã, chutando pedras ao acaso; depois dirigiu-se aos fundos do pátio e estacionou junto ao seu barraco, escorando as nádegas no tanque de lavar roupas e louças. Ali permaneceu por longo tempo, bebericando o café e contemplando o bambuzal do terreno vizinho, que se assanhava para o lado de cá, por cima da cerca de arame farpado. Daquela manhã, porém, não podia assimilar mais do que uns poucos fragmentos, os quais só serviam para temperar-lhe as reminiscências da véspera, sobretudo as que envolviam Vera. O brilho dos primeiros raios de sol perdendo-se por entre os bambus misturava-se com a beleza do sorriso da mulher, as farpas do arame da cerca confundiam-se com os fios rebeldes das sobrancelhas dela e até o café que Aroldo tomava agora tinha o mesmo sabor daquele que Vera lhe servira ontem, enquanto lutavam para instalar a televisão.

E assim ia indo, uma lembrança levando a outra, às vezes de trás para a frente, às vezes de frente para trás. Trazer à memória o café bebido na véspera, é claro, fez com que ele recordasse o convite para voltar algum dia e beber outro. Uma lembrança particularmente triunfal. Não pelo café em si, evidentemente, mas pela promessa de mais uma vez estar perto daquela criatura tão cativante, ouvindo sair da sua boca os mais interessantes assuntos. E essa recordação, por sua vez, levou-o a lembrar-se de que, ainda antes do café de ontem, quando carregava a televisão beco adentro, já tinha feito planos para tornar a encontrar Vera. Andando à frente dele, já que não era possível caminharem lado a lado na viela, a mulher comentara, por cima do ombro, que na tarde do dia seguinte, hoje, pretendia comparecer ao comício da vereadora Andrea Bianchi, no campo de futebol da Vila Viçosa, ao que Aroldo prontamente decidira imitá-la, sem, por óbvio, verbalizar o intento. E ainda que ela suspeitasse das segundas intenções por trás da sua presença no campo, ou apenas considerasse desagradável ver-se forçada a interagir com ele de novo em tão pouco tempo, não devia caçoar da sua falta de dentes, não devia debochar dos seus ombros caídos, não devia enxotá-lo como a um cachorro fedido, não devia humilhá-lo de maneira nenhuma, uma vez que de tão boa vontade lhe fizera os favores de carregar a sua televisão e ainda por cima improvisar uma tomada na sua casa.

Era o que faltava para o sábado terminar de amanhecer. O próximo encontro com Vera seria na tarde daquele mesmo dia! E recobrar a consciência disso tornou o dia ainda mais luminoso aos olhos de Aroldo.

29

Andrea Bianchi havia iniciado uma verdadeira turnê pelas vilas da Lomba do Pinheiro; uma turnê que duraria ainda algum tempo, indo até as eleições municipais. E, a cada comício, nunca deixava de espantá-la a facilidade de atrair público naquelas comunidades, o que a transportava para épocas nas quais ainda não era brigada com o pai. Dono da empresa de ônibus que atendia aquele bairro, o homem vivia a dizer-lhe que as pessoas eram recursos e que, por isso, onde havia pessoas havia também a possibilidade de ganhar dinheiro; uma ideia que ela só pudera compreender em profundidade ao eleger-se vereadora, havia quatro anos, graças ao mesmíssimo povo miserável que, no simples ato diário de pegar um ônibus para ir trabalhar, já tinha enriquecido a sua família para além do razoável e continuava a enriquecê-la mais e mais, ano após ano, sem limites. Mas a vereança estava longe de satisfazê-la. O pai só passaria a respeitá-la, e a respeitar as suas escolhas, quando a visse ocupar a prefeitura, e além disso conquistar o respeito dele era apenas o primeiro passo. Antes de qualquer coisa, porém, este ano precisava reeleger-se vereadora com mais votos do que antes, para que nas eleições seguintes o seu nome tivesse ainda mais peso dentro do partido.

A facilidade de atrair público nas vilas da Lomba do Pinheiro, que tanto espantava Andrea Bianchi, tinha a ver — e disso, é claro, ela seria a última a suspeitar — com o mais absoluto abandono político, apesar do qual o bairro teimava em desenvolver-se. O Parcão, a Redenção, o Marinha, o Praia de Belas, o Iguatemi, o Cine Victoria, o Cine Avenida, o Renascença, o Teatro de Arena, a Livraria do Globo: todo e qualquer espaço de lazer importante da cidade ficava a léguas quilométricas dali, refletindo as prioridades porto-alegrenses tanto nos investimentos públicos quanto nos privados. Tirando o circo, que não permaneceria naquelas redondezas para sempre, aquele era um lugar onde as pessoas só tinham como atração os bares e os candomblés para se tomar a bênção. Evidentemente, portanto, mesmo um comício com anemia ideológica, a exemplo do dela, podia mobilizar uma quantidade considerável de gente, como se aquela fosse mesmo uma ocasião importante, como se fosse possível testemunhar nela o prenúncio de novos tempos, quando, na verdade, não passava de um pretexto para que os vizinhos se ajuntassem todos em um mesmo lugar e sociabilizassem, diante de alguém expressando algo em palavras difíceis e tons pouco usuais, à guisa de espetáculo.

Era fácil perfilar, de maneira genérica, as dezenas de pessoas que ocupavam o campo de futebol da Vila Viçosa naquela tarde. As mulheres estavam ali movidas pelo interesse de ver uma congênere em posição de destaque, a falar de um assunto que era do seu total interesse — a ausência de creches na região —, ainda que o problema não afetasse Andrea Bianchi e fossem muito pequenas as chances de ela realmente se esforçar para resolvê-lo; as crianças tinham ido atrás das mães, e divertiam-se a correr para lá e para cá, a pular amarelinha, a fazer desenhos no chão com pedaços de gravetos, a brincar de pega-pega, de todo alheias ao que se passava; e os homens apenas esperavam que o comício terminasse para que pudessem jogar futebol.

Fátima, Rose, Jurema e Vera estavam sentadas na pequena escadaria de concreto inserida no barranco gramado que descia até o saibro do campo, na linha lateral oposta à ladeada pelo matagal. Andrea Bianchi já tinha começado a falar; mesmo assim elas trocavam cochichos, sem prestar a menor atenção no discurso.

— Mas, gente, se a TV não ficou muito boa daquele lado, porque tu simplesmente não coloca ela do outro lado, então? — quis saber Rose.

— Porque do outro lado vai ocupar o banquinho, e às vez eu uso ele — respondeu Vera.

— Bom, o meu lema é: agora que lá tá, deixe que lateje — brincou Fátima.

— Escuta aqui, despudorada — riu Jurema —, será que tu não consegue ficar um minutinho, *um minutinho só*, sem fazer um trocadilho depravado?

Vera também achou o jogo de palavras engraçado, e de repente se deu conta de que aquela alegria em estar com as amigas, embora de modo geral familiar, desta vez parecia soar algo estranha, com uma ou outra nota desconhecida.

— Gurias, vocês já pararo pra pensar que... — Refletiu um pouco, prevenindo-se de equívoco. — É, é sim: essa é a primeira vez que a gente tá todas junta, sem ser pra ir trabalhar.

— Será? — duvidou Fátima, espremendo os olhos por efeito daquela curiosidade súbita, como se assim pudesse enxergar melhor o passado.

— É verdade, é verdade! — apressou-se a concordar Rose, cuja memória quase nunca era apanhada desprevenida. — Mas que coisa mais incrível! Como pode, né? A gente todas morando tão pertinho...

— E por falar na TV... — anunciou Jurema, com ar zombeteiro, cabeceando na diagonal, discretamente.

As outras lançaram os olhos na direção indicada pela amiga, vendo que Aroldo se aproximava. Aparentemente distraído, o homem vinha contornando a linha de fundo leste do campo, olhando para o ponto onde Andrea Bianchi discursava. Quando já estava em cima das mulheres, contudo, de súbito interrompeu os passos e encarou Vera, o que não deixava dúvidas quanto à sua plena consciência de que ela se localizava exatamente ali.

— Opa, tudo bom, dona Vera? — cumprimentou, a cabeça voltada para baixo para que pudesse sustentar o contato visual, uma vez que estava de pé e a sua interlocutora, sentada. — Tudo certo lá, com a TV?

Vera pousou a mão na sua perna, sem fazer a menor ideia do tamanho do significado daquele gesto para ele.

— Tudo ótimo, seu Aroldo! O Van ficou assistindo os programa até cair no sono!

— Ah, mas que maravilha! Qualquer coisa que der problema, a senhora me avisa, hein?

— Tá, pode deixar.

— Gurias — falou Aroldo, fazendo um breve aceno de cabeça para as amigas de Vera e tornando a pôr-se em movimento, rumo à rua Açucena, como quem vai à Escola Thereza Noronha de Carvalho.

Coitado, tinha planejado permanecer ali por mais tempo, e até (por que não?) convidar-se para sentar e alimentar assuntos, mas achou que "tá, pode deixar" representava um encerramento de conversa e preferiu ir embora, seguindo em frente só para disfarçar, indo aonde não tinha motivos para ir, o que agora o obrigava, para que não passasse por louco, a contornar toda a Vila Viçosa sem paradeiro e só depois voltar para casa.

Aroldo era uma piada pronta ambulante, dessas que provocam o riso sem a necessidade de maiores explicações. E tão logo a sua figura desapareceu de vista, as amigas de Vera caíram na gargalhada, o que a magoou. Ela ficou em silêncio, esperando pacientemente que as mulheres parassem de rir.

— Isso que vocês acabaro de fazer é que é feio — censurou depois, muito séria, o que bastou para que elas ficassem visivelmente constrangidas.

Ato contínuo, entretanto, Vera fez também uma autocrítica, ainda que poupando-se de verbalizá-la, pois flagrou em si mesma uma inconsistência ética. Ali, entre amigas que a respeitavam tanto e que certamente lamentariam a perda da sua estima, não havia qualquer dificuldade em impor-se; tanto que efetivamente acabava de fazê-lo; mas não podia dizer o mesmo das ocasiões em que se achava entre as próprias irmãs: incapaz de confrontá-las com seriedade, por saber que isso só multiplicaria as chacotas, limitava-se, então, a esboçar timidamente os seus incômodos, como se não fossem autênticos, no geral rindo com elas, mesmo que a contragosto, exatamente como tinha acontecido na noite da véspera.

30

Vanderson tinha agora duas ocupações principais, que monopolizaram o seu tempo ao longo de todo o sábado. A primeira, claro, era assistir televisão. Apenas ocasionalmente, e por poucos segundos, dava ouvidos ao que iam falando os personagens dos programas e as vozes anônimas das propagandas, é verdade; por outro lado, jamais se cansava de passear com os olhos pelas imagens, surpreendendo-se repetidas vezes com os pulos repentinos de um ângulo para outro nas mudanças de tomada, sentindo-se ele próprio em movimento quando a câmera se deslocava. Só não passou o dia inteiro dentro de casa, hipnotizado por completo diante daquela caixa mágica, porque a sua segunda atividade principal tinha uma capacidade de mobilizá-lo equivalente à da televisão e, ao contrário desta, impelia-o para fora do barraco: escavar.

À tarde, enquanto a mãe estava no campo de futebol da Vila Viçosa — aventura na qual, para a surpresa dela, não desejara acompanhá-la —, subtraíra uma colher do escorredor de louças e andara a esmo pelo pátio, tentando sentir qual ponto debaixo dos seus pés parecia mais promissor. A sua intuição de brinquedo, então, indicara um canto nos fundos do terreno, encoberto pelo tanque de lavar roupas, de tal modo que ele podia deitar-se no chão e trabalhar sem que estivesse à vista de todos a sua obra, o que desconfiava convir. E, ali, raspando a colher contra o solo pardo, iniciara o seu sítio arqueológico, na esperança ingênua de encontrar os ossos de uma criatura incrível ou, pelo menos, os vestígios de um cotidiano antepassado.

Pela primeiríssima vez na vida não ficava o tempo todo indo atrás da mãe ou dos primos. Para João, que tinha a maior idade entre os meninos, aquilo era ótimo, pois os três anos e alguns meses de diferença entre eles faziam com que Vanderson lhe parecesse demasiado bobo. Mas Ronaldo, que contava menos de dois anos a mais do que ele, sentia a sua falta, embora não reclamasse disso para evitar de contrariar o irmão mais velho, que já havia manifestado a satisfação. Vera, por sua vez, experimentava um misto de sensações quanto à ausência do filho à sua volta, uma e outra até contraditórias entre si: preocupação, saudade, perplexidade, desencargo. Algumas vezes, evidentemente, fora à cata dele para ver o que fazia, e, por coincidência, achara-o sempre dentro de casa, assistindo televisão, sem desconfiar que o menino tinha passado o dia inteirinho alternando entre a observação atenta das imagens, no interior do barraco, e o aprofundamento obstinado da cavidade, lá fora.

Já era início da noite quando o flagrante quase aconteceu.

— Vanzinho lindo da vó, tão bonitinho que ele é!

Desse jeito a voz de dona Helena evocava a criança, num esforço comovente para vencer o envelhecimento das cordas vocais e atingir os seus ouvidos, aonde quer que andassem. Vanderson, ao captar o chamado, mimetizou o senhorzinho arqueólogo que estivera diante dos seus olhos na noite anterior, inclusive ajeitando óculos imaginários sobre o nariz, e pôs-se de pé, diante do seu sítio arqueológico, soltando um suspiro longo e resignado, como quem conclui que é melhor deixar o resto do trabalho para amanhã. Achou que não fazia sentido algum levar a colher para casa, uma vez que tornaria a usá-la no dia seguinte, e por isso atirou-a no centro do buraco, limpando as mãos uma na outra e indo ver o que a avó queria, sem fazer a menor ideia de que, àquela altura, tanto ela como a mãe já ensaiavam aflição, por não o terem encontrado nos primeiros minutos de procura.

— Puta que me pariu, Vanderson! Mas o que que é isso, filho? — perguntou Vera, ao esbarrar com o menino no corredorzinho entre a sua casa e a casa de dona Helena, horrorizada com a quantidade de terra que cobria cada centímetro do seu corpinho nu.

— É que eu tava trabalhando — respondeu Vanderson, como se o motivo da sua sujeira fosse óbvio.

— Porra, cara, a tua vó queria que tu experimentasse o casaquinho e a calcinha que ela fez com tanto carinho, e tu me aparece aqui nesse estado?

Dona Helena, que também estava por ali, com as peças de crochê nas mãos e um brilho de ternura nos olhos cansados, apressou-se a colocar panos quentes.

— Tá tudo bem, essa menina, tá tudo bem — riu gostosamente, dirigindo-se a Vera. — Vai lá dar um banho no Vanzinho lindo da vó, tão bonitinho que ele é. Vai lá, vai lá. Depois a gente vê como a calça e o casaco fica. Pra que a pressa de errar? O mundo não é de uma só manhã, que nem diz o samba. A gente sempre pode errar depois.

31

Era pouco provável que alguém um dia classificasse Marcelo como um gênio, mas a verdade é que de vez em quando lhe ocorriam ideias deveras interessantes. Hoje, por exemplo, era domingo, e ele se sentia particularmente cansado, como sempre acontecia nesse dia da semana em particular. Entretanto, por mais que tentasse se lembrar de exageros indevidos ou parcimônias impróprias, não parecia haver qualquer motivo para a fadiga — nem nesse domingo nem nos outros —, e isso levou-o a imaginar que, talvez, a sua sonolência extraordinária e a sua sensação incomum de membros moles fossem psicológicas: uma espécie de reivindicação inconsciente, em resposta à sua consciência de que aquele dia da semana específico era considerado o dia do descanso, o dia do lazer, o dia de ficar em casa, o dia de não ir trabalhar, o dia de se atirar nas cordas. Ocorre, porém, que Marcelo era porteiro e trabalhava dia sim, dia não, pouco importando se a sua vez de ficar por doze horas a fio sentado na cadeira da guarita caísse no primeiro dia da semana; por isso, sabia muito bem que, no fundo, não havia nada, absolutamente nada que tornasse os domingos especiais; sabia disso inclusive melhor e em nível mais essencial do que os astrônomos, não obstante o entendimento profundo e matemático deles de como a Terra gira em torno de si mesma sempre da mesma forma. Mas, de qualquer maneira, uma coisa é saber; outra coisa, completamente diferente, é fazer com que a alma tome conhecimento.

Por sorte, hoje, excepcionalmente, uma expectativa energizante amenizava um pouco o cansaço dominical de Marcelo, que, já chegando ao trabalho, precisava fazer esforço para ocultar um sorriso. Sempre atento à pontualidade, ele consultou o relógio de pulso e viu que faltavam cinco minutos para as sete horas da manhã quando se viu diante do portão gradeado do condomínio, apertando o botão do interfone que o punha em comunicação com a portaria.

— Pois não? — soou no alto-falante a voz do colega, Cristiano, que devia vê-lo pelas câmeras de segurança e só fazia essa pergunta pelo prazer de aporrinhá-lo.

— Foi aqui que pediro um xis?

No momento seguinte, um estalo metálico destrancou o portão, e Marcelo passou para dentro, fechando-o atrás de si. Depois atravessou o jardim a passos despreocupados e abriu a porta da guarita, para ver que Cristiano, no afã de ir-se embora daquele cubículo onde passara a noite inteira, já colocava os seus pertences de volta na mochila.

— *Buongiorno.*
— *Buongiorno.*

Marcelo não se importava de andar por aí com o uniforme da empresa, e portanto já chegava ao trabalho metido nele; Cristiano, porém, era mais jovem, e também mais vaidoso, de modo que, antes de ir embora para casa, fazia questão de passar no banheiro reservado aos porteiros para desfazer-se da farda e vestir as próprias roupas. Marcelo, ciente disso, esperou que o colega fosse se trocar, sentindo até mesmo certo prazer em adiar por mais alguns minutos o momento de confrontá-lo com a sua descoberta da antevéspera. Quando ele voltou, com a pressa inconfundível de quem já não pode mais esperar pela conversão de trabalhador em gente — que naquele condomínio se dava na passagem do jardim para a avenida Getúlio Vargas, através do portão —, interpelou-o:

— Ei, Cristiano, me diz uma coisa: tava boa aquela bolacha?

Cristiano já ia atravessando o jardim como um raio; dignou-se, todavia, de recuar alguns passos até alinhar-se com a porta aberta da guarita, para conseguir encarar Marcelo, que a essa altura achava-se sentado e recostado na cadeira de rodinhas, as mãos entrelaçadas sobre a barriga, com os seus ares de delegado de polícia.

— Mas que papo é esse de bolacha?

— A *bolacha* (veja que eu falei "*bolacha*") que tu comeu aqui na guarita, na madrugada de quinta pra sexta.

— Eu não comi bolacha nenhuma. Eu nem gosto de bolacha.

Era visível a irritação de Cristiano por ter que perder tempo prestando esclarecimentos sobre aquele assunto do qual evidentemente não sabia nada. Marcelo ficou surpreso, mas não deixou transparecer sequer uma fração da sua impressão inicial de que o colega estava sendo sincero.

— Olha aqui, é o seguinte: na sexta, depois que eu te rendi, eu achei um pacote de bolacha recheada vazio no lixinho...

— Tá, e eu com isso?

— É que tinha uma coisa muito interessante dentro dele...

— Repito: e eu com isso?

— Tu não quer saber o que que era?

— Não.

— Ah, claro! É que talvez tu já sabe o que que era...

Cristiano fechou os olhos e suspirou.

— Velho, o meu ônibus tá passando daqui a pouquinho ali na Borges. Fala logo o que tu quer.

— Tá certo, Cristiano, tá certo — sorriu Marcelo, como quem promete esperar a oportunidade adequada para retomar um interrogatório. — Vai lá pegar o teu ônibus.

No entanto, sem poder acreditar que o colega fosse capaz de uma representação tão boa, estava agora totalmente convencido da inocência dele. Tanto que, nem bem Cristiano foi embora, o seu sorrisinho desafiador desapareceu, dando lugar a nuvens de tempestade.

— Merda! De volta à estaca zero — murmurou com os botões do uniforme.

32

João realmente tinha achado ótimo passar o sábado inteiro sem Vanderson à sua volta, mas, como na tarde do domingo a ausência se repetia, o que até então era pura satisfação aos poucos transformou-se em despeito ("O Van também deve gostar de não tá perto de mim"), fazendo brotar no seu espírito infantil o desejo de punir o primo mais novo. Já o sentimento de Ronaldo manteve-se inalterado, a não ser pelo fato de que hoje parecia-lhe um pouco mais difícil fingir que não sentia saudade de Vanderson. Os irmãos estavam brincando de corrida de tampinhas de garrafa; como sempre, fizeram muitas pistas diferentes com a vassoura, pela primeira vez, contudo, sem ficarem contentes com nenhuma delas, e sem, muito menos, conseguirem compreender que a persistência do desagrado refletia justamente o despeito que a ausência de Vanderson provocava em um e a saudade que provocava no outro.

— Ah, e se a gente fosse lá ver o que o Van tá fazendo? — desembuchou Ronaldo em determinado momento, vencendo o receio de como o irmão mais velho poderia reagir àquela sugestão.

— Boa ideia! — concordou João, para a alegre surpresa do caçula.

— Oba! Vamo lá, então!

Entraram na casa de Vanderson sem pedir licença e encontraram-no hipnotizado diante da televisão. Entretanto aquele aparelho, que tinha mobilizado tantos adultos na noite de sexta-feira e que apenas agora viam em funcionamento com os seus próprios olhos, parecia conferir ao quarto da casa uma atmosfera sacrossanta, impondo-lhes uma estranha obrigação de cerimônia, razão pela qual estacaram à entrada do cômodo, incapazes de simplesmente adentrá-lo como já tinham feito tantas vezes. A assustadora conexão entre a alma de Vanderson e o bombardeio de imagens não contribuiu para encorajá-los: sem convidar os primos para se aproximarem, sem nem mesmo perceber a chegada deles, o menino mantinha-se imóvel, os olhos cravados na tela. De onde João e Ronaldo estavam, não havia ângulo suficiente para que o *Domingão do Faustão* pudesse capturá-los e jogá-los no mesmo transe em que se achava Vanderson, e a curiosidade deles, embora imensa, não superou o medo de violar aquele estado siamês em que estavam o primo e a televisão. João ainda ousou convidá-lo a sair para a rua, aos cochichos, mas as palavras se evaporaram no caminho, sem alcançar os seus ouvidos. Por fim, os irmãos terminaram indo embora, impressionados com o que acabavam de testemunhar, sentindo até mesmo certo temor.

Como sempre acontecia aos domingos, todos no pátio tinham almoçado juntos, na casa de dona Helena, onde permaneciam até agora as mulheres adultas da família, jogando pife e conversando amenidades. Camila, que atravessava as indecisões límbicas da antessala da vida adulta, ficou por ali algum tempo, ajudando na lavagem da louça e no preparo da ambrosia; chegou, inclusive, a jogar cinco ou seis partidas de pife, sem se dar conta de que empunhar as cartas naquela roda era, no fundo, um esforço de assemelhar-se às mais velhas e introduzir-se no seu universo respeitável. Em dado momento, porém, quando já se sentia prestes a enlouquecer com tanto marasmo, ouviu espalhar-se pelo ar, em alto e bom som, o canto do anu-branco, símbolo máximo das tardes vazias e tediosas, e essa foi a gota d'água: largou as cartas na mesa, cedendo aos resquícios de infância e indo atrás das amigas, pronta para juntar-se a elas em qualquer atividade, por mais boba que lhe parecesse, e gastar toda aquela energia que pulsava nas suas veias. Lúcia, que não tinha por hábito medir as palavras, comentou malignamente, logo após a saída da sobrinha:

— Essa aí não demora aparece grávida, já tô até vendo.

Ao que Maria, a mãe da menina, rebateu prontamente:

— Bom, se isso acontecer, eu só espero que ela assuma a responsabilidade e crie a criança, em vez de dar pros outro cuidar. Porque assim é fácil, né, Lúcia?

— Gurias, gurias... — apressou-se a intervir Ivone, súplice, temendo que os ânimos se exaltassem.

Sem lhe dar ouvidos, no entanto, Lúcia fez questão de insistir na conversa:

— Acontece, minha querida, que eu não pedi pra ninguém criar ninguém. Por mim eu tinha era tirado, tu sabe muito bem disso. Mas aí veio a Vera, me encheu o saco até não poder mais, insistiu pra eu não tirar, me prometeu que, se eu tivesse a criança, eu não precisava me preocupar, porque ela mesma ia pegar pra criar; e aí, beleza, eu tive, e de fato a Vera pegou pra criar. Ou seja, não fui eu que saí oferecendo.

— Vocês duas tão mesmo a fim de estragar o domingo — concluiu Vera, magoada com aquele argumento, mas tendo a frieza de não tomar parte na discussão.

Maria sentiu culpa ao ver que a resposta de Lúcia à sua alfinetada, em vez de atingi-la, fora atingir logo Vera, que sempre fazia de tudo para evitar os conflitos de família. Sem querer que a língua ferina da irmã tornasse a açoitar inocentes, admitiu:

— Tá, Lúcia, pode até ser. — Mas não se privou de acrescentar: — O que interessa é que por enquanto eu não tenho motivo nenhum pra achar que a Camila pode me aparecer grávida.

— Pra morrer, basta tá viva — comentou dona Helena, descartando uma dama de copas. — E pra engravidar é a mesma coisa.

— Quem sabe tu faz a gentileza de virar essa boca pra lá, mãe?

O peso e a crespidão daquele assunto contrastavam com a compostura das mulheres, ainda que já não restasse em nenhuma delas o mínimo de naturalidade. Todas mantinham-se aprumadas nas cadeiras de maneira digna, as mãos segurando as cartas diante dos rostos artificialmente inalterados, os olhos passeando pelos naipes e pelos números com indiferença fingida.

— E eu tô mentindo? — tornou a idosa. — Nessa família, ninguém planejou gravidez, até onde eu sei. A começar por mim. Mas por acaso eu tô aqui, jogando paciência, sozinha, sossegada, em silêncio? Não. Eu tô jogando é pife, com as tabacuda das minhas quatro filha, debatendo se a filha de uma delas pode ou não pode acabar ficando grávida. E a verdade é que pode.

Apesar de ter tentado evitar que a prosa tomasse aquele rumo, Ivone sentiu-se obrigada a observar:

— O problema não é esse, mãe. O problema é que a Lúcia falou julgando, acusando, como se a Maria não tivesse criando a Camila direito.

— Exato — aprovou Maria, em tom suave e tranquilo, como quem atesta um fato amplamente conhecido, que dispensa maiores explicações.

— Mas e qual é a novidade? — quis saber dona Helena. — O pássaro voa, o inverno é frio, as estrela brilha e a Lúcia fala mal dos outro.

Nesse momento, pela primeira vez um dos rostos ao redor da mesa sofreu alteração: foi o de Vera, apresentando uma preocupação repentina, pois parecia-lhe que Vanderson chorava, à distância. E quando essa impressão virou certeza, ela largou as cartas na mesa e fez menção de se levantar para ir atrás da criança, mas deteve-se e manteve-se à espera, porque o choro soava cada vez mais alto, indicando que Vanderson já vinha ao seu encontro. Com efeito, logo o menino apareceu, vertendo lágrimas e passando a mão atrás da cabeça.

— Que que houve, Vanderson?

Vanderson, porém, não interrompeu o berreiro para dar explicações; apenas aproximou-se de Vera e encostou o rosto no seu braço, como se o simples contato com ela fosse, de alguma forma, analgésico. No instante seguinte, João e Ronaldo também surgiram, agitados, de olhos arregalados, ansiosos para apresentarem à mãe, Ivone, uma versão dos fatos que pudesse livrá-los de qualquer castigo.

— Mãe, mãe, mãe! — precipitou-se o mais velho. — A gente tava brincando, né?, eu e o Naldo...

Mas Ivone deu um tapa na mesa, já enfurecida, assustando os filhos.

— Brincando de quê, João?! — gritou.

— Por favor, mãe, não me bate...

— Brincando de quê, porra?! Anda, fala logo de uma vez!

— A gente tava jogando o pau um pro outro, mas o Naldo ficou perto da janela da tia Vera, e quando eu joguei o pau, foi alto demais, e o pau entrou pela janela e pegou no Van.

O caçula sentiu a necessidade de explicar:

— Mas eu só fiquei perto da janela porque o Jô mandou, mãe.

Ivone largou as cartas na mesa e pôs-se de pé. Não havia nela qualquer indício de perdão.

— Não precisa bater, essa menina — intercedeu dona Helena, em tom quase choroso. — Não precisa bater, não precisa bater...

Entretanto foi exatamente isso o que a mulher decidiu fazer: levou João e Ronaldo para casa aos tapas, beliscões e puxões de orelha.

— Ai, mas meu Deus do céu! Me escuta aqui, essa menina! Não precisa bater, não precisa bater... — ficou repetindo dona Helena.

— Pois é — suspirou Lúcia, com satisfação perversa. — Mas depois eu digo que não sabem criar, daí eu é que sou ruim.

33

Com exceção de dona Helena, que desfrutava da sua merecida aposentadoria, e de Lúcia, que era uma eterna desempregada, aquelas mulheres iam ganhar a vida (ou talvez perdê-la) sempre nos chamados "dias úteis". Os fins de semana, contudo, também tinham lá a sua utilidade. Era então, e só então, que os núcleos familiares do pátio convergiam com naturalidade a um mesmo plano de existência, como se todos ali de repente se vissem juntos em um mundo pequeno o bastante para que uns pudessem saber dos outros sem esforço e para que as suas vidas de certo modo se misturassem; um mundo restrito às dimensões do próprio pátio e às peculiaridades da própria família como um todo; um mundo que não paria apenas acontecimentos felizes, é verdade, mas que apresentava um aspecto geral positivo; um mundo simplesmente inacessível durante o resto da semana. Essa espécie de espírito comunitário começava a colocar as asas de fora já na sexta-feira, assim que Vera, Ivone e Maria chegavam do trabalho, indo atingir o apogeu dois dias depois, no tradicional almoço na casa de dona Helena. Nem bem a noite de domingo caía, porém, de uma hora para outra as cinco casas do terreno de novo eram como ilhas isoladas umas das outras; a não ser por interações impostas pela vida prática, já cada lar seguia o seu próprio rumo e abrigava o seu conjunto particular de motivos para chorar ou sorrir, viver ou sonhar, todos preparando-se para a nova semana que chegava. E desta vez o isolamento parecia reforçado pelos desgostos que marcaram o fim da tarde.

Maria, inquieta na cozinha de casa, refogava cebola e alho picados para fazer arroz, as suas ideias fervendo tanto quanto a gordura. Sentia-se tola, pois jamais lhe ocorrera que Camila talvez já andasse transando, apesar de ela própria, Maria, ter iniciado a vida sexual mais ou menos na idade que a filha tinha agora. Queria tratar desse tema com ela. Tinha ímpetos de sentar-se diante da menina para uma conversa franca, com o devido cuidado de controlar o tom para que não passasse da orientação à ameaça. Mas lutava contra esses impulsos, porque ceder a eles seria como reconhecer razão na maledicência de Lúcia. Não que Maria desacreditasse a possibilidade levantada pela irmã; a essa altura, já a admitia sem dificuldade; o que lhe causava incômodo, o que lhe feria os brios de mãe era a ideia de dar o braço a torcer quanto à sua desatenção, quanto ao fato de não ter conseguido se dar conta da realidade sozinha.

Após retirar-se do carteado, Camila passara várias horas fora, na companhia das amigas; só tornara a aparecer no pátio depois que a noite já tinha caído e, assim, acabara indo tomar banho mais tarde do que o habitual, contrariando também o costume de ajudar a mãe no preparo da janta. Quando desocupou o banheiro de dona Helena e voltou para casa, ainda esfregando a toalha no cabelo úmido, bastou que abrisse a porta para que Maria, largando as panelas para lá e vindo encará-la de perto, disparasse:

— Me diz uma coisa, minha filha: tu ainda é virgem?

E a filha pensou consigo mesma, num átimo, que a mãe parecia ter o poder de ler pensamentos, porque o assunto predominante entre ela e as amigas, que até agora reverberava na sua mente, tinha sido justamente o assédio crescente por parte dos meninos e o desejo de corresponder a alguns deles.

Na casa de Ivone, que por sinal ficava lado a lado com a de Maria, a atmosfera apresentava-se menos agitada, e nem por isso mais agradável. Tanto Ronaldo como João estavam com raiva de Vanderson. O caçula não tinha ainda a malícia necessária para compreender que o irmão acertara o pedaço de madeira no primo de propósito, de modo que, crendo no acidente, achava que Vanderson devia ter evitado ir chorando para os braços de Vera, o que os teria poupado da surra que Ivone lhes dera. O mais velho, por sua vez, já conduzia um cotidiano repleto de pequenas maldades e, quando uma delas resultava em castigo, como hoje, sentia-se obrigado a conter as suas vontades ilícitas por uns dias: um contragosto penoso que só fazia inflar o seu ressentimento pelo primo. Agora mesmo o bom comportamento compulsório acabava de privá-lo de um prazer: ao ouvir o rangido da porta da casa ao lado, João soube que era Camila voltando do banho e lamentou profundamente não ter podido inventar uma desculpa para ir espiá-la.

Ivone, que, a exemplo de Maria, também se encontrava às voltas com o preparo da janta, sentia culpa. No fundo, não achava que os filhos mereciam apanhar daquela maneira; em observância a um tipo de acordo tácito entre todas as mães do mundo, batera em João e Ronaldo apenas como forma de prestar satisfação a Vera, cujo rebento chorava por causa deles. Agora ansiava por terminar de fazer a comida e servi-la aos meninos, para vê-los faceiros com o sabor e, assim, redimir-se em alguma medida.

Já Lúcia, que morava na casa mais solitária de todas, lá nos fundos do pátio, onde a estridulação dos grilos soava com maior intensidade, estava irritada — isto é, mais irritada do que de costume. Tendo acabado de jantar e limpado os dentes brevemente com um palito de fósforo, lavava a louça com pressa, para ir deitar-se logo, como se cada minuto acordada fosse uma tortura. Gostaria de poder dizer que a sua irritação se devia única e exclusivamente à crise de abstinência da limonada noturna à qual tinha se habituado e que pela terceira noite consecutiva não tomava, mas sabia que não era esse o caso. Também a irritava, e muito, ter desenterrado impulsivamente aquela história sobre o filho que parira a contragosto e que hoje era criado como seu sobrinho: Vanderson. Depois de tanto tempo sem pensar nisso, depois de quase esquecer-se por completo do fato, sentia-se agora acusada pela própria memória com dureza implacável, descobrindo aberta e dolorosa aquela ferida que julgava já cicatrizada. Quando finalmente fechou a torneira da pia, desligou as lâmpadas da casa e foi para a cama, procurou acalmar-se, respirando fundo e percorrendo o olhar ao acaso pelo breu do quarto. Logo, entretanto, as suas pupilas se dilataram, habituando-se à ausência de luz, e então a coitada pôde vislumbrar, no alto do guarda-roupa, despontando da caixa de papelão desbeiçada onde mantinha os objetos sem valor suficiente para merecerem um lugar melhor mas com valor demais para serem jogados fora, a silhueta do quadro. A silhueta do *maldito* quadro. A silhueta do quadro de seu Sebastião. A silhueta do quadro do seu pai. A silhueta do quadro cuja figura agora não se podia ver, por causa do escuro, assim como também não se fizera visível nem palpável na tela da sua vida, por causa do abandono.

Foi um golpe duro e inesperado. Lembrou-se de que não achava correto trazer ao mundo uma criatura se fosse para obrigá-la a experimentar aquela mesma falta. Lembrou-se disso e chorou, sentindo-se momentaneamente incapaz de perdoar a si mesma por ter cometido o mesmo erro de dona Helena: dar à luz uma criança sem pai. Mas foi apenas um momento de fraqueza, muito fugaz: já em seguida chacoalhava a cabeça, indignada, espremendo entre os dedos de ambas as mãos o colchão de espuma com tal força que lhe arrancou um par de tufos.

— Então tô louca, então, que eu vou chorar! — resmungou, a voz arranhada pela revolta. — Não choro! Mas não choro mesmo! Nem morta que eu choro! Não é justo chorar eu! Eles que chore, porque eu não vou! — Referia-se ao próprio pai e ao pai de Vanderson. — Filhos da puta! Na hora de meter tava bem bom, né?!

Do outro lado do pátio, Vera, alheia às complexidades interiores de Lúcia e, portanto, incapaz de pintá-la com boas cores, contemplava a figura mimosa de Vanderson, que tinha caído no sono diante da televisão, perguntando-se como a irmã fora capaz de cogitar o aborto; como fora capaz de abrir mão da experiência materna; como era capaz de fingir, dia após dia, que o menino não tinha saído das suas entranhas. Quanto a esta última questão, no entanto, de pronto contemporizou, dando-se conta de que ela própria não deixava de ser cúmplice naquele fingimento diário, ainda que planejasse contar a verdade ao filho algum dia.

Algum dia. Sempre algum dia. Algum dia que não chegava jamais. Algum dia o levaria ao circo, algum dia lhe compraria as roupas de que ele necessitava, algum dia lhe contaria enfim que Lúcia era a sua mãe biológica. A sua mãe *verdadeira*. Isso tudo algum dia. Por que não amanhã mesmo? Ao contrário do circo e das roupas, que demandavam um dinheiro que ela não tinha, contar a verdade ao filho dependia apenas da sua iniciativa. Mas estaria o menino preparado para saber daquilo? Não seria novo demais? Pensando bem, talvez ele estivesse justamente na idade mais adequada para receber uma notícia como aquela; crianças assim, tão pequenas, pareciam sempre capazes de lidar bem com qualquer coisa; era possível que o passar do tempo, em vez de ajudar naquela questão, apenas a tornasse cada vez mais complicada.

Vera estava muito inclinada a abrir o jogo com o filho já no dia seguinte. Só precisava ouvir a opinião de dona Helena, a quem sempre consultava antes de tomar qualquer decisão importante.

34

Deixou Vanderson sozinho e encaminhou-se à residência da mãe, que ficava ao lado da sua. Àquela hora, sabia, eram pequenas as chances de que a idosa estivesse dormindo, embora fossem grandes as de que se preparasse para deitar e maiores ainda as de que já tivesse trancado a porta de casa. Por desencargo de consciência, experimentou girar a maçaneta, imaginando que esbarraria na resistência da tranca e que precisaria chamar dona Helena; para a sua surpresa, porém, a porta se abriu; e, para a sua preocupação, a primeira coisa que viu, sob a luz ainda acesa da cozinha, foram os pedaços de um prato que caíra e se espatifara, espalhando comida pelo chão.

— Mãe?!

No quarto, encontrou a idosa estirada sobre a cama de casal, ainda metida nas roupas com que passara o dia, um antebraço largado sobre as vistas, em evidente sinal de mal-estar. Foi um alívio perceber que ela ainda respirava.

— Mãezinha... — tornou a chamar Vera, agora em tom menos preocupado do que piedoso, aproximando-se, abaixando-se à beira do leito e pousando a mão no ombro da mais velha.

— Hum? — respondeu dona Helena, com o ligeiro sobressalto de quem desperta de um cochilo.

— O que que houve?

— Não foi nada, essa menina. Daqui a pouquinho passa.

— Mas o que que tu tá sentindo, mãe?

— Só uma dorzinha de cabeça e um enjoozinho. Foi a ambrosia. Eu nem sei por que que eu ainda insisto em comer ambrosia. Mas pode ficar tranquila, viu, essa menina? Vai lá pra tua casinha, que daqui a pouquinho eu já tô bem.

Duas ondas de calor atingiram o estômago de Vera, testando a sua paciência. A primeira foi por causa daquela mania irritante que a mãe tinha de fazer diagnósticos estapafúrdios dos seus mal-estares, empregando sempre o falsete de quem tem certeza de que sabe do que está falando; a segunda foi por causa daquela sua outra mania irritante de tentar minimizar o iminimizável para desfazer preocupações indesfazíveis. "Como é que eu vou ficar tranquila e ir pra minha 'casinha' depois de ter te visto aqui, nesse estado?, e depois de ter visto, inclusive, aquela porra daquele prato caído lá no meio da cozinha?", a filha teve vontade de perguntar. Mas, logo após as ondas de calor, o seu estômago foi invadido pelo frio do remorso, ainda mais desagradável: mal pôde acreditar na semente de crueldade que verificou no próprio coração, em vias de germinar, florescer e levá-la a espezinhar dona Helena, que, além de ser a sua mãe, era também idosa, de modo que em cada gesto minúsculo, até mesmo naquele sorriso forçado que ela sustentava na tentativa de tranquilizá-la, tinha de empreender uma verdadeira batalha contra a fragilidade permanente da idade avançada e o estado particularmente debilitado no qual se encontrava agora. Vera apressou-se a exterminar aquela semente maligna, plantando um beijo carinhoso na testa da mãe.

— Me espera aqui, tá bom, mãezinha? Eu vou chamar as guria.

Dona Helena se agitou.

— Ai, essa menina, mas pra quê, se daqui a pouquinho já tô bem?

Era uma nova tentativa de minimizar o iminimizável, mas desta vez o zelo da filha, fortalecido pela iniciativa de carinho, pela prática do amor, não possibilitou sequer um pequeníssimo princípio de aborrecimento no seu espírito.

— Tá bom. Se tu não quer que eu chame, eu não chamo. Pronto. Mas vamo combinar uma coisa? Eu durmo aqui contigo hoje. Trago o Van e a gente dorme os três juntinho aqui. Que tal? — A idosa já montava uma cara feia, mas Vera foi rápida: — Ah, vai, tu sabe que o Van adora dormir aqui, não sabe? Se pudesse, dormia aqui sempre, aquele pentelho.

O rosto da mais velha se iluminou.

— Ora, ora, ora, não fala assim do Vanzinho lindo da vó, tão bonitinho que ele é.

— Tá, eu vou ali pegar ele e já volto. Me espera aqui.

Quando Vera regressou, agora usando uma camisola e trazendo no colo um Vanderson completamente adormecido, dona Helena também já tinha pegado no sono de novo. Ela alojou a criança ao lado da avó, no centro da cama, e voltou silenciosamente sobre os próprios passos, indo à cozinha para varrer a comida espalhada e o prato espatifado. Depois disso, trancou a porta da residência, transferiu para a geladeira as panelas que tinham sido deixadas sobre o fogão, apagou todas as luzes e, por fim, foi juntar-se à mãe e ao filho.

Não conseguia, contudo, adormecer, e perdeu a noção do tempo em meio ao silêncio, ao escuro e às preocupações. Em determinado momento, ouviu a cama ranger e pôs-se imediatamente em estado de alerta, apurando todos os sentidos. Ao que parecia, porém, dona Helena apenas procurava uma posição mais confortável.

— Mãe.
— Hum?
— Tá acordada?
— Tô. Eu só não sei pra que bater desse jeito nas criança. Não precisa.

A filha entendeu que a mãe falava dormindo. Ainda assim, resolveu comentar:

— Tô querendo contar a verdade pro Van.

— A verdade, essa menina? A verdade, é? Pois a verdade é o inferno.

Vera ficou intrigada com essa declaração inconsciente, o que retardou ainda mais o seu sono; para ela, entretanto, o inferno era outra coisa: acordar e saltar da cama por obrigação, sem ter dormido direito, como lhe aconteceu na manhã que se seguiu. Mas agora já era segunda-feira, e desde os primeiros minutos desse "dia útil" uma série de afazeres empilhavam-se diante da mulher, deixando-a atarantada e inquieta, sem tempo sequer para queixar-se da noite maldormida. Havia ainda um acréscimo nos encargos: tinha que convencer a mãe a ir consultar-se com um médico, e, por mais difícil que se mostrasse essa tarefa, precisava realizá-la rápido, de modo a não se atrasar para o trabalho; além disso, era necessário avisar a Lúcia que hoje, além de Vanderson, ela precisaria ficar também com João e Ronaldo, uma vez que dona Helena passaria toda a manhã fora, e possivelmente parte da tarde, sem poder cuidar dos filhos de Ivone. Despertada por Vera, a idosa já se mostrava plenamente recuperada do mal-estar, e portanto cheia de energia para argumentar contra a necessidade de ir ao hospital; a sua disposição, porém, deixou a filha à vontade para adotar um tom inflexível e deixar claro que aquilo não estava aberto à discussão.

— Olha aqui, mãe, tu vai ir no médico, sim, querendo ou não querendo. Eu vou lá largar o Van na Lúcia, vou falar pra Ivone também deixar o Jô e o Naldo lá, vou me arrumar e, quando eu voltar aqui, quero te encontrar prontinha pra sair também. Tu vai no Dez Para as Sete comigo, tá bom? E, por favor, chega de conversa, que eu não quero acabar me atrasando.

35

No ponto de ônibus em frente à praça da vila, Vera, excepcionalmente acompanhada de uma dona Helena excepcionalmente resmungona, encontrou Fátima, Rose e Jurema, como sempre, precipitando-se a explicar-lhes, logo após cumprimentá-las, sobre o mal-estar da mãe na noite anterior.

— Daí agora ela vai lá no Clínicas pra ver.
— Pois é, ver não sei o quê — resmungou a idosa.
A filha estalou os beiços.
— O que que foi que o médico disse depois que tu se recuperou do aneurisma? Hein, mãe? — Percebendo que não haveria resposta, continuou: — Ele disse que qualquer enjoo, qualquer dor de cabeça, qualquer coisa, era pra voltar lá e procurar alguém, pedir uma orientação.

O aneurisma a que Vera se referia tinha sido cinco anos antes, e desde então não foram poucos os enjoos leves e as pequenas dores de cabeça de dona Helena, embora ninguém tivesse associado nenhum desses ligeiros mal-estares àquele episódio dramático e muito menos insistido que a idosa fosse ao hospital como a filha fazia desta vez, inconscientemente movida pelo impacto de ter dado de cara com o prato espatifado no chão da cozinha da mãe.

Além das cinco mulheres, outros quinze ou vinte trabalhadores também esperavam naquele ponto, e um clima de inquietação começou a tomar conta de todos, porque o ônibus estava oito minutos atrasado. Foi quando, para o tormento de Vera, Rose perguntou-lhe:

— Como é que vai ser se essa bosta não passar de novo, Vera? A tua mãe não tem condição nenhuma de subir a lomba no nosso pique.

Nem bem terminou de falar, contudo, ouviu-se o ronco possante do motor do coletivo, que se aproximava pesadamente, vindo da Vila Viçosa e fazendo vibrar o asfalto carcomido da rua Guaíba.

— Pois aí vem o dito-cujo — disse Vera, aliviada.

— Ai, guria, nem me fala em dito-cujo, que isso me lembra outra coisa e me dá uma saudade! — brincou Fátima.

— Despudorada! — riu Jurema.

Imediatamente após o embarque, Vera perguntou em alto e bom som se alguém sentado podia ceder o lugar para a sua mãe idosa, ignorando as teimas dela de que não havia necessidade; logo alguém levantou-se de boa vontade, e dona Helena ocupou o banco livre a contragosto. Depois a filha despediu-se da idosa, dando-lhe um beijo na testa, e introduziu-se na massa compacta de passageiros, indo juntar-se às amigas na região central do ônibus.

Hoje, no entanto, não lhe parecia tão fácil como de costume participar das conversas delas. Estava aérea, pensando nas forças cruéis que tendiam sempre a impossibilitar as iniciativas mais urgentes. Faltar ao serviço não era uma alternativa, claro, mas também deveria estar completamente fora de cogitação deixar a mãe sozinha naquelas circunstâncias. Queria acompanhá-la, queria repartir com ela a amargura das filas de espera, queria ampará-la caso o mal-estar voltasse a afligi-la, queria sentar-se ao seu lado diante do médico, queria garantir que as recomendações dele não se perdessem por causa do descaso dela. Nada disso, porém, fazia-se possível, porque se não fosse trabalhar, se por acaso deixasse de lavar a louça de Iolanda por um único dia, o desconto no salário, ao final do mês, cairia sobre a sua vida como uma bomba nuclear. Só restava rezar para que tudo corresse bem.

Com esforço, Vera deixou esses pensamentos de lado para tentar interagir com as amigas, e foi então que percebeu não ser a única calada. Jurema, que em algum momento da viagem tinha ocupado um assento de corredor, seguia a conversar animadamente com Rose, em pé bem ao seu lado; mas Fátima, espremida entre Rose e Vera, permanecia muda, mantendo ademais o olhar fixo na paisagem urbana que passava com velocidade diante dela, além do vidro da janela, sem observar nada em particular. Havia qualquer coisa de constrangimento e raiva no seu rosto, e quando Vera achou que os seus olhos úmidos preparavam lágrimas, cutucou-a de leve com o cotovelo e perguntou-lhe baixinho:

— Ei, tá tudo bem?

Fátima tomou um pequeno susto ao dar-se conta de que era avaliada pela amiga e apressou-se a armar um sorriso, muito pouco convincente, ao mesmo tempo que usava o polegar para enxugar as vistas com discrição.

— Tudo bem, tudo bem, sim — respondeu.

Vera fez uma careta, como quem duvida.

— Tem certeza?

— Tá tudo bem, Vera, mas que porra! — tornou a amiga, num sussurro rosnado.

Aquela súbita falta de paciência definitivamente não condizia com a personalidade de Fátima, sempre tão espirituosa, mas, apesar de ter ficado ainda mais intrigada, Vera preferiu respeitar o evidente desejo dela de que não insistisse naquilo. Parou de encará-la e ficou em silêncio, tentando imaginar o que poderia tê-la deixado daquele jeito; não pôde, entretanto, alimentar as suas conjecturas por muito tempo, pois sentiu umas pancadinhas no ombro e, virando a cabeça para o outro lado, viu que era Ângela, uma vizinha moradora da Vila Nova São Carlos, quem a chamava.

— Oi, Ângela.

— O seu Nélson, ali, pediu pra te chamar — disse a mulher, fazendo um gesto de cabeça.

Vera olhou na direção indicada, ficando na ponta dos pés para tentar enxergar seu Nélson, outro vizinho, por cima do bolo de gente prensada no corredor do ônibus.

— Pois não, seu Nélson?

— Não, é que a tua mãe comentou que tá indo no hospital. Aconteceu alguma coisa?

— Pois é, ela passou mal ontem.

— Quem foi que passou mal? — quis saber uma voz feminina, com certa preocupação.

Vera olhou ao redor com dificuldade, por causa da falta de espaço, mas não conseguiu identificar quem fazia a pergunta.

— A mãe. Foi a mãe que passou mal.

— Putz! Mas tá tudo bem com a vozinha? — indagou outra voz preocupada, desta vez masculina.

— Ah, hoje ela já tá bem melhor. Vamo ver o que que o médico diz.

— Ou vamo ver o que que *a dona Helena* diz que o médico diz — salientou Jurema, tomando parte na conversa generalizada.

— Pois é, ainda tem mais essa — concordou Vera, revirando os olhos. — Vou te dizer, viu: ô véiazinha, ô véiazinha!

— No mínimo o médico vai dizer que é melhor se acanhar e a dona Helena vai chegar em casa dizendo que é melhor se assanhar — disse Rose, provocando risadas aqui e ali.

A maior parte do povo que abarrotava o Dez Para as Sete dia após dia já se conhecia, porque muitas daquelas pessoas moravam ou na mesma vila sem nome em que Vera vivia ou nas vilas adjacentes, a Viçosa e a Nova São Carlos; além disso, mesmo entre os passageiros que não residiam em nenhuma das três localidades não eram poucos os que, em virtude das viagens diárias, já tinham feito algumas amizades naquele mundo apertado e movediço delimitado pelas portas de embarque e desembarque do coletivo; havia apenas uma pequena fração de passageiros fortuitos a cada dia, sendo estes os únicos a entrarem no ônibus e depois saírem sem trocar um bom-dia sequer com ninguém. Não era à toa, portanto, o clima de alegre excursão nas entranhas daquele monstro de aço que atravessava uma Porto Alegre ainda meio adormecida de ponta a ponta toda manhã.

36

Carmem, a esposa de Marcelo, trabalhava como garçonete noturna na Cidade Baixa, emprego que, mesmo levando-se em consideração as gorjetas, não lhe rendia tanto quanto o salário de porteiro do marido. Ainda assim, quase tudo o que havia no interior do lar do casal tinha sido comprado por ela, a duras penas, pois ele, do que ganhava, costumava deixar metade no bar que frequentava às claras e metade no bordel que frequentava às escondidas. O dinheiro de Marcelo era de Marcelo; o dinheiro de Carmem era de ambos.

A última aquisição da esposa, feita havia meio ano, fora um guarda-roupa de segunda mão, grande, de seis portas, que substituíra um outro, menor e mais feio, que o casal usara durante uma década inteira, desde o dia em que eles tinham ido morar juntos. Na ocasião da instalação do móvel novo, Carmem tivera a inocência de imaginar que Marcelo daria um sumiço no antigo; pensara assim porque o marido, dispensando a ajuda que ela oferecia, dissera entredentes e com voz arranhada *"Pode deixar essa porcaria comigo"*, enquanto sofria empurrando o guarda-roupa preterido para fora de casa. Mas o móvel nunca fora além do pátio: ali permanecia até hoje, tombado de lado a um canto.

Após seis meses de exposição ao sol e à chuva, a madeira envernizada daquele artigo museológico ainda não apresentava qualquer sinal de apodrecimento — fato que Marcelo de quando em quando usava para argumentar que as coisas antigas tinham maior qualidade do que as modernas, menoscabando intencionalmente a aquisição de Carmem. Em geral cometia essa crueldade nos dias de folga, como era aquela segunda-feira, ao sentar-se em cima do guarda-roupa com uma lata de cerveja na mão, como sentava-se naquele momento, para aproveitar a sombra que a casa projetava sobre o móvel nas tardes de verão, como projetava naquela. Desta vez, porém, não havia clima para aquilo que Marcelo chamava de "brincadeira". A esposa estava magoada porque ele reclamara do almoço, acusando-a de tê-lo preparado de má vontade; e ele, por sua vez, sentia raiva da frieza com que era tratado por ela desde então.

Enquanto bebia, Marcelo tentava elaborar teorias sobre o caso da camisinha usada que encontrara na latinha de lixo do trabalho. Contudo, uma vez que acreditava na inocência de Cristiano, o colega do turno que antecedia o seu, parecia-lhe impossível imaginar uma explicação para aquela história. Os outros dois porteiros que podiam ter descartado o preservativo eram Antônio e Jairo: este trabalhava de dia quando Marcelo estava de folga, como hoje; aquele, na noite imediatamente anterior. Mas saber disso não o ajudava muito.

Frustrado, fez um muxoxo, seguido de um suspiro profundo, e mais uma vez procurou reorganizar as ideias para tentar encontrar nelas alguma pista; desconcentrou-se, entretanto, com o "rac-rac-rac" insistente que vinha do outro lado do pátio, onde, oculta pela casa, Carmem esfregava, esfregava e esfregava as cerdas da escova contra alguma peça de brim, debruçada sobre o tanque de lavar roupas, o suor a verter dela em bicas. De pronto, e de maneira injusta, Marcelo atribuiu àquele barulho a sua incapacidade de conceber hipóteses em torno do mistério da camisinha, e esbravejou:

— Que porra, Carmem, deixa pra esfregar esse caralho outra hora!

A esposa, que vinha respondendo de maneira monossilábica a tudo o que o marido relinchava, num exercício de paciência comovente, desta vez não se aguentou e explodiu, a sua voz estridente contornando a casa e vindo atingir em cheio a alma de Marcelo, como o som de uma sirene:

— Mas era só o que me faltava, pau no cu! Tu aí, com as bola pra cima, tomando cerveja e pensando na vida; eu pra lá e pra cá, que nem uma louca, tentando minimamente dar um jeito nessa porra dessa casa antes de ir trabalhar; e tu ainda tem coragem de vir me dizer pra deixar pra fazer as coisa outra hora? Não varre um chão; não lava um prato; não se presta nem a arrumar a cama. Nunca vi: o dia *inteirinho* com as bola pra cima... — E seguiu a desabafar, interminavelmente.

Marcelo balançou a cabeça, com um novo suspiro, arrependido por completo de ocasionar aquela erupção. Arrependimento, inclusive, era o seu sentimento predominante quando pensava a respeito da vida ao lado da mulher. Tinha consciência, claro, do tanto que a esposa se desdobrava na manutenção do lar, e podia até reconhecer a própria inércia, em contraste, mas considerava-se perfeitamente capaz de viver sozinho, à sua maneira preguiçosa, sem precisar dela para nada. Já não conseguia perceber qualquer vantagem na vida de casado; ao contrário, identificava naquela loucura inconveniências mil; e interrogava-se com frequência cada vez maior por que não propunha a Carmem que se separassem, uma vez que também a mulher havia muito que não parecia contente com a união. Rápida e invariavelmente, contudo, lembrava-se de que já conhecia a resposta para aquela pergunta: ele e ela tinham erguido aquele castelo de areia infeliz onde achavam-se metidos, e agora mostrava-se muito mais trabalhosa a ação de desfazê-lo do que a espera para que se desfizesse sozinho.

Entre as inconveniências que Marcelo identificava na vida a dois, destacava-se a impossibilidade de dedicar-se em tempo integral à satisfação dos seus impulsos sexuais. Pensar a esse respeito, no entanto, levava-o a experimentar um constrangimento secreto, porque, não sendo ele nenhum garanhão, só conseguia levar a cabo as suas aventuras extraconjugais mediante pagamento, no bordel: jamais traíra a esposa como resultado de uma conquista, ainda que não tivessem faltado tentativas. E esse vexame oculto, que agora mesmo fazia-o revoltar-se contra o mundo e contra si mesmo, era ainda agravado pela lembrança de Charles, um dos seus supervisores, a confrontá-lo com o boato de que ele teria transado com todas as faxineiras do prédio, sinal inequívoco de que foram cair nos seus ouvidos as histórias mentirosas que Marcelo costumava contar aos colegas, na guarita, durante as trocas de turno.

A única faxineira do prédio com quem ele nutria sinceras esperanças de consumar a mecânica do amor era Vera, que não tinha qualquer tipo de compromisso, até onde Marcelo sabia, e não parecia se incomodar com as suas investidas disfarçadas de brincadeiras. Mesmo tais esperanças, porém, no fundo ainda não eram tantas nem tão grandes, apesar do esforço de Marcelo nos últimos meses para multiplicá-las e avolumá-las, o que terminava por embrulhar o seu plano de seduzir a mulher em uma angustiante sensação de urgência: precisava dar um jeito de transar com Vera logo, antes que ela acabasse se envolvendo, em definitivo, com alguém mais bonito, ou mais esperto, ou mais jovem, ou mais interessante, ou mais endinheirado do que ele.

Essa possibilidade de súbito empurrou-o a um estado de perturbação severa, pelos caminhos do ciúme. Imaginar Vera com outro e supor exterminadas as suas esperanças de transar com ela causava-lhe tamanho abalo que se sentiu incapaz de permanecer sentado no guarda-roupa: saltou dali e pôs-se a andar a esmo pelo pátio, empinando a lata de cerveja a intervalos curtos. Mas, tão repentinamente como iniciou aquela marcha cega, assim também logo a interrompeu, estacando bem no meio do terreno, a testa muito enrugada, o coração batendo forte, as narinas expulsando grandes quantidades de ar. E desse jeito permaneceu por um bom tempo, ruminando a hipótese terrível que acabava de lhe ocorrer: e se Jairo, o colega que trabalhava nos seus dias de folga, fosse quem andava transando na guarita? E se a mulher com quem Jairo andava transando fosse Vera? E se, após o sexo, ainda ofegantes, Jairo e Vera caçoassem das investidas de Marcelo? E se Jairo e Vera, inclusive, tivessem deixado a camisinha usada na latinha de lixo propositalmente, só para que Marcelo a encontrasse e visse com os próprios olhos as sobras do prazer que nunca lhe seria proporcionado?

Tomado de fúria, Marcelo esmagou entre os dedos a lata de cerveja já quase vazia e atirou-a no chão, com a força do seu feroz ressentimento.

37

Vera passara toda a manhã e toda a tarde daquela segunda-feira preocupada com a mãe, dividindo a atenção e a energia entre os afazeres no apartamento de Iolanda e o esforço de imaginar a idosa a comportar-se de maneira madura e responsável diante do médico, levando a sério as recomendações dele, como se pudesse influenciá-la à distância, pela força do pensamento. Agora a noite tinha tomado conta de Porto Alegre, desde o Marinha até o Santa Helena, e a filha — já a bordo de um R32.1, que praticamente levava de um parque ao outro, atravessando a cidade — logo chegaria em casa e poderia inteirar-se de como fora a consulta. Pela primeira vez no dia, entretanto, não era em torno disso que giravam as suas ideias. Ela pensava em Fátima, a quem flagrara com os olhos rasos d'água no Dez Para as Sete.

Por mais que tentasse, não conseguia formular qualquer hipótese que oferecesse uma mínima explicação para aquilo; como, porém, estava preocupada com a amiga e não cogitava a possibilidade de esquecer-se daquela história, chegava à conclusão de que o melhor a fazer seria esperar um momento adequado para tornar a pressioná-la, na esperança de que ela respondesse sem reservas. O problema era que só a encontrava na ida para o trabalho, pela manhã, e parecia a Vera que interpelá-la na presença de Jurema e Rose, que também pegavam o Dez Para as Sete, seria demasiada indiscrição, quase como compartilhar intencionalmente com essas duas um segredo de Fátima do qual nem mesmo ela própria,

Vera, devia ter tomado conhecimento, mas que acabara descobrindo por acaso. Por isso decidiu que iria de surpresa à casa da vizinha em uma noite qualquer, após voltar do trabalho, para tentar arrancar dela a verdade, o que só não fazia hoje mesmo porque a sua prioridade agora era arrancar a verdade de outra pessoa: dona Helena. Possivelmente a mãe tentaria minimizar fosse lá o que fosse que o médico tivesse dito.

Ao contrário do 398.4, o R32.1 não passava na rua Guaíba: Vera teve que desembarcar na parada 12 da Lomba do Pinheiro para então fazer o restante do caminho até sua casa a pé. Isso levou-a a compreender, apenas agora, três dias depois, o tamanho da sorte que tivera em chegar no ponto de ônibus da Azenha praticamente junto com um PINHEIRO VIÇOSA, na última sexta-feira, quando trazia consigo a televisão. Se tivesse vindo embora em qualquer outro ônibus, precisaria carregar o aparelho ao longo de todo o trajeto que percorria naquele momento. Ademais, pegar o 398.4 não tinha sido a única sorte daquele dia: outra coincidência feliz fora a presença de Aroldo naquele mesmo ônibus e a boa vontade com que ele se oferecera para carregar a televisão beco adentro, sem se falar na tomada que a seguir improvisara na casa dela.

Vera não era boba: sabia que toda aquela gentileza não devia ser à toa. O interesse do vizinho por ela, contudo, pegava-a de surpresa, pois nunca antes daquela sexta-feira tinha intuído nele sequer uma simpatia banal. E dado que Aroldo nem de longe era uma figura interessante, se a mulher valorizava aquela tímida iniciativa, como de fato valorizava, era muito mais por força de contraste do que por qualquer outro motivo. Por exemplo, Péterson, o patrão, também dava em cima dela; para Vera, no entanto, as investidas dele constituíam pura e simplesmente uma indesculpável falta de respeito, não só por ele ser casado com Iolanda, mas também, e principalmente, por aproveitar-se da sua posição de poder em relação a ela, de modo a deixá-la sem saber como reagir diante das suas importunações. E havia ainda Marcelo, que não podia vê-la sem lhe passar algum tipo de cantada; Vera não chegava a considerá-lo tão desleal como Péterson, embora soubesse que também ele era casado; o que mais a incomodava no porteiro era a sua afobação, a sua lascívia, a sua incapacidade de sustentar mesmo uma pequeníssima conversa descomprometida, sem cunho sexual. Pois era entre esses dois espécimes — o patrão indecente e o porteiro maçante — que surgia Aroldo, o vizinho desajeitado.

Depois de transpor a mal iluminada Vila Nova São Carlos, descer a ainda mais escura rua Guaíba e percorrer o breu absoluto do Beco da Dona Helena, Vera por fim abriu o portãozinho de madeira apodrecida centralizado na cerca de arame farpado do pátio da família, o corpo inteiro parecendo reivindicar férias vitalícias após aquele que era apenas o primeiro dia de labuta da semana. Ivone e Maria haviam chegado do trabalho antes dela, o que não era nenhuma novidade; mas Vera estranhou encontrá-las à entrada da casa da mãe, em vez de imersas cada qual nos afazeres do próprio lar, como de costume. Isso a fez imaginar, por um breve momento, que a idosa talvez tivesse passado mal outra vez.

— Que que houve agora?

— Nada, nada — disse Ivone.

— A gente só veio ver com a mãe como foi a consulta — complementou Maria.

— Ah, sim. E?

Antes que essa segunda pergunta pudesse ser respondida, porém, dona Helena apareceu, saindo da residência e trazendo consigo uma folha de papel, a qual desdobrou diante das filhas.

— Tá aqui, ó.

— Que que é esse papel, mãe? — quis saber Vera, se aproximando.

— Eu vou ter que voltar lá naquele bendito hospital semana que vem, e daí vou ter que apresentar esse documento. O médico agendou uma tomo.

— Hum... Mas tá tudo bem?

A idosa encolheu os ombros.

— É o que nós vamo saber semana que vem.

Nesse momento, Vanderson, João e Ronaldo surgiram, tropeçando uns nos outros no corredorzinho entre a casa de dona Helena, à esquerda, e a de Vera, à direita. Atrás deles, empurrando-os, vinha Lúcia, com um pano de prato úmido no ombro e a mais completa falta de paciência na alma.

— Ivone, tá aqui o João e tá aqui o Ronaldo; Vera, tá aqui o Vanderson. Pode levar, que é de vocês. Passar bem.

Sem dizer mais nada, a mulher girou nos calcanhares e voltou sobre os próprios passos, quase esbarrando em Camila, que vinha no sentido oposto.

— Mãe, já tomei banho — informou a jovem, dirigindo-se a Maria. — Quer que eu vá picando o alho e a cebola?

38

Na manhã da terça-feira que se seguiu, Marcelo, sempre pontual, assumiu a portaria exatamente às sete horas, despediu-se do colega Cristiano com um soturno aceno de cabeça, sentou-se na cadeira de rodinhas, cruzou os braços, cravou os olhos no monitor posicionado sobre a mesa e ficou esperando, com inédita ansiedade, o momento em que veria, pelas imagens das câmeras de segurança, a figura de Vera, pronta para entrar no condomínio assim que ele pressionasse o botão que abria o portão gradeado. O homem estava decidido: hoje não haveria nem cantadas nem sorrisos. Não haveria nada. Apertaria o botão, claro, mas deixaria que a faxineira cruzasse o jardim, passasse ao lado da guarita, chegasse ao saguão, chamasse o elevador e subisse ao nono andar sem precipitar-se a galanteá-la, sem lhe dar um mísero bom-dia, sem nem mesmo olhar para ela pela janela da guarita, cujo vidro, inclusive, tratou de fechar muito bem fechado, sem deixar nenhuma frestinha, após o que tornou a cruzar os braços, como uma criança emburrada.

Evidentemente Marcelo não tinha como ter certeza de que Vera andava transando com Jairo, o porteiro que trabalhava de dia durante as suas folgas; e não tinha como ter certeza, muito menos, de que os dois zombavam das suas tentativas de seduzi-la. O problema era que também não havia maneira de certificar-se do contrário, e, por via das dúvidas, ele preferia acreditar no pior. Engano por engano, antes enganar-se e cometer uma injustiça do que enganar-se e ser motivo de chacota: na sua cabeça, isso parecia fazer muito sentido. Além do mais, queria verificar como ela reagiria ao gelo, numa esperança quase inconsciente de que tal reação, fosse lá qual fosse, lhe permitiria afastar do espírito aquelas suspeitas tão terríveis; embora os maus sentimentos por ora impedissem-no de admitir, no fundo empolgava-se com a possibilidade de a mulher sentir falta das suas cantadas e vir, por iniciativa própria, tentar restaurar as suas manifestações de interesse por ela; na mesma proporção, entretanto, assombrava-o a ideia de que a faxineira talvez demonstrasse indiferença, ou até mesmo alívio, em resposta àquela frieza brusca.

O que Marcelo não dava conta de imaginar, por mais óbvio que fosse, era que Vera também tinha, dentro de si, o seu próprio mundo de ideias, e que nesse mundo a relevância dele era praticamente nula. Quando a faxineira chegou ao condomínio para trabalhar, só conseguia pensar que agora já era terça, que a segunda tinha ficado para trás e que, mais uma vez, não tinha contado a Vanderson que Lúcia era a sua mãe biológica. Claro que nada a impedia de conversar com o filho ainda hoje, quando chegasse do trabalho, mas, sendo honesta consigo mesma, a mulher achava pouco provável que realmente viesse a fazê-lo, pois na véspera, no auge da sua certeza de que dizer a verdade logo seria o melhor, não o fizera, e de lá para cá, tinha que admitir, a sua convicção perdera força. Imersa nessas reflexões, abriu o portão gradeado após o estalo metálico, cruzou o jardim, passou ao lado da guarita, chegou ao saguão, chamou o elevador e subiu ao nono andar, tudo isso sem lembrar da existência de Marcelo em nenhum momento e sem sentir a menor falta das suas cantadas.

Uma coisa, porém, foi capaz de desviar o fluxo de pensamentos da faxineira. Quando ela se viu tateando os bolsos diante da porta de serviço do apartamento, deu-se conta de como era estranho uma pessoa como ela — cujo minúsculo barraco de madeira, a muitos quilômetros dali, trancava-se amarrando a porta ao umbral com um cadarço velho —, como era estranho uma pessoa como ela carregar por aí a chave lustrosa de uma moradia de luxo, ainda que essa chave não abrisse, claro, a porta social do lugar. Mas Vera não teve muito tempo para desenvolver as ideias em torno disso, porque, já no interior do apartamento, enquanto vestia o uniforme no banheirinho da área de serviço, tratou de concentrar-se em elaborar uma estratégia para dar conta dos muitos afazeres, e decidindo que hoje o melhor seria começar pelas roupas sujas, foi atrás delas; na sala, contudo, deu de cara com Péterson, que se achava sentado no sofá, lendo um jornal e bebericando uma xícara de café.

— *Seu Péterson?*
— Verinha.

O patrão respondeu como quem responde a um cumprimento desinteressado, ignorando de propósito o tom claramente interrogativo da empregada, que não estava habituada a encontrá-lo por ali naquele horário. Muito mais do que a simples presença de Péterson, no entanto, o que desconcertava Vera era o fato de ele estar só com a parte de baixo do pijama (um short de seda), as pernas peludas cruzadas sob o jornal.

— O senhor não devia de tá no trabalho?
— Ah, hoje eu vou mais tarde.
— E a dona Iolanda, cadê? — quis saber a empregada, olhando em volta.
— Ela foi levar o Artur no judô. Hoje é terça, esqueceu? Mas pode ficar tranquila, que de lá a Iolanda vai pro trabalho. Hoje ela tem uma reunião importante.
— Ah...

Acontece que a informação de que não havia a possibilidade de Iolanda aparecer no apartamento, longe de tranquilizar a empregada, serviu, ao contrário, para afligi-la. Tanto que prontamente desistiu de começar o seu dia de trabalho pela lavagem das roupas: isso implicaria ir catar não só as peças sujas de

Artur, mas também as de Péterson e Iolanda, e Vera não tinha coragem de entrar na suíte do casal estando apenas ela e o patrão no apartamento. Não que se sentisse muito mais segura na cozinha, na sala ou mesmo na área de serviço; parecia-lhe, entretanto, que a cama e os ares de intimidade do quarto podiam inspirar o homem no mais desagradável sentido. Recolheu, pois, a louça suja do desjejum que Iolanda e Artur haviam deixado sobre a mesa e levou-a para a pia da cozinha, pondo-se a lavá-la. Poucos segundos depois, Péterson, que não precisava de cama ou de ares de intimidade para conceber más ideias, surgiu às costas da empregada, beliscando-lhe a anca.

— Tu é uma baita duma gostosa, sabia, Verinha?

Pega de surpresa pelo absurdo, Vera, num pulo, afastou-se e girou o corpo, de modo a ficar frente a frente com o patrão.

— Olha aqui, eu faço um escândalo! — sussurrou, a voz arranhada pela energia do ódio, os olhos arregalados, a mão empunhando firmemente uma faca de serrinha ensaboada com a ponta na direção do pescoço do homem. — Faço um escândalo e ainda corto fora isso aí! — acrescentou, ao perceber o volume ereto por baixo do short de seda.

— Calma, Verinha — sorriu Péterson, entre assustado e sem jeito, dando um passo para trás.

— "Calma" é o caralho! O senhor me respeita! O senhor me respeita!

39

Artur praticava judô na avenida Independência, perto da paróquia, sendo perfeitamente possível para um menino de doze anos como ele, cheio de saúde e energia, caminhar até o condomínio onde morava, na avenida Getúlio Vargas. A prova disso estava do outro lado da cidade, na Lomba do Pinheiro: lá, todos os dias dezenas de meninos e meninas da mesma idade que ele percorriam a pé uma distância parecida, entre a Escola Rafaela Remião e os seus barracos, na Vila Quinta do Portal, e aquele ainda por cima era um caminho muito mais perigoso do que o trajeto entre a Independência e a Getúlio, pois ao longo de todo o percurso as crianças precisavam se equilibrar na calçada estreita da estrada Afonso Lourenço Mariante, vendo passarem a centímetros dos seus corpos as incontáveis carretas que chegavam a fazer, cada uma, até três viagens diárias do lixão da Lomba do Pinheiro, onde ia parar todo o lixo produzido em Porto Alegre, até a Central de Resíduos Recreio, em Minas do Leão, a mais de cem quilômetros dali. Mas, da mesma forma que não era à toa todo aquele lixo acabar depositado na Quinta do Portal, e não no Menino Deus, também não era à toa todas aquelas crianças voltando sozinhas e a pé para casa, aprendendo desde cedo a esquivar-se das carretas, enquanto Artur, que só conhecia as esquivas da aulinha de judô, costumava voltar para casa de carro, com a mãe.

Hoje, porém, não seria assim. Como Iolanda encontrava-se impossibilitada de ir buscá-lo, em virtude de um dia particularmente agitado no trabalho, o menino voltaria para o condomínio de táxi. E não um táxi qualquer, que estivesse de passagem pela avenida, guiado por um completo estranho, mas o táxi conhecido e confiável do igualmente conhecido e confiável Clodomiro, que já fazia corridas particulares esporádicas para Iolanda havia anos, muitas delas transportando Artur em ocasiões como aquela.

— Bah, mas tu tá aí ainda, guri? — surpreendeu-se o zelador do poliesportivo, ao sair para varrer a calçada e ver que o menino se achava sentado na escadaria do prédio principal, ainda metido no *judogi*.

— Tô esperando o seu Miro.

— Sim, pra não ter erro, né? — brincou o funcionário, abrindo um sorriso.

— Como assim?

— Bom, eu não sei tu, né, tchê, mas é que eu, *se eu miro*, eu sempre acerto.

Mas Artur ficou ainda mais confuso, sem entender a piada.

— Ah, deixa pra lá — desistiu o homem, pondo-se a varrer.

Houve tempos em que Artur fazia questão de despir o *judogi* e vestir as suas roupas normais antes de ir para casa; atualmente, no entanto, preferia ostentar a última faixa que obtivera, no final do ano anterior, acreditando com sinceridade que aquilo devia impor certo respeito. A tira, cuidadosamente amarrada à cintura, tinha a mesmíssima cor dos táxis da cidade, coisa de que o menino só se deu conta agora, tirando os olhos dela e erguendo a cabeça para ver o carro de Clodomiro estacionar diante dele, junto à calçada.

— Foi mal a demora, Arturzito — desculpou-se o taxista, o braço largado para fora do veículo pela janela aberta, um Continental queimando entre os dedos. — Vamo nessa? Já tamo atrasado, já.

Clodomiro já havia transportado Artur e Iolanda ao mesmo tempo muitas vezes, quando o carro da mulher se encontrava na oficina ou quando ela simplesmente não estava a fim de dirigir; o menino, contudo, gostava mais das ocasiões em que eram apenas ele e o homem no interior do táxi. Sentia-se, então, mais próximo da vida adulta. O taxista, na ausência de Iolanda, de fato tomava mais liberdades, como a de fumar, a de dirigir em maior velocidade e a de usar palavrões para xingar os outros motoristas no trânsito ou comentar sobre as mulheres que caminhavam nas calçadas. O linguajar divertia Artur tanto quanto o assustava.

— Olha lá aquele espetáculo, Arturzito. Tá vendo? Lá, do outro lado da avenida.

Após uma breve procura, os olhos do menino encontraram a figura feminina passando ao lado do capinzal que tomava conta do largo da Epatur.

— Inchada esse tanto eu não me lembro de já ter visto — prosseguiu Clodomiro, baixando os óculos escuros para ver melhor. — Se botar na balança, deve ser uns cinco quilo só de buceta. — E ouvindo o riso de Artur no banco de trás, deu também ele uma risada e perguntou, sem tirar os olhos da mulher: — Tu também gosta da coisa, né, seu safadinho?

— Claro que eu gosto.

— Pois muito que bem. É bom que goste mesmo, que eu não levo putão no meu carro.

Obviamente o taxista tinha prazer em deixar o menino entre risonho e chocado com os seus palavrões. Mas, toda vez que estacionava em frente ao condomínio para ele desembarcar, como fazia agora, de repente assumia um ar muito sério, quase aflito, e falava, como também dessa vez falou:

— Já sabe, né, Arturzito? É aquilo: se resolver bancar o boca-suja na frente da tua mãe, não foi comigo que tu aprendeu essas coisa, hein?

— Pode deixar, seu Miro.

A figura de Clodomiro, assim como outras figuras masculinas mais velhas com quem Artur eventualmente fazia interações semelhantes, punha o menino em conflito. Sim, ele gostava, e gostava muito, daquele tipo de contato, pois era como ter acesso precoce a uma espécie de sociedade secreta, alheia ao cotidiano geral e livre das suas convenções, da qual supunha participarem todos os homens-feitos, sem exceção, e apenas eles, numa espécie de acordo tácito que consistia em cuidar para manter aquele jeito de pensar, de falar e de agir longe das mulheres e das crianças. Ao mesmo tempo, porém, tomar parte em conversas como aquelas, achar graça naquelas grosserias, decodificar aquele comportamento secreto dos homens mais velhos para não os decepcionar quando convocado a reproduzi-lo, manter aquele universo inteiro sob sigilo, tudo isso parecia-lhe errado por completo, como um crime ou um pecado, porque contrariava todos os ensinamentos da sua mãe, das suas tias, das suas avós, das suas professoras e até mesmo de Vera sobre decência e bons modos.

    Depois de atravessar o jardim do condomínio, subir ao nono andar e entrar no apartamento, fechando a porta atrás de si, Artur jogou a mochila no sofá e foi dar um abraço em Vera, como de costume. A mesa achava-se posta, a comida estava pronta, a televisão nova e o video game o esperavam para uma rápida jogada depois do almoço, antes da hora de ir para o colégio. Tudo parecia na mais perfeita ordem de sempre, a não ser pelo fato de a empregada, imersa nos seus afazeres, mostrar-se calada e sisuda, indo de cá para lá e de lá para cá sem dizer palavra ou esboçar sorriso, o que não era normal. Mas o menino, naquele momento, não tinha condições de perceber a esquisitice, uma vez que ele próprio também estava estranho, muito mais pensativo do que o habitual, ainda remoendo o conflito provocado pelo contato com o mundo secreto dos homens. O silêncio profundo que tomava conta do apartamento só era quebrado pelos ruídos dos seus talheres chocando-se com o prato, enquanto ele comia, até que, de repente, Vera veio da cozinha com passos decididos, estacou diante de Artur, pôs as mãos nas cadeiras, parecendo irritada, e disparou:

— Olha aqui, mocinho, o senhor sabe que tem que respeitar as moça, não sabe?

— Sei, sim, Verinha — respondeu ele, todo espanto, achando que a empregada adivinhava o seu tormento.

— Que ótimo. Então, tu é um bom menino. E espero que continue sendo, hein? Mesmo quando não tem ninguém olhando. E se um dia alguém tentar te ensinar a desrespeitar as moça, não deixa. Diz assim: "Não, senhor, isso é errado e eu não quero aprender, eu sou um bom menino".

40

Aroldo não punha os olhos em Vera desde a tarde do último sábado, quando a encontrara brevemente entre as amigas, no comício que Andrea Bianchi promovera no campo de futebol da Vila Viçosa. Queria muito tornar a vê-la, ainda que por acaso, ainda que à distância, ainda que só por um instante, mas, ao mesmo tempo, não podia deixar de achar incrível, e até certo ponto perigoso, o fato de que, depois da sua aproximação inesperadamente bem-sucedida ao oferecer-se para carregar a televisão da mulher, agora todo o seu prazer em viver parecia atrelado à figura dela. Se antes era ele uma espécie de morto ambulante, amargando a completa ausência de sentido de tudo reservada aos fracassados no amor, comendo e bebendo e respirando todos os dias só para cumprir tabela no campeonato da vida, agora via brilhar no seu horizonte a possibilidade de classificar-se para uma condição de existência superior, bastando, para isso, dar um jeito de estreitar ainda mais os seus laços com a vizinha e, por fim, conquistá-la, de modo que todo o seu espírito estava empenhado nessa esperança audaciosa, impensável até tão pouco tempo; por outro lado, caso aquela fosse só mais uma das sádicas brincadeiras de Deus, caso aquele sonho saboroso não passasse de uma minhoca fresca no anzol do destino, caso a vida mais uma vez o ludibriasse apenas para fazê-lo cair em uma nova humilhação, sentia que jamais seria capaz de recuperar-se de tamanho desapontamento. Era, portanto, tudo ou nada; beijo ou vácuo; altar ou tumba.

— Seu Aroldo? Seu Aroldo!

No início da noite, quando os trabalhadores voltavam em massa para a vila, sempre acontecia de formar-se fila diante do balcão de Lídia, a proprietária da venda, e hoje não foi diferente; mas já era a vez de Aroldo de ser atendido, e ele, absorto, não se dera conta disso.

— Desculpa, dona Lídia, eu tava no mundo da lua — explicou, dando um passo à frente. — Como é que vai a senhora? Tudo bem?

A mulher torceu os lábios, balançou a cabeça tristemente e suspirou, enquanto usava a calculadora para descobrir o preço total das compras dele (um pacote de biscoitos de água e sal, um aparelho de barbear e três balas de banana).

— Ah, seu Aroldo, eu vou confessar pro senhor que eu podia tá melhor, viu.

Aroldo precisou se esforçar para evitar uma risada, pois conhecia a comerciante o suficiente para saber que lá vinha alguma fofoca. Incapaz de guardar só para si as histórias que ouvia na venda, Lídia era perita em arranjar maneiras inusitadas de revelá-las, quando menos se esperava, e o homem percebeu que era exatamente isso o que estava acontecendo.

— Mas o que foi que houve? — quis saber ele, ainda no esforço de manter-se sério, tentando, inclusive, imprimir no rosto um ar de preocupação.

— Sabe esse menino aí do beco, o Davi?

— O neto da dona Delci? Que que tem?

— Bom, o senhor deve saber, né?, que sexta-feira os brigadiano pegaro ele e o teu sobrinho, o Diego, fumando maconha aí na praça?

— Sim, sim, tô sabendo disso.

— Então. A véia foi ali na praça, deu aquele show todo, porque "eu sou filha de Bará" e não sei mais o quê. Pois, não satisfeita, o senhor acredita que, chegando em casa, ela ainda me deu com um tijolo na cabeça do neto?

— Meu Deus!

— Pois é. Mas o pior nem é isso, seu Aroldo. O que mais me entristece é que ela tava braba não porque o guri tava fumando maconha, e sim porque, segundo eu ouvi dizer, ela acha que ele não devia ter deixado os brigadiano humilhar ele daquele jeito.

— Mas que absurdo!

— Pois é. Agora tá lá o guri no hospital, eu ouvi dizer que entre a vida e a morte. Mas vamo ter fé em Deus, né? Ele sempre sabe o que faz. Deu um real e dezessete centavos.

Aroldo pagou com uma nota de um real e duas moedas de dez centavos; como Lídia só tinha duas moedas de um centavo para lhe dar de troco, em vez das três devidas, ele aceitou levar, no lugar do centavo faltante, mais uma bala de banana, totalizando quatro. E quando saía da venda, sentiu o coração disparar de súbito, num galope desesperado, pois ali vinha o maior de todos os perigos, o amor, representado na pessoa de uma Vera visivelmente cansada; ali vinha o amor descendo a rua Guaíba, depois de mais um dia de trabalho; ali vinha o amor, envolto naquela aura tão diabólica quanto divina, capaz de dar sentido a todas as coisas do mundo; ali vinha o amor para comprar leite, ou talvez pão, ou ainda uma lata de salsichas em conserva; ali vinha o amor, fazendo tudo ao redor desaparecer, encurralando Aroldo na entrada do estabelecimento.

— Boa noite, dona Vera — sorriu ele.

Mas, mesmo tantas horas decorridas desde o assédio que sofrera por parte do patrão pela manhã, Vera ainda era um ouriço pronto a espetar o coração de qualquer figura masculina que se aproximasse muito, especialmente se desconfiasse que a figura masculina em questão nutria por ela um sentimento maior do que a simpatia ou a envolvesse em uma esperança superior à de amizade, como achava ser o caso de Aroldo.

— Boa noite por quê?, boa noite pra quem? — foi a resposta que deu, irritada, passando reto pelo homem sem dizer mais nada.

E isso bastou para que, de repente, numa fração de segundo tão silenciosa quanto dolorosa, o mundo de fantasias de Aroldo, até então empolgante, apesar de um tanto temerário, se convertesse num abismo infernal de constrangimento e mágoa.

41

Carmem, a esposa de Marcelo, andava com a pulga atrás da orelha. É verdade que os mais de dez anos de casamento — durante boa parte dos quais se empenhara em tratar o marido com carinho, na esperança de vê-lo transformar-se em algo melhor —, é verdade que aqueles mais de dez anos, se serviram para alguma coisa, foi só para consolidar, nas ideias da mulher, a total clareza de que beijo nenhum no mundo salvaria aquele homem rude da sua condição de sapo; ela achava, entretanto, que nos últimos dias o seu humor estava mais azedo do que o normal, como se alguma frustração profunda o atormentasse. Não era a primeira vez que isso acontecia. Mas se antes, nas outras ocasiões em que ele trouxera para dentro do lar aquele tipo de aborrecimento misterioso, Carmem precipitava-se a desempenhar papel de esteio, dispensando-lhe maior atenção e cuidados especiais, tudo na tentativa de construir com o marido uma cumplicidade mais profunda, de modo que um pudesse sempre contar com o outro para enfrentarem juntos as angústias de cada qual, de modo que um pudesse sempre falar para o outro das dores que cada qual pegara no mundo, agora não restava no espírito da coitada o mais vago interesse nesse sentido, pela triste convicção de que agir assim não surtiria efeito: conformara-se, enfim, com o fato de ser casada com aquele estranho, que da porta da casa para fora metia-se Deus sabia em quais aventuras, que na alma carregava Deus sabia quais desejos, que de vez em quando ficava particularmente áspero Deus sabia por quê. Já não lhe importava nem mesmo a possibilidade de que aquele mau humor todo fosse fruto de alguma desventura amorosa extraconjugal; se Marcelo tivesse a bondade de não piorar ainda mais a convivência já infeliz que ambos mantinham, Carmem já se dava por satisfeita.

O primeiro e principal indício de que o marido passaria o dia inteiro apoquentado era sempre o mesmo e manifestava-se pela manhã: tão logo acordava, encaminhava-se direto à geladeira para catar uma lata de cerveja, e depois outra e então uma nova, indo sorvê-las em profundo silêncio, sentado no guarda-roupa velho tombado de lado a um canto do pátio, esticando o dedo para ajudar as formigas a transpor obstáculos. Não que Marcelo não tivesse esse hábito; nos seus dias de folga, como era aquela quarta-feira, passava a maior parte do tempo deslocando-se do móvel abandonado à geladeira e da geladeira ao móvel abandonado, independentemente de como estivesse o seu humor; normalmente, contudo, iniciava esse interminável vaivém apenas à tarde, uma ou duas horas após o almoço, e não assim que saltava da cama, como fizera hoje.

O homem estava lá pela décima lata de cerveja quando chegou à conclusão de que o seu plano de ignorar Vera, posto em prática na véspera, continha uma falha importante: a faxineira nem sequer o vira, e portanto não tinha como saber que a sua frieza fora intencional; talvez tivesse achado que, devido a afazeres extraordinários ou por quaisquer outras razões incomuns, ele passara o dia inteiro trancafiado na guarita a contragosto, impossibilitado de sair para puxar assuntos com ela. Pensando bem, Vera podia até mesmo ter imaginado que Marcelo, por ter ficado doente ou algo assim, não fora trabalhar, e que a figura oculta na guarita, abrindo e fechando o portão gradeado sempre que alguém precisava entrar no condomínio ou sair para a avenida Getúlio Vargas, era, na verdade, um substituto.

Fazia-se necessário, pois, realizar ajustes na estratégia, pensava o porteiro. No dia seguinte, quando estivesse no trabalho, não se trancaria na guarita. Não, não, senhor! Para além de ser um plano ineficaz, era também uma espécie de autopunição. Não, não, senhor! Não condenaria a si mesmo àquela reclusão indigna; não se manteria invisível e incomunicável tal qual um criminoso. Não, não, senhor! Ele não era um criminoso; era apenas um homem em busca de sexo fora do casamento, como todo e qualquer homem; qual tinha sido o seu crime, afinal, para se esconder daquela maneira? Não, não, senhor! No dia seguinte, quando estivesse no trabalho, manter-se-ia bem à vista, no meio do jardim, e seria comunicativo com todos os que passassem, fossem condôminos, fossem empregados; só não seria comunicativo com Vera ("a puta da Vera"), que não o considerava digno da sua vagina ("aquela buceta murcha"), embora não visse problema nenhum em transar com Jairo ("o pau no cu do Jairo"). E então a faxineira não teria qualquer dúvida: Marcelo estava ali, como sempre; trabalhando, como sempre; visível, como sempre; brincalhão, como sempre; só não estava mais interessado em brincar com ela; *especificamente* com ela; para todos, o mesmo homem de sempre; para ela, um homem novo; para ela, um homem indiferente; para ela, o homem que ela merecia.

Havia já alguns minutos que a lata de cerveja secara, e Marcelo, trazido à realidade pela falta da bebida, encaminhou-se à geladeira, ligeiramente trôpego. Ao chegar na cozinha, porém, surpreendeu-se com a ausência da esposa, a quem esperava encontrar à volta do fogão, preparando o almoço, como tinha acontecido nas outras vezes em que ele fora até ali. E a surpresa transformou-se em revolta quando o marido, destampando as panelas e percebendo a própria fome, viu que a comida não só estava pronta, como àquela altura já esfriara consideravelmente.

— Carmem! — esbravejou ele, sacudindo a cabeça e acrescentando entredentes, num sussurro secreto: — Puta que me pariu, ô mulherzinha do inferno!

— Quê?! — respondeu a voz dela, vinda da sala, num tom que significava algo como "Vai começar a me infernizar?".

— Porra, cara, essa merda dessa comida ficou pronta e tu nem pra me avisar?!

42

Gilberto, o síndico do prédio onde Marcelo trabalhava, por certo tinha muito dinheiro, como todos os que moravam ali, mas parecia fazer questão de andar sempre maltrapilho, às vezes chegando a envergar uma mesma camisa esburacada por vários dias a fio. Diziam-no sovina, e não contribuíra para desfazer essa fama a sua decisão de não comprar um novo livro de ocorrências até que o adquirido no ano anterior estivesse completamente preenchido. Isso provocara ligeiros protestos na primeira reunião de condomínio daquele ano; alguns moradores, incluindo Iolanda, argumentaram que, caso fosse abandonada naquele momento a tradição de usar um livro por ano à revelia das páginas que restavam em branco, no futuro seria difícil pesquisar ocorrências antigas, porque alguns volumes conteriam anotações de dois anos ou até mais cada um. Gilberto limitara-se a responder que nunca tinha sido necessário pesquisar ocorrências antigas e que não havia razão para imaginar que no futuro seria diferente, passando, então, de maneira autoritária, à pauta seguinte, antes que alguém tivesse tempo de dizer mais alguma coisa àquele respeito. E era só por esse motivo que o livro de ocorrências comprado no ano anterior estava até agora na guarita dos porteiros, à espera de novas anotações, em vez de ter sido levado para a saleta anexa ao salão de festas usada como depósito.

Para Jairo, o porteiro diurno que trabalhava nos dias de folga de Marcelo, a notícia da permanência do volume tinha sido maravilhosa, porque, ao contrário dos colegas, ele estava naquele emprego havia pouco tempo e ainda achava muita graça nas atas; costumava combater o tédio das doze horas de trabalho revisitando-as, sem nunca se cansar. Uma das suas anotações preferidas tinha sido feita por Julieta, uma moradora do quinto andar: "Hoje, quando eu saía do saguão, flagrei o senhor Fábio coçando as partes, no jardim. Considerei isso muita falta de higiene e, além disso, uma total falta de respeito, porque é com aquelas mãos que depois ele vai lá nos abrir o portão. Ainda por cima, quando chamei a atenção do senhor Fábio, o mesmo me respondeu com grosserias". Jairo, entretanto, gostava ainda mais da resposta àquele relato, assinada pelo referido Fábio, que acabara, depois, demitido e substituído por ele: "Não é verdade que eu estava coçando as partes no jardim, eu apenas estava ajeitando melhor as calças do uniforme, pois nem um uniforme do tamanho certo foram capaz de me arranjar até hoje, e olha que já trabalho aqui tem meses. Também não fui grosseiro com a dona Julieta, respondi normal, mas acho que a mesma estava tendo um dia infeliz".

Nem todos os episódios chegavam a ser assim, anedóticos por si só, mas todos, sem exceção, divertiam o porteiro, porque o seu senso de humor era particularmente sensível ao emprego pouco usual das palavras, coisa de que aquele livro estava recheado. Julieta, por exemplo, escrevera "coçando as partes", e ele jamais conseguia ler esse trecho sem rir ou sem pensar consigo mesmo: "Puta que me pariu, *'coçando as partes'*, mano, *'coçando as partes'*! Por que diabos não diz logo que o cara tava metendo as mão no saco?". Já na resposta de Fábio, o que achava mais ridículo era a expressão "tendo um dia infeliz". "Olha aqui o outro, meu Deus, *'tendo um dia infeliz'*! Isso aqui é inacreditável! A mulher tava de calundu, ora! Tava de mal com o mundo, tava azeda, tava com os ovo virado, tava de mau humor, tava mal comida, sei lá, qualquer coisa, mas '*tendo um dia infeliz*'? Não tem o menor cabimento!". Às vezes Jairo se perguntava que estranho poder seria aquele da caneta e do lápis que levava as pessoas a escreverem de um jeito completamente diferente do que falavam.

De repente, soaram batidas à porta da guarita; o funcionário prontamente fechou o livro de ocorrências, tirou a expressão de riso do rosto e foi ver quem era, aproveitando para consultar o relógio de pulso. Nem quatro da tarde. Ainda faltava muito para o horário de ir embora para casa.

— Pois não? — disse, abrindo a porta e dando de cara com uma das faxineiras que trabalhavam no prédio, cujo nome não sabia. A mulher estava muito próxima à entrada, como se esperasse ser atendida por alguém íntimo, e foi visível a sua surpresa ante a aparição de Jairo.

— Ah, desculpa, eu achei que era o Marcelo que tava aí — explicou Vera, recuando um passo.

— Não, o dia dele foi ontem.

— Engraçado... É que eu não vi ele ontem o dia inteiro. Achei até que ele tinha faltado, e que daí vinha hoje.

— Não tem como. Mesmo se a gente falta um dia, temo que voltar só dois dia depois, que é o próximo dia da gente.

— Hum... Tá bom, então. Obrigada.

— Disponha.

O porteiro fechou a porta e voltou ao livro de ocorrências. "Qual será que eu vejo agora? Bah, acho que eu vou procurar aquela quando reclamaram dos pum no elevador."

43

Andava popular pelas vilas da Lomba do Pinheiro uma brincadeira de meninos conhecida como "garrafão". Consistia numa espécie de pega-pega restrito ao redor de um quadrado desenhado com giz no asfalto da rua, que representava o tal garrafão e tinha, num dos lados, uma passagem alongada, à guisa de gargalo, cuja abertura os participantes chamavam de "boca". Tanto o perseguidor como os perseguidos podiam correr livremente ao redor do garrafão; contudo, se passassem para dentro dele através do gargalo, tinham que declarar a entrada gritando "Entrei pela boca!", assim como também precisavam gritar "Saí pela boca!", caso fizessem o caminho inverso. Ninguém podia pisar nas linhas do garrafão, mas os perseguidos, ao contrário do perseguidor, tinham o direito de atravessá-las, o que, na prática, significava entrar no garrafão ou sair dele sem passar pelo gargalo, isto é, transpondo o vidro imaginário do recipiente; quem fizesse isso, porém, ficava obrigado a pular num pé só, condição que era desfeita apenas se o perneta conseguisse dar a volta e entrar no garrafão através do gargalo. Quando o perseguidor conseguia tocar com a mão um dos perseguidos, todos estavam imediatamente autorizados a bater no participante tocado. As regras para o espancamento eram simples: não se podia bater na cabeça nem nos genitais; todo o resto do corpo estava livre para receber socos, pontapés, cotoveladas e qualquer outro tipo de golpe. O espancado não tinha direito ao revide; tudo o que podia fazer era correr até o chamado "ferrolho" (um poste ou árvore definido previamente, posicionado a algumas dezenas de metros do garrafão), que precisava tocar com a mão para que cessasse o espancamento. Depois disso, o espancado tornava-se o novo perseguidor, e então iniciava-se uma nova rodada. Não havia limite para a força empregada nos golpes; isso ficava a critério de cada um. Por vezes acontecia de uma pancada atingir alguém com especial violência, e o atingido, depois, na sua vez de perseguidor, iniciava uma tentativa de vingança, perseguindo exclusivamente aquele que o golpeara mais forte. Era possível perceber, inclusive, que, durante um determinado espancamento, os espancadores tendiam a bater com maior força nos meninos mais franzinos, justamente porque não temiam que eles viessem tirar desforra. Para impedir que um participante, após apanhar, decidisse se retirar da brincadeira, o que, no entendimento geral dos meninos, a estragaria, havia uma regra adicional, criada muito depois de o jogo se popularizar: aquele que quisesse parar de brincar tinha que "caminhar na maquininha", isto é, cruzar, sem correr, uma passagem estreita formada por todos os outros participantes posicionados lado a lado em um par de fileiras defrontadas, todos voltados para o centro com o objetivo de espancá-lo enquanto passava. Desnecessário dizer que as brincadeiras de garrafão costumavam durar bastante tempo. O único jeito de retirar-se do jogo sem caminhar na maquininha era se todos os participantes, sem exceção, quisessem parar de brincar também.

    A noite daquela quarta-feira já tinha caído quando os meninos da vila sem nome desenharam o garrafão no asfalto da rua Guaíba, em frente à venda, aproveitando o poste que havia exatamente ali para que as linhas de giz ficassem bem visíveis sob a luz amarelada da lâmpada de mercúrio. Ficou estabelecido que o ferrolho seria outro poste, posicionado na metade da lomba, em frente à casa de Diego, o filho de Margarete, que inclusive foi sorteado para ser o pegador inicial. A brincadeira estava prestes a começar quando Davi, o neto de dona Delci, saiu correndo do seu beco, gritando:

— Tá! — E essa única sílaba foi imediatamente compreendida por cada um dos meninos, em toda a sua expressividade: significava "está bem, eu aceito brincar", em resposta a um convite que nem sequer teve tempo de ser feito.

Como acontecia na maioria das vezes, a história que Lídia, a dona da venda, andara espalhando a respeito de Davi não era verdadeira. O menino tinha machucado a cabeça, sim, mas não fora a avó quem lhe dera uma tijolada, e sim ele mesmo. Uma das telhas da sua casa estava frouxa havia tempos, ocasionando uma fresta pela qual entrava água toda vez que chovia; por isso dona Delci o instruíra a colocar um tijolo maciço em cima do telhado, como medida paliativa, e era isso o que Davi fazia, equilibrando-se na ponta dos pés sobre uma cadeira posta do lado de fora do barraco, junto à parede, quando o pesado bloco de argila, cheio de limo, escorregara da sua mão e atingira-lhe de raspão na fonte, provocando um corte profundo. Ademais, ele tinha ido parar no hospital, sim, mas nunca estivera entre a vida e a morte; o saldo do acidente foram uns dias de repouso impostos pela avó, dos quais o menino só se via livre hoje, além das ataduras que até agora enfaixavam a sua cabeça.

— Olha ali, meu! — exclamou Diego, aos risos, apontando para Davi, enquanto este se aproximava. — Parece o Mumm-Ra!

Explodiu, entre os meninos todos, uma gargalhada generalizada. No entanto, mesmo visivelmente constrangido, Davi foi apertando a mão deles um a um; e por fim, quando chegou a vez de cumprimentar o seu melhor amigo, a quem não via desde a abordagem policial da sexta-feira anterior, rimou:

— Mumm-Ra é o meu pau com guaraná.

Diego, todavia, jamais respondia às rimas de Davi, por não considerá-lo, naquele esporte de versos, um oponente digno da sua sofisticação. Apertou-lhe a mão, puxando-o para si e abraçando-o de maneira carinhosa.

— Qual vai ser, vagabundo? Tá bem?

Davi apontou para a própria cabeça, com descaso.

— Isso aqui? Nada! Foi o tijolo que levou a pior, eu vou te dizer pra ti. Eu sou ruim, tu sabe. Eu é que te pergunto como que tu tá, pois se os porco te sentaro o dedo aquele dia.

— Ah! — Diego arregalou os olhos e escancarou a boca, porque aquele assunto levou-o a lembrar-se de um outro. — Sabia que eu tinha um bagulho pra te falar. Tem missãozinha sábado. Vamo dale?

— Certamente — concordou o outro, de imediato. — Aqui é o tata — acrescentou, batendo no peito.

— Não sei se é o tata — duvidou o amigo, erguendo as sobrancelhas e inclinando a cabeça. — E outra, Nego Mumm-Ra: já vai, já, que é tu que pega.

— Por que eu?

— Tá chegando agora, sangue bom. Que mais que tu quer?

— Sim, mas vocês nem começaro a brincar, que eu tô vendo.

— Mas já tiremo na sorte e não vamo tirar de novo. É tu, irmão, não tem o que fazer.

44

Na quinta-feira, de manhã bem cedo, pouco antes da hora de acordar para ir trabalhar, Vera teve um pesadelo: alguém lhe contava que Aroldo havia morrido, sem que ficassem claras as circunstâncias do seu falecimento. Em outros tempos, tal notícia não seria capaz de causar-lhe qualquer aflição, nem mesmo de ordem onírica; talvez uma curiosidade instantânea, um esboço de espanto, um breve pesar; nada demasiado desagradável. Agora, porém, a vida da mulher tinha se entrelaçado com a do homem em alguma medida — o suficiente para que, caso ele morresse de fato, um pedaço dela, ainda que minúsculo, morresse junto. Como prova disso, o mau sentimento não se limitou ao sonho: mesmo depois de acordar e descobrir irreal aquela notícia ruim, mesmo depois de arrumar-se para ir trabalhar, mesmo depois de encontrar as amigas no ponto de ônibus, mesmo depois de atravessar a cidade a bordo do Dez Para as Sete, mesmo depois de tudo isso ainda a corroía por dentro uma angústia constante, provocada não só pelo simples remorso, não só pela sensação de que fora injusta com Aroldo ao tratá-lo como o tratara à entrada da venda na noite da antevéspera, mas também pela intuição de que ele era particularmente incapaz de lidar com aquele tipo de coisa. "Pois é", concluiu, num misto de tristeza e vergonha, tentando pela enésima vez encerrar aquele assunto mental. "Tenho que pedir desculpa pro coitado na primeira oportunidade."

Quando chegou ao condomínio para trabalhar, o estalo metálico de sempre destrancou o portão gradeado antes mesmo de ela ter a oportunidade de apertar o botão do interfone que a punha em contato com a portaria; foi como se o porteiro de plantão ("Será que o Marcelo veio hoje?") estivesse concentrado em esperar a sua aparição para liberar-lhe a entrada sem demora. O sol matinal parecia especialmente bonito hoje ("Ah, veio, sim, ali tá ele!"), conferindo à água do chafariz e ao verde das plantas um brilho difuso no qual Vera nunca tinha prestado atenção.

— Quem é vivo sempre aparece! — brincou a faxineira, pois Marcelo saía da guarita para o jardim, as mãos ajeitando a cinta por baixo da barriga protuberante, a postura mais ereta do que o habitual. Como não houve resposta, ela continuou: — Que que tu andou fazendo anteontem, que não veio trabalhar?

O porteiro permaneceu mudo, sem nem mesmo olhar para a mulher. Vera, entretanto, aproximou-se e deu um leve empurrão no seu braço.

— Tô falando contigo, homem. Que que é? O gato comeu a tua língua?

Marcelo irritou-se. Aquela não era a primeira vez que a realidade, ao materializar-se, desenhava a circunstância de maneira completamente diferente do que ele previra. Tinha pensado que poderia simplesmente não falar coisa alguma à faxineira, que poderia simplesmente não lhe dirigir sequer um olhar, e que ela, por mais intrigada que ficasse, seguiria o seu caminho. Mas não. Agora dava-se conta de que seria impossível ignorá-la e, pego de surpresa, não fazia ideia de como reagir: em nenhum dos seus intermináveis ensaios imaginários levara em consideração a conjuntura que, na prática, se apresentava. Apesar de irritado, contudo, conteve-se, limitando--se a encará-la com dureza. Foi só após uns bons segundos que disse, sem conseguir evitar o tom de advertência:

— A senhora, por favor, não me toca.

Vera ergueu as sobrancelhas, e aos poucos uma expressão divertida foi tomando conta do seu rosto. Era-lhe impensável que o porteiro falasse sério. Riu gostosamente e, depois, imitou-o, simulando com exagero o grave da sua voz:

— "A senhora, por favor, não me toca."

Marcelo ficou ainda mais indignado.

— Que que é? Sou palhaço agora?

— *Agora*, não. Tu é palhaço desde sempre. Qual é a piada dessa vez, que eu não entendi?

— Piada nenhuma. As pessoa muda. Só isso.

— "As pessoa muda. Só isso." Olha aqui, Marcelo, eu não tenho tempo pras tuas besteira. Deixa eu ir indo, que eu tenho mais o que fazer.

— Ninguém tá te segurando.

— "Ninguém tá te segurando."

Ainda certa de que o homem fazia alguma brincadeira misteriosa, ela seguiu em frente, atravessando o jardim. Antes de chegar à entrada do saguão do prédio, no entanto, ouviu Marcelo perguntar, às suas costas:

— E o Jairo, como é que vai?

Vera tornou a deter-se, mais uma vez virando-se para o porteiro, as sobrancelhas agora enrugadas.

— *Jairo?* Que Jairo?

Mas Marcelo, que estava com o corpo voltado lá para o portão gradeado, embora mantivesse a cabeça virada para o lado, ouvindo por cima do ombro o que a faxineira tinha a dizer, depois daquela resposta olhou para a frente, sem falar mais nada.

— Hum! — fez a mulher, sacudindo a cabeça e retomando a marcha rumo ao saguão do prédio. — É cada uma!

45

O humor do porteiro não melhorou ao longo do dia. Se por um lado, porém, ele dava suspiros violentos e muxoxos inconformados dentro da guarita, por outro não podia se queixar de tédio. As doze horas de trabalho de hoje eram tão longas quanto as de qualquer outro dia, mas pela primeira vez Marcelo não teve que imaginar um vendaval arrancando as palmeiras da Getúlio Vargas na tentativa de fazer o tempo correr mais depressa; pela primeira vez nem sequer tirou da mochila o radiozinho que trazia de casa; pela primeira vez esqueceu-se por completo da bola de tênis que habitava a guarita desde antes da sua contratação; enfim, pela primeira vez não precisava de qualquer tipo de distração: bastavam, para entretê-lo, os seus próprios pensamentos.

Ignorar Vera sem ser visto por ela mostrara-se inútil; fazê-lo à sua vista, entretanto, resultara naquela interação desagradável para a qual ele não tinha se preparado. Como proceder? A tarde já chegava ao fim e o porteiro não conseguia conceber uma boa resposta para essa pergunta, por mais que revisitasse e revisitasse e revisitasse, incansável, todas as possibilidades que dava conta de imaginar. Quando, então, a empregada saiu do saguão do prédio para o jardim, já indo embora para casa, Marcelo, obrigado a agir de alguma forma mesmo não tendo ainda em mente uma conduta que considerasse a mais adequada, achou por bem manter-se socado na guarita, sem ser visto pela mulher, apertando de má vontade o botão que abria o portão gradeado para que ela pudesse ganhar a Getúlio Vargas. E apesar de ele próprio ter preferido permanecer às escondidas justamente para evitar qualquer possibilidade de encontro, sentiu crescer a sua raiva, pois Vera atravessou o jardim inteiro sem olhar ao redor, sem procurá-lo, sem sentir a sua falta. Acompanhando-a com os olhos através das imagens das câmeras de segurança no monitor que ficava sobre a mesa, viu que ela se abaixou na calçada, em frente ao portão gradeado, para acariciar um cachorro (Átila, o mesmo yorkshire em que quase pisara na sexta-feira da semana anterior), enquanto mantinha a cabeça erguida, trocando sorrisos e palavras com o dono do animal.

— Até um desconhecido e um cachorro merece mais atenção do que eu — resmungou o porteiro, a voz repleta de desprezo.

Desferindo mais um suspiro violento e outro muxoxo inconformado, pensou consigo mesmo que a paz de espírito de uma pessoa não parecia sólida como uma rocha, e sim frágil como a mais delicada flor. Por mais que eventualmente durasse uma tranquilidade, algum vento mais forte seria sempre capaz de destruí-la; era um equívoco supor a salvo qualquer sossego. Marcelo mesmo, por exemplo, nem conseguia se lembrar da última vez em que ficara tão transtornado como andava nos últimos dias, e para acabar com a sua serenidade de meses, talvez de anos, bastara encontrar um preservativo usado na lixeirinha da guarita e atinar com a possibilidade de aquele pedaço de látex ter estado dentro de Vera, introduzido por alguém que não ele. Sabia, claro, o quanto tudo aquilo no fundo era ridículo, mas essa consciência nem de longe aliviava o seu tormento. Sentia-se vexaminosamente traído. Não que a faxineira alguma vez tivesse dado indícios de que cederia às suas investidas; não dera tais indícios, e não lhe prometera, muito menos, algum tipo de fidelidade; de todo modo, ali estava, cravada no coração do homem, a sensação perturbadora de que uma promessa fora quebrada, de que lhe passaram para trás, de que fora deslealmente lesado, de que sofrera uma injustiça pérfida, de que se concedia a outro a recompensa jurada a ele, pois alguém talvez tivesse conseguido com a mulher aquilo que lhe parecia um direito exclusivamente seu, dado todo o seu empenho em seduzi-la.

Novo suspiro violento, novo muxoxo inconformado. E então, tornando a olhar para o monitor posicionado sobre a mesa, viu, pelas imagens das câmeras de segurança, que Antônio, o porteiro noturno que vinha rendê-lo, já havia chegado, mas mantinha-se escorado no portão, pelo lado de fora, conversando despreocupadamente com outro homem — o dono do yorkshire, Marcelo não demorou a perceber, o qual apenas agora voltava do passeio com o cachorro, quase uma hora inteira depois de ter ido.

— À vontade, Antônio, sem pressa — murmurou, irônico e rabugento, tamborilando com os dedos na borda da mesa.

Mas os segundos corriam e Antônio permanecia lá, de conversa com o dono do cachorro, sem apresentar o menor sinal de que interromperia a prosa para vir trabalhar, o que ia deixando Marcelo cada vez mais nervoso. Ele, por fim, com mais um suspiro violento e outro muxoxo inconformado, levantou-se da cadeira, escancarou a janela e enfiou metade do corpo para fora da guarita, trovejando:

— Ei, Antônio!

E quando o outro olhou na sua direção, bateu com o indicador no relógio de pulso. Não lhe ocorreu consultar as horas ele próprio; do contrário, verificaria que ainda faltavam alguns minutos para as sete da noite e que o colega, portanto, de modo algum estava atrasado para substituí-lo. Antônio, contudo, não criou caso: despediu-se do seu interlocutor e entrou para assumir o posto amigavelmente.

46

Se por um lado constituía um autêntico suplício caminhar da Getúlio Vargas até a Salgado Filho depois de um dia inteiro de trabalho, por outro era uma verdadeira maravilha conseguir lugar para se sentar no ônibus, pensou Vera, após ocupar um assento de corredor no PINHEIRO VIÇOSA ainda estacionado no fim da linha. Outra vantagem de deslocar-se até ali para pegar o coletivo estava no fato de que havia naquela avenida uma carrocinha de cachorro-quente; não raro a mulher chegava ao fim da linha já quase sem conseguir suportar a fome e, de vez em quando, como resultado de uma série de cálculos menos matemáticos do que estratégicos, decidia trocar um dos seus vales-transportes por um "morte-lenta". Nessas ocasiões, antes mesmo de concluir-se a digestão iniciava-se o arrependimento: dali por diante seriam dias e mais dias aflita, tentando imaginar de onde poderia tirar moedas o suficiente para compensar a ficha de ônibus gasta no lanche e não faltar ao trabalho.

Quando o PINHEIRO VIÇOSA por fim pôs-se em movimento, virando à esquerda na Borges de Medeiros, já não havia assentos livres; mesmo o corredor do veículo achava-se consideravelmente ocupado por passageiros em pé. E, enchendo mais e mais a cada parada, o ônibus seguiu o seu itinerário: passou por cima do viaduto dos Açorianos, fez a volta para passar por baixo dele, transpôs o largo da Epatur, cruzou a Lima e Silva, chegou ao Edel Trade Center. Foi nesse ponto que Aroldo subiu no coletivo. Vera a princípio não o viu, porque embarcava-se pela porta de trás, às costas dela; mas teve a presença de espírito de reconhecê-lo na fração de segundo em que o homem passava ao seu lado, atravessando a massa compacta de trabalhadores em busca de um canto onde pudesse se posicionar. Segurou-o pelo braço.

— Seu Aroldo!

O susto dele com a abordagem foi visível, como também foi visível o seu constrangimento ao perceber que quem o abordava era Vera.

— Ah, oi...

— Fica aqui, homem — convidou ela, agora não só o segurando pelo braço, mas também puxando-o. — E me dá aqui essa mochila, deixa que eu seguro.

— Ah, sim, é, tá bom — aceitou Aroldo, todo sem jeito, transferindo a sua mochila para o colo da mulher. — Obrigado, dona Vera — agradeceu, embora a sua vontade fosse a de desaparecer dali. Não que guardasse rancor pelo modo como ela o havia tratado; o que sentia era sobretudo medo.

— Ai, vamo combinar uma coisa? O senhor (aliás, *tu*) para com isso de *dona* Vera e eu paro com isso de *seu* Aroldo. Que tal? A gente não é dois velho.

— Ah, sim, é, tá bom, d... — Ele pigarreou, fingindo que não tinha quase feito justamente o que ela pedia para não fazer, o rosto ardendo de vergonha. — Tá bom, Vera.

— Tem outra coisa também, seu Aroldo... Ai, Aroldo, Aroldo, *só* Aroldo!

O homem normalmente precisaria de vários dias para conseguir perdoar a si mesmo por quase ter dito "dona" logo após combinar que não o faria; o fato de Vera também se atrapalhar, no entanto, permitiu-lhe um perdão imediato.

— Pois é, a gente vai ter que praticar — sentiu-se à vontade para brincar.

— Ai, meu Pai Eterno, sim! — riu Vera. — Mas olha aqui, *Aroldo*, eu tava dizendo o seguinte: eu te devo desculpa pelo outro dia.

Aroldo teve um frio na barriga. Se por um lado tudo o que mais desejava era justamente aquela reaproximação amistosa, aquela reviravolta cintilante, por outro mal podia acreditar na desenvoltura com que a vizinha tocava num assunto tão delicado, sem o menor pudor, sem nenhuma reserva; parecia-lhe que aquilo era algo para se tratar a sós, e não em público, muito menos no meio de um ônibus lotado.

— Ah, não, que é isso?, tá tudo bem — disse, na esperança de que ela mudasse de assunto o mais rápido possível.

Vera, porém, insistiu, assumindo agora um ar muito grave, o olhar fixo no homem:

— Não, não tá tudo bem. Olha aqui, é sério. Tá certo que eu tava tendo um dia ruim, mas a gente não pode sair por aí descontando nos outro. Não é verdade? Eu fui grosseira. E, puta que pariu, né?, logo com o senhor... *contigo, contigo*. Logo contigo, que ainda outro dia me deu uma mão lá, com a TV. Então é isso, Aroldo: me desculpa, de coração. E eu quero que tu saiba que o convite pro cafezinho lá em casa ainda tá de pé, viu?

Ele também tinha ficado sério, sustentando o olhar da mulher enquanto a escutava. Mas, depois de um momento em silêncio, suavizou as expressões, num quase sorriso. Não lhe passava despercebido que a vizinha até agora segurava o seu braço, muito menos que o acariciava com o polegar, esperando uma resposta. Um nó ardido, entretanto, formara-se rapidamente na sua garganta, deixando-o impossibilitado de falar qualquer coisa, razão pela qual limitou-se a balançar bobamente a cabeça como forma de sinalizar que a vizinha tinha o seu perdão.

E Vera, nesse momento, precisou fazer muito esforço para omitir o seu espanto, pois os olhos de Aroldo brilhavam, úmidos, já completamente incapazes de encará-la, indo de um lado para outro, inquietos, sem encontrarem pouso. Embora o homem se mantivesse calado e imóvel, era evidente que uma ebulição violenta tomava conta da sua alma. Não parecia tristeza ou fúria; mesmo assim ela reforçou o carinho com o polegar, acolhendo-o naquele pequeno diálogo mudo, vazio de verbo, ainda que tanto dissesse. A isso, contudo, Aroldo não se conteve: fechou os olhos, como quem sente cair sobre o corpo a água quente de um banho no inverno, e em seguida teve que levar a mão ao rosto para impedir que rolasse uma lágrima.

Nenhum dos dois falou mais nada ao longo da viagem inteira.

47

Fátima, uma das companheiras de Dez Para as Sete de Vera, tinha o hábito de sair do banho apenas de calcinha e sutiã, deixando para vestir o restante das roupas no quarto: o banheiro da sua casa, além de ser demasiado apertadinho, tornava-se um pântano alguns segundos depois de ligado o chuveiro. Isso porque Samuel, o filho da mulher, tinha ouvido falar que era possível fazer um lança-chamas usando apenas um palito de fósforo e um desodorante aerossol, coisa de que duvidava e a qual resolvera testar, derretendo, no processo, a cortina plástica que até então cercava o boxe. Por sorte o pequeno incêndio não causara danos maiores do que telhas preteadas e marcas de sola de chinelo na bunda do menino. Daquilo, todavia, tanto Fátima como Samuel tiraram aprendizados importantes: ela tomara conhecimento de que com o seu salário de faxineira não era fácil repor uma simples cortina de boxe; ele descobrira que para ver um lança-chamas bastava irritar a mãe.

Quando já entrava no quarto para terminar de se vestir, Fátima deu um pulo, assustada com um estrondo que reverberou pela casa inteira. Mesmo aquela já sendo a terceira vez desde que chegara do trabalho, levou quatro ou cinco segundos para entender que a bola tornava a atingir a parede de madeira da cozinha. Enfurecida, encaminhou-se até lá com passos de soldado e apareceu na janela que dava para a rua Acácia, em cuja terra Samuel e os amiguinhos jogavam futebol.

— Escuta aqui, tropa de filho da puta, de novo essa bola na minha parede?!

Os meninos já haviam ficado apreensivos antes de a mulher surgir, pois imaginavam que ela surgiria, e embora todos normalmente se sentissem à vontade para entrar naquele pátio sem sequer pedir licença, nenhum deles, nem mesmo Samuel, que morava ali, tinha coragem de ir buscar a bola depois de a casa ser atingida pela terceira vez; tampouco ousaram responder qualquer coisa a Fátima, uma vez que conheciam o seu hábito de fazer pequenas pausas dramáticas entre um xingamento disfarçado de pergunta e outro. Com efeito, após um instante de silêncio pesado, ela chegou a abrir a boca para continuar, mas deteve-se, porque viu uma figura inesperada virando a esquina e aproximando-se do seu portão.

— *Vera?*
— É o meu nome.
— Ora! Vem entrando, guria, vem entrando. Eu só vou botar uma roupa e... Ah, me faz um favor? Pega essa bola e joga lá pra aqueles demônio. E ai de vocês se chutar essa porra na minha parede de novo, hein?!

Vera, que planejava aquela visita desde o início da semana, não a realizara logo na segunda-feira porque então, após o trabalho, queria ir direto para casa inteirar-se de como tinha sido a consulta da mãe; na terça-feira seguinte Péterson a assediara e ela passara o dia inteiro fora de si, sem cabeça, portanto, para vir à residência da amiga; e na quarta-feira, quando saía do trabalho com a ideia de fazer a visita, dera-se conta de que não avisara a ninguém sobre chegar em casa cerca de uma hora mais tarde naquela noite, e achava que um atraso tão grande seria motivo de aflição, especialmente para Vanderson. Apenas hoje, quinta-feira, por fim tudo tinha dado certo para que ela viesse.

Já completamente vestida, Fátima, muito sem graça, disse que não podia oferecer a Vera nada além de um copo de água, alegando não haver sequer pó de café naquela casa. Não era verdade. Havia, sim, pó de café; a mulher, entretanto, ainda tinha que fazer a janta, entre outras tantas ocupações, e temia que servir uma xícara de café à visitante tivesse como efeito prolongar a sua presença ali, sem contar o tempo necessário para preparar a bebida; por mais que estimasse a amiga, não queria se atrasar nos trabalhos domésticos e acabar indo dormir muito tarde.

Mas Vera, pelos mesmos motivos, não tinha a intenção de demorar-se ali mais do que o necessário, apesar de, sedenta, aceitar de bom grado a água indiretamente oferecida pela dona da casa. Depois de secar o copo que esta lhe serviu e largá-lo sobre o balcão da cozinha, abanou a cabeça para recusar a oferta de bis e foi direto ao assunto:

— Fátima, minha querida, eu vim aqui pra saber por que que tu tava quase chorando no Dez Para as Sete aquele dia.

O rosto de Fátima iluminou-se, desfeita a sua visível curiosidade quanto à razão daquela visita. A outra prosseguiu:

— Tu ficou braba que eu fiquei te apertando no ônibus e, beleza, eu deixei quieto. Mas depois eu fiquei pensando que talvez tu só não quis falar ali, no meio daquele monte de gente. Foi por isso que eu vim falar contigo só nós duas. Eu gosto de ti, me preocupo contigo. Tu entende? Só que eu não quero também tá bancando a enxerida. Se mesmo tando só nós duas tu não querer falar, vou-me embora pra casa agora. Mas se quiser se abrir comigo, tô aqui, pra te escutar e pra te ajudar, se eu puder ajudar de algum jeito, né. Enfim.

Até então apenas a visitante estava sentada, ocupando a única cadeira do cômodo; a dona da casa, contudo, resolveu sentar-se também, cruzando os braços e ficando na ponta dos pés para conseguir alojar as nádegas sobre o balcão. Tudo nela indicava a sua disposição em falar, não só por estarem agora as duas a sós, mas também, supunha Vera, porque a sua mágoa, fosse lá qual fosse, devia ter perdido peso desde o misterioso episódio no Dez Para as Sete.

— Tu quer saber mesmo? Então eu vou te falar. — Também aqui Fátima incluiu uma das suas pausas dramáticas, exatamente como fazia ao xingar as crianças da rua. — Tinha um cretino se esfregando em mim naquele ônibus. Foi isso.

Vera de pronto inclinou a cabeça e abriu os braços, como se não visse nenhuma possibilidade de concordar com a dedução da amiga; em respeito a ela, porém, conseguiu evitar uma risada.

— Mas, guria, o troço lotado daquele jeito... Acaba todo mundo se esfregando em todo mundo mesmo...

— Com o cacete pra fora?

A isso a visitante ficou muda por um momento, tentando entender o que a dona da casa queria dizer, pois não podia crer na interpretação literal.

— Como assim "com o cacete pra fora"? — perguntou afinal.

— Ah, Vera, tu não sabe o que é um cacete?, uma xonga?, uma piroca?

— É claro que eu sei, mas...

— O homem tava com o pau pra fora, Vera — interrompeu Fátima, impacientando-se. — Simples assim: o homem tava com o pau pra fora. O zíper aberto, o pau pra fora, esfregando em mim aquela merda. Quando eu percebi que aquele cretino tava me encoxando de propósito, e não porque o ônibus tava cheio, eu tentei, ten-te-te-te-te-tei — não só gaguejava como também, descruzados os braços, gesticulava com energia, de tão nervosa que de repente ficara com aquela lembrança —, tentei botar a mão entre a minha bunda e o pau dele, e foi aí que eu senti! Senti no-no-no-no-nos meus dedo que ele tava com o pau pra fora, que aquilo ali não era a-a-a-a roupa dele, e ainda por cima olhei pra trás pra ter certeza: o homem tava com o pau pra fora! O zíper aberto, o pau pra fora!

Após ouvir tudo, Vera soltou um longo suspiro e jogou o corpo para trás, aproveitando o encosto da cadeira e deixando-se cair em profundo silêncio, os olhos fitos no nada. Sentia ímpetos de dizer à dona da casa que aquele absurdo era caso para denúncia, no entanto lembrou-se de que ela própria, numa circunstância ao seu ver muito parecida, também não fora capaz de denunciar Péterson e, mais do que apenas lembrar-se disso, deu-se conta de que não ficaria feliz com alguém buzinando nos seus ouvidos para que levasse o caso à polícia. Achou por bem poupar a amiga de conselhos e críticas. Sem saber o que falar, tudo o que fez foi olhar para Fátima, encontrando-a com os braços novamente cruzados, os olhos mais revoltados do que nunca, parecendo reviver a terrível cena narrada.

— E o meu patrão, criatura, que tentou me estuprar? — comentou a visitante, depois de um momento. E tendo capturado a atenção da dona da casa, pôs-se a lhe contar a sua história.

Naquela noite, mesmo sem nenhuma delas perder tempo preparando café ou realizando qualquer tarefa extra, ambas se atrasaram nos trabalhos domésticos e acabaram indo dormir muito tarde. Foi o preço de se acolherem mutuamente.

48

Quando Rivair conseguira aquele trabalho de zelador, parecia-lhe que era agraciado com uma condição profissional de raríssima felicidade. Havia no último andar do prédio, reservado para ele, um apartamento espaçoso, e de repente, depois de uma vida inteira morando lá na fronteira dos bairros Sarandi e Rubem Berta, via-se instalado cá na rua Botafogo, perto do Praia de Belas, perto do Marinha, perto da casa do seu amado tricolor. Assim como a mentira, entretanto, também a alegria de pobre tem perna curta, e bastaram duas ou três semanas para o homem descobrir as desvantagens de se morar no emprego, que não eram poucas nem muito menos pequenas. Delas, a que mais indignava o zelador era o completo desrespeito ao seu horário de trabalho por parte dos condôminos. Teoricamente, Rivair devia distribuir o cumprimento das suas funções todas em quarenta horas semanais, trabalhando de segunda a sexta, das oito da manhã ao meio-dia (quando parava para almoçar) e da uma até as cinco da tarde; na prática, contudo, o interfone do seu apartamento não tinha dia nem hora para tocar: fosse sábado ou fosse domingo, fosse meio-dia ou fosse meia-noite, sempre havia alguém solicitando urgentemente a sua presença em algum setor do condomínio, como se uma lâmpada queimada na garagem não pudesse esperar para ser trocada ou um punhado de folhas de jacarandá nas lajotas do jardim não pudesse esperar para ser varrido, isso quando os interfonemas inoportunos não traziam demandas fora de sua alçada, como a montagem de um móvel ou a troca de um chuveiro. De qualquer forma, lá se iam mais de cinco anos desde a fatídica contratação, tempo durante o qual o morador-funcionário só sentira crescer dentro de si, ainda que lentamente, o desejo de procurar outro emprego, por mais que a mudança significasse desocupar aquele bom apartamento, tomar distância do Olímpico e voltar para as profundezas da zona norte de Porto Alegre.

Ultimamente, todavia, Rivair não andava pensando nisso; nem nisso nem em qualquer outro tipo de problema. Tomara conta dele, sem aviso prévio, uma imperturbável sensação de fascínio pela vida, um contentamento profundo, e só para isso havia espaço no seu espírito, como se as suas preocupações todas tivessem entrado em férias. É o que acontece no início da paixão.

Pouco faltava para a meia-noite quando o zelador, satisfeito com o que via no espelho do guarda-roupa e mais satisfeito ainda com o cheiro da sua loção pós-barba, encaminhou-se para a sala, checando os bolsos para certificar-se de que não esquecia a chave do apartamento. Antes de chegar à porta, porém, parou e girou nos calcanhares, a atenção atraída por um ganido agudo e prolongado.

— Oh! Não precisa chorar, Átila, o papai não demora nada! — cantou, num falsete cheio de carinho. — Logo, logo o papai tá aqui de novo, meu rei, meu tudo!

O yorkshire, aparentando ter entendido a promessa do dono, acomodou o focinho na borda da sua pequena cama, onde estava deitado.

— Que cachorro mais comportadinho! É o meu rei, meu tudo, gente!

Rivair retomou a marcha em direção à porta e, antes de sair, deu uma última olhada para trás, mandando beijos para Átila por cima do ombro. Depois, já a bordo do elevador, perguntou-se se mais uma vez pegaria o porteiro do prédio dormindo. Desde menino tinha aquele hábito de tentar prever ocorrências aleatórias, tomando certas decisões de acordo com elas, e desta vez a combinação que fez consigo mesmo foi a seguinte: se o sujeito estivesse acordado, manteria as coisas do amor como estavam; mas se o sujeito estivesse dormindo, tomaria a iniciativa de convidar para vir ao seu apartamento a criatura sublime que tanto prazer andava lhe proporcionando nas últimas noites.

Naquele condomínio, os porteiros trabalhavam sentados atrás de um balcão, o qual ficava posicionado a um canto do andar térreo do edifício, lado a lado com os elevadores. E o zelador, quando sentiu a cabine estremecer e viu abrirem-se à sua frente as folhas de aço, saiu dali pé ante pé, cuidando para não acordar o porteiro de plantão, caso estivesse dormindo. Após tomar um pouco mais de ângulo, percebeu que o funcionário não apenas dormia como também roncava e babava na gravata do uniforme, ao que comemorou com um soquinho no ar e um "*yes!*" mudo.

Do condomínio até a esquina da Botafogo com a Getúlio Vargas era um pulo, e dessa esquina até a felicidade era outro: Rivair levou só cinco minutos para chegar ao seu destino. Depois do estalo metálico já familiar, entrou naquele jardim suntuoso que sempre o impressionava, deixou o portão gradeado bater às suas costas e correu para a guarita onde Antônio passava as noites de serviço. Este, naquele preciso instante, terminava de fumar um cigarro; espremendo a bagana no cinzeiro e expelindo uma nuvem de fumaça, disse:

— Sabe no que que eu tava pensando, Riva? Eu, se eu fosse um poeta, te fazia pra ti um poema de amor. Mas amor sem borracha.

— De novo essa história, tchê? — riu Rivair, abanando a cabeça. E em seguida, sacando do bolso um preservativo, completou: — Não existe amor sem cuidado.

49

Se na quarta-feira Carmem, a esposa de Marcelo, passara a suspeitar que o marido andava com problemas no seu mundo secreto, uma vez que o homem começara a beber já pela manhã daquele dia, na quinta ela tivera certeza de que algo realmente o atormentava, pois então ele não conseguira sequer esperar a sua folga para iniciar os trabalhos: saíra do serviço e fora direto para algum bar, chegando em casa só de madrugada, completamente bêbado. A mulher, fingindo que dormia, sentira o corpanzil a ajeitar-se pesadamente na cama, envolto no característico bodum de cerveja, e ficara possessa. A sua fúria, no entanto, não se devia à absoluta falta de consideração de Marcelo; já se fora o tempo em que Carmem nutria esperanças de que o homem tomasse juízo; o que a punha irada daquele jeito era perceber que, apesar de tudo, estivera preocupada com o marido e era um alívio vê-lo voltar da rua, se não são, pelo menos salvo.

Hoje bem cedo, contudo, a esposa saltou da cama com uma resolução inédita, poucas horas depois da chegada de Marcelo. O sol mal começava a iluminar tudo e os pássaros mal começavam a cantar quando ela, já de banho tomado e enfiada em roupas das quais gostava muito, embora não conseguisse se lembrar da última vez em que as vestira, foi visitar a mãe, outra coisa que também não fazia havia tempos, apesar de nunca lhe faltar vontade.

Marcelo acordou ao meio-dia, com dor de cabeça e sede. Antes ainda de despertar por completo, percebera-se também faminto e, naquele lampejo de consciência, pensara consigo mesmo que seria maravilhoso levantar e encontrar o almoço pronto. Isso, porém, não aconteceu. Indo à cozinha, deparou-se com o fogão tristemente inativo, as bocas todas desligadas, nenhuma panela sequer sobre ele. Foi grande a sua decepção; evitando o costume de praguejar contra Carmem, entretanto, resignou-se de imediato, porque, depois de desaparecer por horas a fio sem dar à mulher qualquer satisfação como tinha feito na véspera, não se sentia em condições de criticá-la. Ademais, sem achá-la em parte alguma da casa, precipitou-se a concluir que ela devia ter ido ao mercadinho e que por isso não dera ainda jeito na comida, o que contribuiu para mantê-lo de sangue doce.

Todavia, conforme o tempo passava e a esposa não dava as caras, o homem ia perdendo a paciência. Decorrida quase uma hora inteira, ele só conseguia imaginar Carmem parada numa esquina, os braços cheios de sacolas, alegre em trocar fofocas com alguma vizinha, enquanto aquela fome de mil dias o torturava. E apenas então deu-se conta de que, quando a esposa chegasse, o almoço não se materializaria instantaneamente: havia ainda o tempo necessário para prepará-lo. Achando que não resistiria a tanta espera, Marcelo resolveu improvisar um omelete, mas, ao abrir a geladeira, verificou que não havia ovos.

— *In-fer-no!* — explodiu, batendo a porta com toda a força, o que deixou o eletrodoméstico balançando como um boneco joão-teimoso.

Carmem só apareceu perto das duas da tarde, umas espadas-de-são-jorge ganhadas da mãe debaixo do braço. Ao entrar em casa, deu de cara com o marido, que se achava em pé, bem de frente para a porta, a bunda levemente escorada nas costas do sofá, os braços cruzados, o rosto de tempestade, todo ele um bicho de peçonha, plantado ali daquela forma Deus sabia havia quanto tempo. No caminho desde a mãe até o lar, prometera a si mesma que enfrentaria Marcelo, fosse qual fosse a sua reação ao seu sumiço; agora, no entanto, que o via assim, como jamais o vira, sentiu esvair-se toda a sua coragem.

— Ah, oi — foi o que conseguiu dizer, tentando pelo menos não demonstrar todo o medo que de repente a assaltava.

— "*Ah, oi*"? — o homem a imitou, incrédulo.

— Eu tava na mãe.

A essa altura, a fome de Marcelo já fora de todo suplantada pelo ódio, e havia se acumulado na mente dele uma série de motivos, na sua avaliação muito justos, para cuspir marimbondos na esposa: o almoço não feito, os ovos não comprados, o chão não varrido, as roupas não lavadas. Tudo isso, porém, desapareceu dos seus pensamentos, pois bastou que deitasse os olhos em Carmem para julgá-la cometedora de uma falta muitíssimo mais grave.

— E isso é roupa de ir na tua mãe?

— É as minhas roupa, amor.

"*Amor.*" *Palavra estranha! Palavra ardida! Palavra amarga! Palavra maldita!* Carmem não a pronunciava havia séculos; naquelas circunstâncias, contudo, se dispôs a resgatá-la do porão da alma e vomitá-la, com a esperança de escapar do pior. Recorria, entretanto, a um idioma morto, e descobriu isso no instante seguinte, quando Marcelo avançou para cima dela. Encolheu-se toda, a princípio; todavia, percebendo que o marido tentava arrancar-lhe as espadas-de-são-jorge para jogá-las no chão, sentiu como se a violência atingisse a sua mãe, de algum modo representada naquelas folhas, e a isso não pôde deixar de revidar, distribuindo tapas de mata-cobra com a mão livre. Mas a sua reação durou meros dois ou três segundos, interrompida de supetão pelo soco que lhe atingiu o supercílio, fazendo-a bater com as costas na porta e cair sentada no chão, desorientada, a vista escurecida. Não satisfeito, Marcelo ainda a pegou pelos cabelos e a puxou para cima, forçando-a a ficar de pé, e então deu um berro no seu ouvido:

— *Aqui nesta casa o homem sou eu!*

50

Danilo, um dos supervisores da empresa de portaria em que Marcelo trabalhava, era um homem de cabelos já totalmente brancos, a saúde tão prejudicada pelo cigarro quanto pela troca do dia pela noite. Antes de assumir o cargo de chefia, fora porteiro noturno durante muitos anos e, como todo porteiro noturno, exercia mais função de sentinela do que mesmo porteiro: depois que o sol ia lá para o outro lado do mundo, tudo tendia a se inverter, ele pensava, e para um porteiro noturno, portanto, era menos necessário abrir portas do que protegê-las de arrombamento.

No entanto, se por um lado a promoção a supervisor o retirara da condição de subalterno (pelo menos em parte, já que todo aquele que dá ordens também recebe ordens de alguém), por outro tal promoção nada fizera quanto à sua condição de notívago: de vigia passara a vigia dos vigias, é verdade, porém continuava a trabalhar através das madrugadas, indo deitar-se às oito da manhã para levantar-se às quatro da tarde, o que o massacrava, especialmente nos verões, quando o calor dos dias quase o impedia de dormir. E isso não chegava a ser o pior. O pior mesmo era Charles. Este, logo após se casar com a filha do dono da empresa, assumira o cargo de supervisor diurno diretamente, sem nunca antes ter sido porteiro, e de vez em quando usava desculpas esfarrapadas para faltar às suas obrigações, com a conivência do sogro; nessas ocasiões, o bipe de Danilo tocava, geralmente por volta do meio-dia, forçando-o a cortar o descanso pela metade e ir descascar um abacaxi em plena luz do dia.

Foi o que aconteceu naquela sexta-feira.

Danilo fez um lanche rápido, à guisa de almoço; depois tomou banho, vestiu o uniforme e foi de ônibus para a sede da empresa. Lá, após inteirar-se do problema da vez, embarcou no Escort adesivado com o logotipo da firma e saiu dirigindo pelas ruas de Porto Alegre, embriagado pela privação de sono. Pouco faltava para as três da tarde quando chegou ao seu destino; quem abriu o portão gradeado foi Jairo, que estava de plantão naquele condomínio.

— Bah, seu Danilo, parece que um caminhão atropelou o senhor — espantou-se o porteiro, quando o supervisor entrou na guarita.

— Pois é — concordou o chefe. — Sai daí, Jairo, deixa eu me sentar nessa bosta dessa cadeira, pelo amor de Deus.

Se Danilo sentia-se bêbado por ter dormido muito pouco, Marcelo, que naquele dia estava de folga, tinha a mesma sensação, mas por outro motivo. Depois de agredir a esposa, saíra de casa e fora para um bar, mentindo para si mesmo que o fazia movido pela fome. Lá, chegara mesmo a pedir um pastel, que acabara esfriando sem ter sido comido por inteiro, enquanto o homem fazia o que no fundo queria fazer: esvaziar garrafas de cerveja, amaldiçoando entredentes as criaturas femininas.

Por que elas eram assim, enganadoras?, se perguntava. Carmem, por exemplo, fizera-se de inocente, como se as roupas que usara na visita à mãe não refletissem a sua intenção de ser desejada pelos machos da rua. Outra enganadora era Vera. "*Jairo?* Que Jairo?", tivera o desplante de desconversar a faxineira, como se Marcelo fosse bobo e não soubesse que ela andava transando com Jairo toda vez que ele estava de folga. Naquele exato momento, inclusive, os dois deviam estar na guarita...

De repente, Marcelo arregalou os olhos e abriu um sorriso desvairado, dando marteladinhas na própria testa com o punho cerrado.

— Mas como é que eu não pensei nisso antes? — sussurrou de si para si, levantando-se apressado, pagando a conta e encaminhando-se ao ponto de ônibus, decidido a tentar pegar Vera em flagrante. — Eu quero só ver o que que aquela vagabunda vai me dizer depois que eu ter visto tudinho com os meus próprios olho.

Naquele momento, todavia, os únicos na guarita eram Danilo e Jairo, e este, após um instante observando o empenho com que o outro olhava para o nada, perguntou:

— Tá tentando lembrar do quê, seu Danilo?

O chefe suspirou longamente.

— Dum nome. Uma mulher que mora aqui ligou pra firma hoje, diz que enlouquecida.

— Ah, é? — interessou-se o porteiro, com medo de que a moradora em questão tivesse reclamado dele por algum motivo, embora não achasse ter feito nada de errado.

— É. Mas eu não consigo me lembrar do nome da infeliz, e daí eu não tenho como olhar na tabela pra saber o número do apartamento dela e interfonar pra avisar que eu já cheguei.

— Putz! E o pior é que eu não posso ajudar. Ainda não consegui decorar o nome das pessoa.

— Não te preocupa com isso. Leva tempo mesmo.

Danilo apertou o botão que destravava o portão gradeado para que uma mulher, aparentemente uma empregada, entrasse no condomínio; ela voltava da papelaria que havia na região, a julgar pela estampa da sacolinha que trazia consigo.

— Tá, seu Danilo, mas a troco de que a moradora tava enlouquecida? — quis saber Jairo.

— Ah, ela disse que chegou da rua, trazendo o filho da aulinha de inglês, e que foi difícil estacionar, por causa da caminhonete que fica na vaga do lado da dela. Na cabeça dessa louca, isso é problema nosso. Ela acha que vocês têm que ficar de olho pra não deixar o dono da caminhonete estacionar daquele jeito. Só que ela disse que já cansou de falar com vocês, e que agora queria falar com um chefe. É por isso que eu tô aqui.

— Sim, eu sei quem é! — exclamou o porteiro, estalando os dedos repetidas vezes. — Ela vem aqui direto encher o saco por causa da caminhonete. Ah, olha ali, seu Danilo! — Apontou para fora da guarita, pela janela aberta, indicando a mulher que tinha acabado de entrar no condomínio e agora vinha atravessando o jardim. — Eu acho que essa empregada aí trabalha no apartamento da moradora que o senhor tá falando.

— Ei, moça! — apressou-se a chamar Danilo, acenando para a mulher com a mão.

— Pois não? — respondeu Vera.

— Pode vir aqui dentro um instantinho? — pediu o supervisor. E, enquanto ela se aproximava, comentou com Jairo: — Não vou nem precisar interfonar; vou pedir pra ela mesma avisar pra patroa dela que eu já tô aqui.

Enquanto isso, Marcelo, depois de desembarcar do ônibus que o trouxera àquela região da cidade e caminhar até a Getúlio Vargas, entrou na pizzaria que havia do outro lado da avenida, quase em frente ao condomínio. A única janela do estabelecimento era ampla, alongada, e da mesa a que o homem se sentou, junto a ela, podia-se observar a guarita, ainda que de longe. Desta vez nem sequer ocorreu a ele comer coisa alguma; pediu apenas uma cerveja. E, antes mesmo de chegar a bebida, tudo ao seu redor desapareceu, como efeito do que supunha ser a confirmação das suas suspeitas: viu a figura de Vera, minúscula àquela distância, saindo da guarita.

— *Voilà!* — bufou, sem conseguir evitar de dar um soco na mesa. — "*Jairo?* Que Jairo?" — Repetiu essas palavras de Vera com o rosto distorcido pelo mais profundo desprezo. E, em seguida, olhando em volta, encontrou o garçom que o havia atendido. — Ei, chefia! Já abriro a minha ceva? Não? Tem como cancelar, então, por gentileza? Ótimo!

    Saindo dali, Marcelo caçou um lugar onde o preço da cerveja fosse menos indecente, embora também planejasse ir a um bordel assim que a noite caísse; sem dúvida nada seria barato por lá, refletiu, mas pelo menos encontraria mulheres honestas: sabia direitinho o que esperar das prostitutas e sabia bem o que elas esperavam dele.

51

— Só que a véia lá é chata, hein — advertiu Eva, uma das poucas pessoas que Lúcia talvez pudesse chamar de "amiga".

— Não te preocupa, eu sou chata também — brincou a tia de Vanderson.

— Pagar, ela até que paga bem. Mas tu vai ver só: ela passa o dedo nas coisa na tua frente, sem mentira nenhuma. E se ela achar que não tá bem limpo, minha filha, ela manda limpar de novo.

— Sinhazinha tirana. Conheço o tipo.

Eva fora até ali para informar sobre um apartamento no Moinhos de Vento que precisava de faxina, e Lúcia, tendo aceitado o trabalho com a promessa de comparecer no local na segunda-feira seguinte, acompanhava a visitante até o portão. Elas iam atravessando o pátio com passos muito cautelosos, porque era noite e olhos experimentados como os de ambas já não tinham tanta facilidade para vencer a escuridão e perceber a tempo as irregularidades do terreno ou os tijolos que Vanderson, João e Ronaldo costumavam deixar no meio do caminho depois de usarem-nos para construir as pontes das suas pistas de corrida de tampinhas. Os meninos, inclusive, naquele momento brincavam de pega-pega e corriam para lá e para cá sem o menor cuidado, como se para os seus olhos ainda frescos aquele breu todo simplesmente não existisse.

— Mas que inferno essa correria! — trovejou Lúcia, dando um tapa na perna. — Depois tropeça e cai e não sabe por quê!

No fundo, todavia, o que a irritava não era a possibilidade de as crianças se machucarem, e sim o fato de estarem se divertindo, sobretudo Vanderson. Se Vera ganhara uma televisão, Lúcia, que cuidava do menino enquanto a irmã trabalhava, ganhara o poder de não deixá-lo usufruir do aparelho, e exercia tal poder com satisfação sádica. Como, porém, nunca é fácil impedir uma criança de ser feliz, quando a tia menos esperava lá estava ele sorridente mais uma vez, entretido com alguma outra coisa, de novo apaixonado pela existência, para o completo desgosto dela.

— De onde tu conhece a véia? — perguntou Lúcia, no esforço de ignorar a alegria do sobrinho.

— Ela é mãe duma patroa que eu tive tempos atrás e que foi morar não sei se na Austrália — respondeu Eva. — Eu já limpei o apartamento dela, uma vez ou outra. Grande, viu. Mas o pior não é nem o tamanho do lugar; o pior é que a véia é uma porca. Eu acho até que, quando alguém vai lá limpar, ela vai sujando tudo de propósito, só pra faxineira ter mais trabalho e ela sentir que o dinheiro dela foi bem gasto.

Chegando ao portão, se despediram, e a visitante foi embora pelo beco escuro, rodeada de vaga-lumes que piscavam aqui e ali; Lúcia, no entanto, em vez de voltar para casa, manteve-se onde estava, à espera, pois viu que Ivone vinha chegando do trabalho. Na verdade, mais ouviu do que viu: aos seus olhos, a figura que se aproximava era apenas um vulto indistinto, mas os seus ouvidos reconheceram a voz da irmã quando esta e Eva se cruzaram na viela e trocaram cumprimentos.

— Aqui: arranjei trabalho pra segunda, então tu vai ter que ver com quem que tu vai deixar os teus filho — foi logo explicando Lúcia, nem bem Ivone entrava no pátio.

— Mas ué — estranhou a irmã. — O João e o Ronaldo fica é com a mãe, não é contigo.

— Pois é, só que segunda a mãe vai ter que voltar lá no hospital pra fazer a tomo, esqueceu?

— Puta que me pariu! — Ivone estalou a língua, suspirou, balançou a cabeça. Após um momento tentando pensar no que fazer, decidiu: — É, o jeito vai ser deixar os menino com o pai deles, paciência. Domingo de noite mesmo eu já largo eles lá, que é pra eu não acabar me atrasando na segunda de manhã cedo.

A ideia, entretanto, a aborrecia. O ex-marido ainda morava com a mãe, e esta nunca desperdiçava uma oportunidade de mimar João e Ronaldo a não mais poder, com a esperança de que ficassem na sua casa em caráter definitivo, razão pela qual eles sempre voltavam de lá cheios de manias. Ciente disso, Lúcia ergueu as sobrancelhas e comentou:

— Depois vão passar a semana todinha te pedindo bombom, pão com margarina, linguicinha no feijão e por aí vai.

— Quando voltar a época das barras inteira, quem sabe — disse a irmã, torcendo a boca. — Tá, Lúcia, eu vou indo, que o dia hoje foi puxado. Não esquece de falar com a Vera também, quando ela chegar, pra ela ver como é que ela vai fazer com o Vanderson segunda.

O que Ivone jamais poderia suspeitar era que esse seu aviso surtiria um efeito contrário ao desejado. Se não tivesse dito nada a Lúcia, ela possivelmente poria Vera a par da necessidade de arranjar alguém para cuidar de Vanderson na segunda-feira seguinte; avisada para não se esquecer disso, todavia, agora Lúcia planejava esquecer-se de propósito. Afinal, Vera precisava aprender, pensava com rancor, que assumir a responsabilidade por uma criança tinha lá as suas desvantagens. Vera não insistira tanto para que ela, Lúcia, não abortasse? Não fizera questão de assumir a maternidade do menino? Pois agora que arcasse com as consequências sozinha; agora que cuidasse dele sem a ajuda de ninguém; agora que se virasse para pensar no que fazer quando a segunda-feira chegasse e só então soubesse que não tinha com quem deixar o *"filho"*.

— Pode deixar que eu aviso a Vera, sim — prometeu Lúcia, ocultando a custo um largo sorriso.

52

No sábado que se seguiu, algo inédito aconteceu: Marcelo atrasou-se para o trabalho. Eram quase sete e meia da manhã quando o estalo metálico destravou o portão gradeado e o infeliz carregou a sua ressaca para dentro do condomínio, dirigindo-se à guarita e encontrando um Cristiano raivoso, embora mudo, já livre do uniforme e metido nas próprias roupas, pronto para desaparecer dali o mais rápido possível. Sem pedir desculpas ao colega ou mesmo lhe dar bom-dia, o recém-chegado ignorou ademais o olhar venenoso com que ele o fuzilava e sentou-se na cadeira de rodinhas com altivez desafiadora, ao que o outro limitou-se a balançar a cabeça, colocando a sua mochila nas costas e indo embora sem dizer palavra.

Marcelo saíra do bordel em algum momento no meio da madrugada, depois de sessenta minutos trancado num quarto abafado com uma mulher desconhecida, emaranhado na coitada como um cipó daninho e repugnante, nu e suado, todo ele recendendo a cerveja, fora do alcance das interdições sociais, as roupas abandonadas num canto junto com as maneiras obrigatórias em público, o pênis borrachudo incapaz de atingir ereção completa por mais que a boca vomitasse impropérios ou as mãos tratassem com rancor o corpo da prostituta. Não obstante a disfunção, porém, se convidado a definir como se sentia em momentos de luxúria como aquele, talvez usasse a palavra "vivo", em contraste com a impressão que tinha de si mesmo na maior parte do tempo. Agora, de todo modo, como sempre acontecia após uma noite no prostíbulo, envergonhava-se de ter pagado por sexo, prática que, na sua concepção, longe de significar algum tipo de triunfo, só podia representar o seu completo fracasso como homem, isto é, a sua inaptidão para conduzir uma mulher àquelas intimidades sem precisar tirar a carteira do bolso para motivá--la. E desta vez havia um agravante: além do arrependimento, o porteiro tinha ainda que lidar com a lembrança odiosa de ter se dado ao trabalho de escolher meticulosamente, para levar ao quarto, a prostituta mais parecida com Vera que pudera encontrar.

Vera. ("A *maldita* Vera!") Nos últimos dias tudo na sua vida andava péssimo, e era em torno daquela mulher que todas as suas infelicidades pareciam girar. Fora por causa dela, pensava, que acabara perdendo a cabeça e batendo em Carmem; afinal, se esta falhara como esposa — e era assim que acreditava —, ele, enquanto marido, falhara primeiro, falhara pior e falhara várias vezes, tinha que admitir; no entanto as suas falhas — se não todas, pelo menos as mais recentes — eram culpa de Vera. ("Essa bandida que nem caga nem desocupa a patente!") Ora, como Marcelo poderia ser mais claro quanto às suas intenções em relação à faxineira?, perguntava-se. Com as cantadas que lhe passava, com os assuntos libidinosos para os quais a trazia, com as brincadeiras de lhe fazer cócegas quando a pegava desprevenida, com tudo aquilo ainda não era evidente que desejava transar com ela? E, se era evidente, por que então Vera não cedia logo ou simplesmente o rechaçava de vez? Para que aquele interminável chove não molha? Isso, claro, sem se falar no fato — pois para o homem isto já era um fato — de que aos encantos de Jairo, fossem lá quais fossem, ela não resistira. O que o colega tinha que a ele faltava? Enfim, não fora senão o tormento com essas questões todas que o levara a agredir a esposa, estava convencido. E, na sua avaliação, Vera era ainda culpada de muitos outros infortúnios seus, incluindo o atraso de hoje, já que tal atraso não passava de uma consequência de ter ido ao bordel na noite anterior a um dia de trabalho em vez de aguardar uma véspera de folga para fazê-lo, tolice que nunca antes cometera mas que agora acabara cometendo, no afã de simular o sexo com a faxineira.

Apesar do modo distorcido e injusto como Marcelo via as coisas, contudo, parecia pairar sobre o seu espírito o típico cansaço que costuma anteceder as tréguas, uma tentadora saudade de paz. Não havia outro jeito: tinha que pedir desculpas a Carmem e empenhar-se em agradá-la por uns dias, pensava; talvez hoje mesmo chegar em casa com um xis tudo, o lanche preferido dela. Quanto a Vera, o que precisava fazer era deixá-la para lá, sem nem mesmo gastar energia tentando imaginar maneiras de puni-la. A faxineira que transasse com quem quisesse; nada o impedia de tratá-la amistosamente, ainda que já não tivesse nenhuma esperança de seduzi-la. Saber perder, conformar-se à condição de preterido: talvez aí estivesse a chave para que ele voltasse a ter dias tranquilos.

A essa altura, o porteiro, mobilizado pela intensa atividade mental, já tinha abandonado a guarita para andar a esmo pelo jardim, os passos pausados, as mãos às costas, o cenho franzido, o olhar distante. Saindo do saguão do prédio, Ricardo fez a brincadeira que sempre fazia ao encontrá-lo daquele jeito:

— De pensar morreu um burro, Marcelo.

Longe de se aborrecer com o condômino, o funcionário pareceu iluminado por um sopro de ânimo, como se a aparição dele, naquele momento, fosse providencial.

— Ah, o senhor mesmo, seu Ricardo!

— Se eu puder ajudar...

— O que fazer quando uma mulher prefere outro, hein?

Ricardo enrugou as sobrancelhas, estranhando a pergunta.

— Mas como assim?

Marcelo não queria explicar a situação de modo a induzi-lo a uma resposta, qualquer que fosse, porém sentiu necessidade de acrescentar detalhes.

— Bom, imagina que o senhor tá dando em cima duma mulher. Certo? E essa situação se arrasta por dias e dias. A mulher sabe muito bem o que que o senhor tá querendo, mas ela nunca diz nem que sim nem que não. O senhor segue tentando. Mas aí chega uma hora que o senhor descobre que esse tempo todo ela tava ficando com outro. O que fazer?

— Partir pra outra — foi a resposta lacônica do condômino.

— Mas não era o caso de fazer alguma coisa?

— Fazer o quê, tchê?

— Ah, sei lá, xingar a mulher toda, por exemplo.

Como era do seu costume, Ricardo escancarou a boca, mas sem emitir nenhum som, numa espécie de risada muda.

— É sério, seu Ricardo — prosseguiu o porteiro. — Então a mulher sabe que o senhor tá a fim dela, não planeja ficar com o senhor, deixa o senhor ficar dando em cima dela à toa, e fica tudo por isso mesmo?

Por fim a risada do condômino passou a produzir um ruído involuntariamente cômico, parecido com uma sirene, o que levou Marcelo a rir também, de maneira contida.

— Mulher nenhuma merece que eu perca o meu tempo com esse tipo de ressentimento, Marcelo — disse Ricardo, dando o assunto por encerrado e pondo-se novamente em movimento. — Ela que sente no colo de quem ela quiser; no dia seguinte eu arranjo alguma outra até melhor do que ela disposta a sentar no meu.

O porteiro acompanhou o condômino, abrindo-lhe o portão gradeado de maneira servil, e foi com sentimento de profunda admiração que contemplou a sua figura despreocupada sair para a Getúlio Vargas. Lá ia o homem que Marcelo gostaria de ser, e que a partir de hoje não mediria esforços para tornar-se.

53

Na rua Adão Benedito Lopes Brandão, no alto da Vila Nova São Carlos, havia um boteco cujas portas só se abriam no início da tarde de sexta-feira mas, em compensação, uma vez abertas, não se fechavam em nenhum momento até o final da noite de domingo. Era nesse estabelecimento que Diego e Davi estavam, já tomando os últimos goles da cerveja que haviam comprado; pouco faltava para o meio-dia daquele sábado.

— É o mesmo cara da outra vez? — quis saber Davi.

— Não, não, é outro malandro — respondeu Diego. — Aquele era o Diabolyn; hoje é o Mega Man.

— *Diabolyn*, isso mesmo! — recordou-se o neto de dona Delci. E, rindo, repetiu: — *Diabolyn!*

— Mas e vai dizer que não parece? — disse o sobrinho de Aroldo.

— Parece, parece, pior que parece! Altão, magrão, brancão, com aquele cabelo dele!

— Sim, é a Diabolyn escrita, aquele malandro.

— Tá, e esse aí que vem hoje, por que Mega Man?

— Mano, diz, eu não sei se é verdade, que uma vez os porco pegaro ele e dero uma nele, de cassetete, que chegou a afundar o coco dele pra dentro, e daí depois, no hospital, tivero que botar platina pro coco dele ficar no formato normal de novo.

Davi entoou uma gargalhada.

— Puta que me pariu! *Mega Man*, mano! — Entretanto, percebendo a tragicidade daquela história, talvez por ele próprio ter passado alguns dias com a cabeça enfaixada, teve um lampejo escrupuloso e esforçou-se para ficar sério, ainda que sem muito sucesso. — Bah, é foda, os nego não perdoa. *Mega Man!*

— É, mas fica esperto, que ele não gosta que chama ele assim. O outro lá é Diabolyn mesmo e tá tudo certo, ninguém nem sabe o nome daquela imundície; mas esse malandro que vem hoje, se tu chamar ele de Mega Man, ele vai se morder contigo.

— Pode crer. Como é que é o nome dele?

— Pablo.

E foi nesse momento que o referido Pablo entrou no bar. Era um homem em plena vida adulta, alguns anos mais velho, portanto, do que os dois adolescentes que ali o esperavam; usava roupas esburacadas e sujas de graxa, como se tivesse acabado de sair de debaixo de um carro defeituoso, e as suas mãos não estavam muito mais limpas; os seus olhos duros, que transmitiam uma espécie de indignação perpétua, não demoraram a encontrar Davi e Diego.

— Vamo trabalhar?

— Partiu.

— Vamo dale.

Os três apertaram-se as mãos. Depois Pablo retirou um revólver calibre .38 da sacola de plástico que trazia consigo e entregou-o a Diego, que ergueu a camisa para metê-lo na parte frontal da cintura; Davi, também recebendo um revólver do homem, mas calibre .22, preferiu ocultá-lo no bolso largo do seu bermudão; por fim Pablo ainda retirou da sacola uma terceira arma, desta vez uma pistola calibre 9mm, e, como Diego, a enfiou na cintura, porém às costas.

— Tem um lixo aí, seu Tonico, pra eu jogar fora isso aqui? — perguntou o homem, dirigindo-se ao dono do bar e mostrando-lhe a sacola vazia, espremida na sua mão.

— Tem uma lata aqui atrás do balcão, pode me dar aqui.

Já na rua, Pablo, que conhecia Diego havia bastante tempo e hoje via Davi pela primeira vez, indicou este com o polegar, perguntando ao outro:

— Ponta firme, esse bruxo?

— Ponta firme — garantiu Diego, deslizando a mão desde o ombro esquerdo até o lado direito da cintura, como se alisasse uma faixa presidencial imaginária. — Meu faixa mile ano, o Nego Mumm-Ra.

— É, só que na real o meu nome é Davi — apressou-se a esclarecer o neto de dona Delci.

Os três não trocaram mais nem uma única palavra sequer dali até uma famigerada loja de autopeças localizada na avenida Sertório, onde só chegaram após duas longas viagens de ônibus. Entrando no estabelecimento com os adolescentes em seus calcanhares, Pablo adiantou-se e deu um abraço significativo no sujeito que parecia ser o dono do local, embora também estivesse, a exemplo do recém-chegado, metido em roupas esburacadas e sujas de graxa.

— Deus não dorme, Aldair — comentou Pablo solenemente, puxando um banco e se sentando. — Daqui a pouco a tua coroa tá aí, dando voadeira de novo.

— É — suspirou Aldair, desolado, deixando o olhar se perder numa caixa de ferramentas próxima.

— Que que ela tem?

— Os médico não sabe. Alguma coisa no fígado.

Davi e Diego mantiveram-se em pé à entrada da loja por alguns minutos, imaginando que a conversa entre os dois adultos seria breve; entretanto, quando aquele grave assunto inicial esgotou-se e Pablo e Aldair entraram a falar sobre velhos tempos, salvando do esquecimento aventuras pitorescas e incríveis personagens, quase todos mortos antes dos trinta anos de idade, os adolescentes entenderam que não havia pressa e foram se sentar nas pilhas de pneus de segunda mão distribuídas pela calçada, as costas voltadas para o estabelecimento, os olhos entretidos com as miragens no asfalto quente da avenida. Foi só depois de quase meia hora que Pablo por fim despediu-se do amigo e saiu da loja com um pedaço de papel na mão, mostrando-o a Davi e Diego, que ali leram: "UNO TURBO — 1 BARÃO". Aldair, pois, estava disposto a pagar mil reais se o trio lhe trouxesse um Fiat Uno versão turbo.

A vários quilômetros daquele ponto particularmente melancólico da Sertório, as sombras das árvores da República impossibilitavam a formação de miragens nas pedras da rua, embora não oferecessem alívio significativo em meio ao abafamento que voltava a tomar conta de Porto Alegre após mais de duas semanas de trégua. O bar Van Gogh, que àquela altura da sua história já começava a priorizar a madrugada, normalmente não recebia muitos clientes antes do cair da noite; hoje, contudo, mesmo ali havia uma quantidade considerável de gente, tamanha era a força com que aquele típico calor sufocante expulsava as pessoas de casa e as punha à cata de qualquer tipo de refresco. Pablo, Davi e Diego tiveram que se sentar no interior do estabelecimento, porque todas as mesas espalhadas pela calçada encontravam-se ocupadas.

No caminho da zona norte até o Centro, os três mantiveram-se concentrados e mudos, olhando com atenção pela janela do ônibus que os trazia, dispostos a desembarcar imediatamente caso vissem o veículo que queriam estacionado em uma rua qualquer; isso, todavia, não acontecera, e do Centro, então, desceram a pé até a borda da Cidade Baixa, pela avenida João Pessoa, com a ideia de entrar na República, atravessar o bairro e vasculhar as ruas menos movimentadas, lá do outro lado. Assim acabaram ali, no Van Gogh; e se entraram no bar, sentaram-se a uma mesa e pediram uma cerveja, como de fato entraram, sentaram-se e pediram, não era por causa do desgaste da caminhada que empreenderam naquelas condições atmosféricas infernais, e sim porque em frente ao estabelecimento, do outro lado da República, havia um Uno versão turbo estacionado.

54

Quatro garrafas de cerveja foram consumidas sem que Pablo, Davi e Diego vissem alguém se aproximar do carro, o qual espiavam de tempos em tempos através da entrada do Van Gogh. Muito embora estivessem os três armados, sabiam que aquele era um território inimigo e nem de longe sentiam-se seguros por ali; ao contrário, tinham a impressão de que tudo e todos ao redor emanavam contra eles uma hostilidade ancestral, ainda mais desagradável do que a alta temperatura: os funcionários de fato os atendiam de má vontade, os clientes de fato lhes lançavam olhares cheios de suspeitas e até mesmo os pássaros, quando cantavam, pareciam com isso invocar a polícia.

— Mas que chá de cadeira, hein? — queixou-se Pablo.

— Tô sereninho, filho da puta — murmurou Diego, como se conversasse com o dono do veículo. — Tenho todinho o tempo do mundo.

— É, tá sereninho igual um gato no canil — brincou Davi, fazendo os outros dois rirem.

Foi só quando a quinta garrafa de cerveja já chegava ao fim que o mais velho finalmente fez um sinal para os adolescentes, pois um jovem que acabava de acertar a conta no Van Gogh agora ia atravessando a República, em direção ao Uno, a cabeça baixa, as mãos desemaranhando o molho de chaves atado à carteira. Conforme já haviam combinado, apenas Pablo e Diego levantaram-se e foram atrás da vítima, Davi permanecendo à mesa. A movimentação, no entanto, chamou a atenção de um garçom que ia passando, o qual, sem adivinhar exatamente o que ocorria, mas profundamente desconfiado de alguma coisa, parou onde estava e observou a dupla sair, após o que olhou para Davi e perguntou com rispidez:

— Onde é que eles vão?

O adolescente encolheu os ombros, dizendo:

— Deus sabe.

— Eles vão voltar?

— Acho que não, chefe.

— E quem é que vai pagar a conta?

— Eu não tô aqui?

O funcionário espremeu os olhos, inclinou a cabeça e torceu os beiços.

— Deixa eu ver o dinheiro — exigiu sem rodeios.

— Claro — concordou Davi prontamente. — Eu não tenho *aqueeela* fortuna, mas acho que o que eu tenho paga tudo. Dá um bico aqui, de cantinho.

Esticando-se ligeiramente por cima da mesa para espiar, o garçom viu o revólver na mão do adolescente, cabo escorado na virilha, dedo no gatilho, cano apontado diretamente para ele.

Enquanto isso, Pablo e Diego aproximaram-se do dono do carro, que teve um sobressalto ao percebê-los à sua volta. Além de assustado, o rapaz ficou também confuso, porque os dois começaram a falar com ele ao mesmo tempo.

— Esse aqui é o modelo turbo, não é o modelo turbo? — perguntou Pablo, passando pelo jovem e abaixando-se junto às rodas do veículo, como se verificasse a qualidade dos pneus.

Simultaneamente, Diego parou bem ao lado do infeliz, passou um braço por cima dos seus ombros como se o conhecesse de longa data e, com a mão oposta, colocou o cano do revólver no seu ventre, sussurrando:

— Perdeu, playboy, perdeu.

— Deus o livre, zero a cem em nove segundo!

— Se tu olhar pra mim de novo eu te estouro, sangue bom.
— Acho que nem o Vectra pra fazer frente!
— Não olha pra trás também, filho da puta, olha pra frente, ó o cara falando contigo, aí.
— Mas como é que tá o motor?
— Bah, meu... — foi a primeira coisa que murmurou a vítima, em tom quase choroso, dirigindo-se a Diego, embora evitasse encará-lo.
— "Bah, meu" é o caralho — atalhou o adolescente. — Responde o cara aí, sangue bom, o cara tá falando contigo.
Antes que o rapaz tivesse tempo de se lembrar do que Pablo dissera, porém, este propôs:
— Tá, vamo fazer o seguinte: deixa eu mesmo dirigir. Como é mesmo que chama? É *test drive*, não é *test drive*? Se não, não vai dar pra fechar negócio.
— E se a gente não fechar negócio, vamo fechar é o teu caixão — riu Diego, triunfante, já pressentindo o sucesso da empreitada.
Sem opção, o jovem, todo trêmulo, entregou a carteira a Pablo, segurando entre o polegar e o indicador a chave do carro. Em seguida, já abertas ambas as portas e reclinado o banco do carona, Diego fez com que a vítima se sentasse no banco traseiro, ele próprio indo acomodar-se lá atrás também, ao seu lado, depois de assoviar e sinalizar com a mão para que Davi viesse se juntar ao grupo. Este, deixando o Van Gogh com a mão em que tinha o revólver enfiada no bolso do bermudão, chegou ao Uno e, endireitando o banco, sentou-se à frente, ao lado de Pablo, que a essa altura já havia assumido o volante. No momento seguinte, o veículo arrancava sem pressa, virando à direita na João Pessoa.
Se algum dos clientes do bar entendeu o que acabava de acontecer, ninguém demonstrou; o garçom que vira a arma de Davi parecia o único ciente de ter testemunhado um assalto, e gritava desesperado:

— Liga pra brigada, liga pra brigada!

Com o falatório da clientela embriagada, entretanto, o seu colega atrás do balcão não o compreendia.

Poucos metros depois de entrar na João Pessoa, o Uno tornou a virar à direita, pegando a rua Luiz Afonso; ali estacionou, para que o dono do carro desembarcasse. Davi teve que descer temporariamente e reclinar o banco para a passagem do rapaz.

— Bah, ô, gurizada... — choramingou o jovem, já em pé na calçada.

Outra vez se sentando no banco do carona, Davi bateu a porta do carro, inclinando a cabeça para trás e deixando-se cair em risos, pois considerou patético aquele princípio de súplica.

— "Bah, ô, gurizada..." — imitou, enquanto o veículo tornava a entrar em movimento. — Como se eu fosse ter pena dele! Eu lá, com a geladeira vazia, latindo no pátio pra economizar o cachorro, a minha vó passando veneno. Só o que me faltava!

— Lembra daquela vez no colégio, Nego Mumm-Ra? — perguntou Diego, inclinando-se para a frente e enfiando o busto entre os bancos frontais. — A sora dizendo que o crime não compensa! — debochou sem maiores explicações, como se aquela fosse uma piada pronta, uma indiscutível besteira, uma ideia cuja falta de cabimento dispensava qualquer demonstração.

— Claro que eu lembro! Depois o cara abandona o colégio, não sabe por quê.

55

O Uno virou mais duas vezes à direita: primeiro na rua Lima e Silva e depois na avenida Loureiro da Silva; em seguida, passando por baixo do viaduto Imperatriz Leopoldina, chegou à rua Engenheiro Luiz Englert e ali parou num semáforo, lado a lado com a Redenção. Por entre as árvores, um casal passeava sem pressa, de mãos dadas; a moça, entretanto, parecia ter um terço da idade do seu companheiro, e, ao vê-los, Diego arregalou os olhos.

— O que o dinheiro não faz!

Pablo, a atenção atraída pelo comentário, lançou os olhos em direção ao parque e viu também o casal.

— Ah, mas pode ter certeza que essa aí não trabalha só em casa — sentenciou, abanando a cabeça. — Não acredito. Não tem como. Imagina a *energia* dessa sapeca. Pode fazer uma fila de vinte cacete duro que ela não vai descansar até ver tudo desmaiado pro lado. Mas nem se esse véio comer um quilo de amendoim e tomar um litro de catuaba pra dar conta.

Diego riu.

— É, mas tu acha que o vovô tá aí pra isso? Ele bem ou mal conseguindo dar uma brincada, já era. Eu no lugar dele comia até o cocô dessa mina sem reclamar de nada; tô nem aí se tiver outros botando ela pra dentro. Deixa a guria se divertir também, né? Lavou, tá novo.

— Tá louco? E a fama de manso? Daí ninguém te respeita mais em lugar nenhum. Com que cara que tu chega na frente dos teus amigo, eles tudo sabendo que tem uma pá de sócio na tua mulher?

— É, isso é verdade.

Algo naquela conversa provocava em Davi um profundo incômodo, embora ele não soubesse dizer exatamente o quê.

— Por que vocês têm tanta certeza que ela tá com ele por causa do dinheiro? — questionou o adolescente, incapaz de manter silêncio diante daqueles discursos.

Os outros dois gargalharam de pronto, demoradamente. Foi só após um bom tempo, com o carro já de novo em movimento, que Pablo dignou-se de apresentar uma explicação:

— Tá, é o seguinte, Nego Mumm-Ra: tu olhou bem aquela mina? Agora me diz: tu já viu uma mina daquele calibre com um véio que nem o seu Tonico lá do bar, por exemplo? Tu consegue, sei lá, pelo menos *imaginar* uma coisa dessa? O seu Tonico sem um dente dentro da boca, as roupa tudo encardida, os pé tudo rachado, andando de mão dada com uma mina daquela lá pela vila, levando ela pra passear *onde*? Lá na beira daquele mato fodido da Vilinha?

Diego, a essa altura, tossia de tanto rir. Esforçando-se para falar, contudo, conseguiu fazer uma observação:

— Não é verdade que o seu Tonico não tem dente nenhum.

— Ah, mas aquilo de lá é uma chapa! — protestou Pablo. — Tem mais isso ainda pra ajudar. Tu nunca viu que aquela porra vive saindo do lugar? E o seu Tonico ajeitando com a língua, Deus que me perdoe. É sério, é sério, é sério, não é de rir, Diego! Vários malabarismo, várias peripécia com aquela porra daquela chapa. O homem é um atleta, um acrobata. Tinha até que criar uma modalidade nas olimpíada: o campeão é o que faz mais balaca com a chapa. Bah, o seu Tonico ia ficar grandão! Ia faltar peito pra tanta medalha, ia faltar bolso pra tanto dinheiro. Daí, sim, eu acredito que era capaz dele meter aquele pau murcho dele numa buceta fresca que nem aquela que a gente viu lá atrás.

Davi, agora, além de ainda mais incomodado do que antes, sentia-se também desrespeitado. Não lhe passara despercebido que o homem ao seu lado o chamara de "Nego Mumm-Ra". O adolescente podia até tolerar que Diego, seu amigo desde sempre, eventualmente o tratasse pela alcunha, mas a Pablo, que mal o conhecia, não estava disposto a conceder tal liberdade. Arrependido de haver erguido aquela contestação que terminara soterrada em deboche, deixou-se cair num silêncio sintomático, ajeitou as costas no banco, pôs o braço para fora do carro, pela janela, e ficou olhando a paisagem, tudo nele indicando propensão a manifestar a raiva contida.

Alheios por completo à sua linguagem corporal, todavia, Diego e Pablo seguiram a tecer comentários maldosos e obscenos sobre as mulheres pedestres por que iam passando à medida que o veículo avançava. Em determinado momento, o mais velho quis saber:

— E tu, Nego Mumm-Ra? Não gosta de mulher?

— ...

— Porque já tá na idade já — prosseguiu Pablo. — Não vai me dizer que tu é barrão?

— ...

— Tu faz amor pela saída da boia?

— ...

— Deixa o cara, Pablo — interveio Diego, por fim notando que o amigo não estava para brincadeiras.

O homem, no entanto, insistiu:

— Hein? O teu prazer é com as mão na parede, Nego Mumm-Ra?

— ...

— Aliás, por que "Mumm-Ra"?

Davi não aguentou mais. Movendo a cabeça lentamente para encarar o sujeito e soltando um suspiro, disparou:

— Por que "Mega Man"?

O rosto de Pablo não apresentou a mínima transformação, porém de alguma maneira misteriosa era perfeitamente possível perceber que o seu sorriso, apesar de inalterado, de repente carregava um significado diferente de antes. Sem dizer uma palavra sequer, o homem, que naquele momento guiava o carro pela pista da esquerda num trânsito de intensidade considerável, esperou uma oportunidade de deslocar-se para a direita e estacionar junto ao meio-fio, assim fazendo alguns segundos depois. Embora sentisse como se as suas entranhas se evaporassem perante o perigo, Davi manteve-se firme, sem tirar os olhos do sujeito.

— Então... É "Davi", não é "Davi"? — perguntou Pablo.

— É "Davi" — confirmou o adolescente.

— Então, Davi. Faz um favor pra mim? Larga o meu ferro aí no porta-luvas.

Davi hesitou por um instante. Temia desfazer-se do revólver, pois sabia que o homem estava armado e não imaginava do que ele seria capaz a seguir. Lembrando-se, entretanto, de que Diego também tinha uma arma, confiou que o amigo não deixaria Pablo cometer uma covardia e fez o que este pedia: tirou o .22 do bolso e guardou-o no porta-luvas.

— É o cara — disse o homem, à maneira de agradecimento. — Agora desce do carro.

— Não, não, sangue bom, pera aí... — começou a protestar Diego.

Irredutível, contudo, Pablo o interrompeu:

— Se tu quiser descer junto, é claro que eu vou entender. Afinal, o cara é teu faixa mile ano, não é teu faixa mile ano?

Sem criar caso, Davi desembarcou, ato em que Diego o imitou sem titubear, após também se desfazer do revólver em sua posse. No momento seguinte, o Uno seguia pela avenida Farrapos e deixava os adolescentes para trás, abandonados em local curiosamente apropriado, pois aquela região de Porto Alegre tinha mesmo ares de abandono; a luz laranja do fim de tarde enfeitava as fachadas dos prédios ao redor, que ainda assim permaneciam feias.

— Foi mal — murmurou Davi, envergonhado.

Mas, para o seu alívio, Diego não se mostrou aborrecido; pelo menos não com ele.

— Não, não, tu fez certo, tu fez certo. Aquele corno te faltou com o respeito primeiro.

— Olha só essa dupla de dois! — exclamou de repente uma voz feminina.

Os adolescentes olharam para o lado e viram uma mulher seminua abrigada na reentrância dum prédio baixo, sob um letreiro neon, dançando levemente à música que escapava de lá de dentro. Só então se deram conta de que estavam diante de um prostíbulo.

— Vamo fazer um programinha hoje?

— Mas por que não? — apressou-se a concordar Diego, com surpreendente bom humor. — Eu cobro só vintão. É pegar ou largar.

— Bobo! — riu a mulher, balançando a cabeça.

56

A noite caiu rápido, sem que com isso a temperatura se tornasse mais amena. Os adolescentes caminhavam por ruas com as quais não tinham a menor familiaridade, viravam esquinas em zigue-zague, tentavam manter a marcha mais ou menos na direção em que imaginavam estar os setores da cidade que conheciam melhor, paravam de vez em quando, olhavam ao redor, ouviam o que a intuição tinha a dizer. Sabiam, claro, que o mais seguro teria sido percorrer a Farrapos de volta, porque no Centro orientar-se-iam com muito maior facilidade; achavam, todavia, que estavam longe demais para que o regresso valesse a pena, e por isso preferiram cortar caminho embrenhando-se no bairro São Geraldo.

— Do céu ao inferno em dois palito! — queixou-se Diego. O seu bom humor inicial havia desaparecido por completo junto com a luz do dia, e agora ele fazia comentários assim periodicamente, sempre seguidos de um estalo de língua e de um abano de cabeça inconformado. — Era dez minuto e a gente entregava o carro e pegava a nossa parte. Daqui a pouco a gente já ia tá chegando na vila já, pagando de rei no bagulho. Mas em vez disso a gente tá aqui, a quilômetros da baia, caminhando feito dois condenado, sem um pinto pra dar água no bolso.

— Fora o calor, fora a fome — complementou Davi, igualmente inconformado.

— Disse tudo. Pior que eu também tô só por meter um sal. Nem almocei, achando que ia comer gordo depois. Tu almoçou?

— Não. Sábado é foda. A vó apronta o rango lá pelas duas da tarde. E aquele Mega Man pau no cu marcou com a gente no bar meio-dia.

Aí calaram-se, de maneira prolongada. E assim iam indo, quebrando o silêncio de tempos em tempos com diálogos miúdos; quando estavam quietos, no entanto, pensavam ambos num mesmo tema, que de miúdo não tinha nada. Não sabiam da coincidência, claro, pois nem um, nem outro se atrevia a verbalizar aquela questão que, embora comum, cada qual elaborava a partir de uma perspectiva radicalmente diferente.

Davi estava convencido de que Pablo devia ter algum tipo de problema mental, decerto provocado pelos golpes de cassetete que lhe haviam amassado a cabeça; só isso poderia explicar as bobagens que o homem dissera, entre as quais uma em particular, que o atormentava até agora: "E tu, Nego Mumm-Ra? Não gosta de mulher?". O adolescente remoía essa lembrança sem parar, com raiva e espanto em iguais medidas; raiva porque aquilo, longe de ser uma dúvida casual, fora uma tentativa de submetê-lo a vil escárnio; e espanto porque a pergunta tinha saído de uma boca que parecia especializada justamente em insultar as figuras femininas. Então *gostar* de mulheres implicava em comportar-se daquela maneira? Desrespeitá-las, humilhá-las, isso era *gostar* delas? Além de raiva e espanto, Davi também sentia uma ponta de tristeza, porque Diego, o seu grande amigo, nunca tivera a cabeça amassada a golpes de cassetete e mesmo assim não se mostrava muito melhor do que Pablo naquele quesito. Na verdade, concluiu o adolescente, os dois deviam pensar do mesmíssimo modo, com a diferença de que Diego pelo menos o respeitava. Em qualquer lugar onde estivessem reunidos dois ou mais homens, Davi já reparara, rapidamente estabelecia-se uma disputa para verificar quem eram os mais capazes de promover a humilhação indiscriminada, como se um comportamento assim guardasse grande virtude, e o coitado que não se mostrasse bom nisso estava condenado a ser o motivo de chacotas permanente do grupo. Parecia com a brincadeira de garrafão: no jogo, os mais fracos apanhavam mais, porque podia-se bater neles sem medo de que se vingassem duramente na rodada seguinte, e nesse estranho fenômeno da vida real sobre o qual o adolescente refletia, aqueles que não sabiam humilhar ou recusavam-se a fazê-lo terminavam eles próprios humilhados, rebaixados numa espécie de hierarquia masculina, reduzidos a um tipo de saco de pancadas, impelidos a uma condição de tal ordem que contra eles todo e qualquer abuso tornava-se autorizado e, mais do que isso, incentivado. Diego, porém, nunca o tinha colocado nesse lugar, e vinha daí, Davi dava-se conta agora, o carinho especial que nutria por ele.

"E tu, Nego Mumm-Ra? Não gosta de mulher?" Também na mente de Diego essa pergunta ainda ecoava, mas produzindo, em vez de raiva e espanto, desconfiança e medo; desconfiança porque, parando para pensar, Diego realmente não conseguia se lembrar de uma única ocasião em que Davi tivesse manifestado interesse por mulheres; e medo porque, caso o amigo fosse mesmo gay e isso um dia se tornasse público, o fato de os dois andarem sempre juntos para cima e para baixo por certo seria um prato cheio para os linguarudos da vila, a começar por Lídia, a proprietária da venda. Em seu íntimo, o adolescente não sentia que a sua sincera estima por Davi pudesse sofrer o mínimo abalo na circunstância hipotética de ele sair do armário; Diego, entretanto, era o ladrão mais promissor da região, o goleador mais idolatrado nos torneios de futebol, o rimador mais temido nas portas dos botecos, o namorador mais invejado na rua Guaíba inteira, o malandro de maior destaque num raio de quilômetros, e ciente dessa espantosa posição que com tão pouca idade já ocupava no mundo simbólico dos machos, não queria ver tudo desabar na lama por causa de fofocas. Por mais que gostasse do amigo, achava melhor afastar-se dele ao menor indício de que fosse enveredar por caminhos que ameaçassem a sua tão preciosa reputação.

— Tá ligado a Camila? — perguntou Diego de repente.
— Camila?
— É. A que mora no beco, sem ser o teu, o outro.
— Tô ligado, tô ligado. A filha da dona Maria. Que que tem?
— Tá louquinha pra perder o cabaço. E eu vou dar no meio dela, foda-se. Quem perdoa é Deus.
— ...
— Ali tá valendo, não tá? A bundinha bem redondinha, os peitinho bem durinho...
— ...
— Que que tu acha da gente comer ela de dupla, uma vez pra cada? Ou se pá a gente dá um kit pra ela. Que tal?
— Kit?
— É. Um kit de chimarrão e cozinha. Não tá ligado nesse kit de chimarrão e cozinha? Enquanto ela chupa o pau de um, o outro come o cu dela: chimarrão e cozinha. O que tu acha?

Nesse momento, entretanto, os dois viraram uma esquina e estacaram bruscamente. De súbito viam-se envoltos numa atmosfera que lhes parecia irreal, tamanho o requinte de tudo ao redor. Tinham notado, claro, que as ruas tornavam-se cada vez mais limpas e bem cuidadas à medida que avançavam naquela direção; onde estavam agora, contudo, o asseio e o esmero atingiam um grau deveras impressionante, sobretudo aos olhos deles, habituados com a imundície e o descaso em que se achavam mergulhadas as ruas da vila sem nome na qual viviam, a quilômetros dali. Chegaram a experimentar certo constrangimento ao pisar nos ladrilhos lustrosos daquela calçada sem haverem antes limpado os pés em algum lugar; na verdade, sentiam como se eles próprios fossem algum tipo de sujeira, como se uma vassoura pudesse surgir a qualquer momento para varrê-los dali, como se nem mesmo mil banhos pudessem torná-los dignos de tocar em qualquer uma daquelas superfícies que se apresentavam à vista, fosse o asfalto liso da via, fosse a lataria espelhada dos carros de luxo estacionados, fosse a madeira envernizada das mesinhas espalhadas em frente aos cafés e bares da rua. Um longo fio com pequenas lâmpadas encontrava-se pendurado nas árvores, como se fosse Natal; uma vitrine ostensivamente iluminada exibia livros à venda; havia velas estilizadas nas mesas de um restaurante; tudo, tudo, tudo parecia brilhar, inclusive as pessoas a beber e a comer, a rir e a falar, a consultar livros e a passear com cachorros de raça, todas elas, sem exceção, donas de uma brancura de pele até então jamais testemunhada pelos dois adolescentes.

— Que porra é essa, mano? — disse Diego, os olhos arregalados.
— Acho que a gente tava caminhando na direção errada, sangue bom, e em vez de chegar no Pinheiro, cheguemo foi na Europa — brincou Davi, sentindo-se agradecido pela mudança de assunto.

Diego riu. Sabia, evidentemente, que não estavam na Europa, embora ignorasse por completo que aquele fosse o bairro Moinhos de Vento.

— Mas nem a pau que eu vou passar por aí — declarou, dando meia-volta. — Vem, vamos por outra rua.

57

Marcelo teve muitas dificuldades para conciliar o sono e, quando finalmente dormiu, entrou em uma sucessão de pesadelos que se estendeu durante toda a madrugada, fazendo-o despertar sobressaltado de tempos em tempos. Não que os sonhos, por mais desagradáveis que fossem, lhe provocassem medo; em vez disso, punham-no em situações de agitação e de ódio, nas quais ele se sentia humilhado ou lesado a ponto de usar toda a brutalidade de que era capaz para reagir. Numa das ocasiões em que emergiu desvairado de conjunturas irreais e deu por si suado e ofegante no silêncio e na escuridão do próprio quarto, percebeu, pela luminosidade nas frestas da janela, que a manhã de domingo já tinha se estabelecido. Todavia, a dor nas costas por haver passado a noite inteira numa cama improvisada com cobertores era a prova de que um dos pesadelos — o mais terrível de todos — não tinha sido fruto da sua imaginação: Carmem, a sua esposa, fora mesmo embora no sábado anterior, enquanto ele trabalhava, e levara consigo a maior parte dos móveis da casa, incluindo a cama de casal.

Com raiva dessa constatação, o porteiro pôs-se de pé, convencido de que seria inútil tentar voltar a dormir. E, andando pela casa, onde quer que lançasse os olhos encontrava indícios de que as circunstâncias eram piores do que calculara a princípio. Na cozinha, por exemplo, descobriu que não havia maneira de preparar um simples café, pois Carmem levara embora o pó e os filtros de papel, junto com todos os outros mantimentos e até mesmo os dois pequenos armários que os continham. Curiosamente, o que mais irritava Marcelo era dar-se conta de que, entre as coisas faltantes, nem um único artigo tinha sido comprado com o seu dinheiro; fora o salário da esposa a converter-se naquilo tudo, de modo que não lhe restava sequer direito a protesto. Claro que, não obstante, considerava-se de algum modo injustiçado, como considerar-se-ia independentemente do contexto; caso, no entanto, percebesse a ausência de algo que ele mesmo tivesse comprado, uma mísera caixinha de fósforos que fosse, não pensaria duas vezes antes de caçar a esposa com *obsessão ahabiana*, desejo que se via obrigado a engolir, não se havendo ela adonado de qualquer uma das suas aquisições: no quarto, jogadas a um canto, jaziam as suas roupas todas, limpas misturadas com sujas, e também o criado-mudo que comprara de segunda mão num brique, assim como as cobertas e os lençóis que ganhara da sua mãe como presente de casamento; na sala, deixada sobre um banquinho de madeira de cuja procedência não se lembrava ao certo, estava a televisão em cores que adquirira para assistir aos jogos de futebol; na cozinha, tudo o que lhe pertencia achava-se dentro de uma sacola plástica, a qual ele mesmo, enfurecido, atirara contra a parede na noite da véspera, ao chegar do trabalho e perceber o abandono: o xis tudo que trouxera para Carmem, na esperança de, com aquilo, obter o seu perdão.

Olhando para o lanche estropiado no chão e lembrando-se de que havia planejado tornar-se um novo homem — um homem como Ricardo, o morador do condomínio onde trabalhava; um homem que ignorava as loucuras femininas e seguia imperturbável com a sua vida como se tais loucuras simplesmente não tivessem acontecido —, Marcelo sentiu-se ridículo, o que, por sua vez, só fez crescer o seu ressentimento contra as mulheres em geral. Longe de sentir-se capaz de ignorar a bomba que caía sobre a sua vida, isto é, a ruptura com a esposa, que para o seu espanto mostrava-se de todo irreversível, tinha era vontade de estrangulá-la, o que só não planejava a sério por medo dos seus numerosos irmãos e primos.

— Ah, sim, os irmão e os primo! — exclamou ele de súbito, erguendo as sobrancelhas.

Dava-se conta de que Carmem não tinha como tê-lo abandonado sem ajuda. Ela arranjara braços fortes para carregar os armários, o guarda-roupa, o sofá, enfim, tudo o que fosse pesado, e, mais do que isso, contara também com algum transporte para levar as coisas todas dali até a casa da sua mãe ou fosse lá qual fosse o lugar para onde fugira. Imaginando que tal transporte não podia ser um veículo de grandes capacidades, porque assim não conseguiria entrar na estreita rua da Vila Orfanotrófio onde ficava a casa, o homem concluiu que deviam ter sido necessárias pelo menos duas ou três viagens — um frete portanto caro —, o que não deixava dúvidas: a esposa havia se preparado bem, e com muita antecedência, para uma ocasião em que julgasse preciso escafeder-se.

De todo modo, embora Marcelo tivesse vontade de estrangular Carmem, na sua cabeça havia uma figura ainda mais merecedora de toda a sua ira: Vera. Era por causa dela que a sua vida chegara àquilo. Era por causa dela que passara a noite deitado sobre uma cama improvisada com cobertores e agora sentia dor nas costas. Era por causa dela que não via jeito de preparar um simples café naquela manhã. Era por causa dela que depois teria de almoçar e jantar na rua. Era por causa dela que a esposa o abandonara. Era por causa dela que a sua casa se achava esvaziada e qualquer ruído produzia aquele eco deprimente. Tudo era por causa dela, por causa daquela feiticeira, por causa de Vera! Se ela tivesse cedido logo às suas investidas, ou então se simplesmente o tivesse rechaçado sem demora, ele não teria perdido a cabeça e entrado naquela maré de infortúnios. Em vez disso, porém, a faxineira preferira alimentar aquele interminável joguinho que acabara deixando-o louco, enquanto transava com Jairo na guarita.

— Ah, mas aquela vagabunda me paga! — prometeu Marcelo entredentes.

58

No intuito de tranquilizar as filhas, dona Helena fingia indiferença quanto à tomografia solicitada pelo médico em virtude do seu mal-estar mais recente; a bem da verdade, entretanto, passara a semana inteira pensando no exame, com medo do que poderia revelar, sem perceber que estava aí, nessa preocupação constante e dispendiosa, a razão de andar um pouco mais cansada do que o normal nos últimos dias. Hoje, por exemplo, queria como nunca evitar a fadiga e passar tanto tempo quanto pudesse bem quietinha, entretida com o rádio; como, todavia, era domingo, havia o almoço em família na sua casa e todo o trabalho implicado nisso. Chegou a cogitar a possibilidade de pedir às filhas que desta feita, excepcionalmente, comessem cada qual na sua própria casa e com os seus próprios filhos, mas, ciente de que assim quebraria pela primeira vez uma tradição de vários anos, temia assustá-las (fazê-las pensar que se sentia mal) ou até mesmo magoá-las (fazê-las pensar que já não as amava como antes). Abandonou a ideia. O jeito, concluiu resignada, seria empenhar esforços mínimos na realização do almoço.

Não é só quando levados à prática que os afazeres domésticos consomem energia: antes disso, ainda no campo das ideias, o simples ato de pensar neles, planejando-os da melhor maneira, já é desgastante. E dona Helena, com o ânimo desfalcado daquele dia, não suportou esse exercício mental por mais do que uns poucos segundos: prepararia macarrão com salsicha, levando a cabo logo a primeiríssima ideia que lhe ocorria e poupando-se do trabalho de imaginar alternativas. Decidiu também que não faria nem salada, nem sobremesa, nem café; do almoço, passariam diretamente ao jogo de pife.

Catou a caderneta dos fiados e saiu de casa; antes mesmo de chegar ao portão do pátio, contudo, já não tinha mais disposição suficiente para ir até a venda.

— Camila! — chamou, dando meia-volta e pondo as mãos em concha em volta da boca. — Camila, dá um pulinho aqui, essa menina!

A filha de Maria, naquele momento, estava agachada nos fundos do pátio, empenhada em sugerir melhorias para a pista de corrida de tampinhas que João, Ronaldo e Vanderson construíam. Embora fosse mais velha do que os meninos e portanto já não achasse graça em participar daquele tipo de brincadeira, elaborar pontes e traçar curvas eram práticas que ainda hoje mobilizavam o seu interesse. Ao chamado da avó, pôs-se de pé num pulo e saltitou até ela, dando tapinhas nas pernas para remover a terra da bermuda.

— Pronto, vó!

— Toma aqui — disse dona Helena, estendendo a caderneta para a menina. — Vai lá na venda e me traz duas lata de salsicha e um pacote de massa.

Não era à toa que João, Ronaldo e Vanderson tinham decidido construir a pista tão nos fundos do pátio: lá achava-se o tanque de lavar roupas, posicionado sobre duas pilhas de tijolos maciços limosos, por entre as quais os meninos gostavam de fazer passar as tampinhas movidas a petelecos. Em sua imaginação, aquelas duas pilhas de tijolos eram um par de pilares grossos, e o tanque, o espaço reservado a jornalistas esportivos do mundo inteiro, que daquela posição privilegiada assistiam à corrida enquanto a narravam a serviço de rádios e canais de televisão. Desta vez, no entanto, Lúcia lavava roupas, de modo que só lhes restava ir tocando a obra ali pela volta, como quem não quer nada, nem tão perto da tia que a irritasse, nem tão longe do tanque que depois, quando o mesmo por fim estivesse desocupado, ficasse difícil esticar a pista para passar por baixo dele.

— Tá faltando água! — berrou Lúcia de repente, ao perceber que o jato da torneira começava a perder potência.

Instantaneamente Ivone e Maria apareceram às portas das suas casas, trazendo nos rostos um mesmo misto de preocupação e raiva. Porém, como as portas eram alinhadas uma com a outra e havia pouco espaço entre elas, as mulheres não podiam sair para o pátio ao mesmo tempo e, frente a frente, bambearam indecisas por alguns segundos, uma ameaçando sair ou esperar quando a outra fazia a mesma coisa.

— Ai, Maria, passa de uma vez! — impacientou-se Ivone, puxando a irmã pelo braço para que ela saísse primeiro.

Quando as duas chegaram aos fundos do pátio, foi Maria quem pediu confirmação:

— Tá faltando?

— Foi o que eu disse — respondeu Lúcia, esfregando uma peça particularmente difícil de limpar, desmanchando-se em suor.

— Tá, Lúcia — começou Ivone, pondo as mãos na cintura —, então não era o caso de tu deixar o resto das tuas roupa pra lavar outro dia pra gente também poder lavar um pouco, antes da água sumir de vez?

— Não, não era o caso.

— Ah, eu achava que o tanque era da mãe — ironizou Maria, pondo também as mãos na cintura.

— O tanque é da mãe, mas quem chegar primeiro usa; sempre foi assim. Tivesse vocês duas levantado mais cedo.

— Mas só Deus sabe quanto tempo a gente vai ficar sem água, criatura! — argumentou Ivone.

— Bom, isso não é problema meu.

— Ah, então quer dizer que se a gente ficar uma semana inteira sem água, que nem já aconteceu várias vez, vamo ter que ficar com as roupa tudo suja e ir trabalhar fedendo, porque a bonita tomou conta do tanque? — quis saber Maria.

— Sempre dá pra ir lá no meio do mato e lavar na sanga, ou então esperar o caminhão-pipa. Não é assim que a gente sempre faz quando falta água muito tempo?

Ivone e Maria teriam continuado a pressionar Lúcia; Vera, entretanto, havia chegado durante a discussão e, compreendendo o que se passava, contemporizou:

— Gurias, gurias! Agora já é tarde. Mesmo que a Lúcia saísse do tanque, é só o tempo de uma de nós ir buscar as roupa suja, e a água já vai ter sumido. No fim, a gente vai atrapalhar a lavagem da Lúcia, e não adianta, porque não vamo conseguir lavar nada. Eu também queria lavar. Mas fazer o quê? Já que a Lúcia já tá aí, que pelo menos alguém termine de lavar as roupa, ué.

59

No outro extremo do pátio, junto ao portãozinho de madeira apodrecida centralizado na cerca de arame farpado, havia uma pequena torneira, cujo cano fino, que ademais se erguia a bons quatro palmos de altura, só se mantinha firme por estar atado com fio de náilon a uma ripa fincada no chão. Era em torno dessa torneira que se achavam Vera, Ivone, Maria, João, Ronaldo e Vanderson quando Camila retornou da venda. Antes que a menina tivesse tempo de perguntar o que faziam aglomerados ali, entretanto, adivinhou a situação, porque os parentes tinham consigo uma porção de baldes e panelas grandes, enchendo um a um os recipientes com água.

— Tava demorando! — disse Camila, sentindo-se muito adulta pela sua capacidade de fazer esse comentário sóbrio, inclusive acertando o tom adotado pelas mulheres mais velhas da família em observações semelhantes; além disso, se havia pouco estivera agachada com os seus primos mais novos no chão do pátio, agora retornava da venda com as compras para o almoço de domingo, enquanto eles aproveitavam os baldes e panelas já cheios para jogarem pequenas quantidades de água uns nos outros, comparou ela, satisfeita em constatar a diferença.

— Tava demorando! — concordou Vera, movendo vigorosamente a cabeça.

Ao que parecia, foi apenas nesse momento que Ivone deu-se conta da brincadeira dos filhos e do sobrinho, pois de pronto arregalou os olhos e puxou o ar ruidosamente pela garganta, para em seguida ralhar:

— Vocês tão metendo as mão nos balde, suas imundície, depois de passar a manhã inteirinha mexendo com terra!

— Meu Pai Eterno, eu não acredito! — escandalizou-se Vera. — Olha só a cor dessas mão, Vanderson! E tu metendo essas mão na água que a gente depois vai beber!

— Puta merda, vamo ter que jogar essa água fora e encher os balde tudo de novo — impacientou-se Maria.

— Não, calma — disse Ivone, mostrando a palma da mão à irmã. — A gente pode separar esses balde que já tão cheio pra lavar roupa e tomar banho. Daí os próximo que a gente encher a gente usa pra cozinhar e pra beber. — Ato contínuo, dirigiu-se aos meninos: — E ai de vocês se meter as mão na água de novo, seus filho da puta!

O típico calor sufocante de Porto Alegre, que voltara a dar as caras na véspera, prosseguia hoje sem trégua, e embora Camila preferisse o verão ao inverno, não pôde evitar uma careta ao passar para dentro da casa de dona Helena e sentir como se entrasse num forno.

— Tá aqui, vó — anunciou a menina, largando as latas de salsicha e o pacote de macarrão sobre a mesa.

— Ah, escuta aqui, essa menina — precipitou-se a dizer a idosa; aparentemente estava apenas esperando a neta surgir para lhe pedir outro favor —, uma vez a tua mãe me disse que tu já ajuda na janta, lá na tua casa. Tu não quer me ajudar com o almoço hoje? A vó tá meio cansada.

— Claro, vó! — alegrou-se Camila, sentindo-se ainda mais adulta.

A comida não demorou a ficar pronta, e, quando isso aconteceu, a menina sugeriu levarem a mesa para a rua, por causa do calor. Dona Helena gostou da proposta, mas lembrou à neta que não havia sombras no pátio àquela hora, ao que Camila respondeu:

— A gente pode levar a mesa lá pra baixo da figueira.

De fato, saindo-se do terreno, que dava para o beco, e caminhando-se uns poucos passos à direita, em direção ao matagal, chegava-se a um espaço amplo, sob a sombra de uma figueira majestosa, o qual não pertencia a ninguém, sendo uma espécie de largo semicircular onde terminava a viela e iniciava aquele mar de árvores que se estendia por vários quilômetros, dali até a Hípica, interrompido apenas por uma ou outra sucessão de colinas descampadas. A princípio, dona Helena considerou a ideia de levar a mesa para fora do pátio demasiado inusitada, mirabolante; parando para pensar na questão como só as crianças e os idosos sabem fazer, todavia, surpreendeu-se, porque não lhe ocorria qualquer desvantagem. Acabou topando.

O móvel, contudo, era pesado; para carregá-lo até a sombra da figueira, Vera, Maria, Ivone e Lúcia tiveram que somar forças. Esta última, que no seu estado normal já não costumava ser lá muito doce, mostrava-se particularmente amarga, pois a água havia acabado sem que ela tivesse conseguido terminar de lavar as suas roupas. Enquanto ajudava no transporte da mesa, queixou-se:

— Não sei pra que essas invenção de moda!

O almoço, no entanto, transcorreu tranquilo, os ânimos gostosamente abrandados pela sombra da figueira e pelo ar fresco proveniente do matagal. Nem bem terminaram de comer, João, Ronaldo e Vanderson puseram-se em alvoroçada disputa para ver quem conseguia capturar o maior número de cigarras.

— Mas não é pra correr no sol — comandou Ivone. — Brinca aqui na sombrinha, bonitinho, que é pra não dar uma congestão em vocês.

Nada restou do macarrão com salsicha, e a panela foi empurrada para um canto, assim como os pratos e os talheres, liberando espaço para o pife. Nenhuma das mulheres à mesa sentiu falta da sobremesa ou do café, porque, ao mesmo tempo que todas se preparavam para o jogo de cartas, concentravam-se também na tentativa de solucionar um enigma: o sumiço de uma salsicha. Duas semanas antes, tinha sido um dos bifes de fígado a desaparecer no almoço de domingo; naquela ocasião, inclusive, Ivone e Maria acharam que dona Helena devia ter se enganado com o número de fatias. Agora, porém, que se constatava um novo extravio, a tese de engano por parte da matriarca perdia força, sobretudo porque desta vez não era ela, e sim Camila, quem alegava o desaparecimento da salsicha.

— Ah, não, mas a velha caduca deve ter se enganado, né? — ironizou dona Helena, triunfante. — E agora? Essa menina se enganou também, é isso?

— Ora, impossível não é — ponderou Maria, já distribuindo as cartas, após embaralhá-las. E, dirigindo-se à filha, perguntou: — Como tu tem tanta certeza que tava faltando uma salsicha, Camila? Tu contou as salsicha, por acaso?

— Pior que contei, mãe! — esclareceu a menina. — Eu já voltei da venda pensando se será que vinha a mesma quantidade de salsicha em cada lata. Quando a vó me convidou pra ajudar no almoço, a primeira coisa que eu fiz foi abrir as lata e contar as salsicha, pra tirar a dúvida. Foi por isso que depois, na hora de picar as salsicha, eu notei que tava faltando uma.

— Bom, pra *mim* nunca teve engano nenhum — lembrou Lúcia, ajeitando o seu leque de cartas. — Desde o começo eu disse que deve ter sido os gato da Nair. E na hora que eu pegar esses gato zanzando pelo pátio, não vai prestar.

Não ocorreu a ninguém elogiar Camila pela ideia de carregar a mesa até ali, mas a verdade é que o almoço e a jogatina mostraram-se mais prazerosos que de costume justamente por causa da sombra e do ar fresco. Foi só quando o sol começou a desaparecer por trás do matagal que Ivone, ao término da enésima rodada de pife, deu mostras de que seria a primeira a abandonar o jogo, comentando, depois de um longo suspiro:

— Hoje eu tenho que dar banho cedo no Jô e no Naldo, pra levar eles lá pro pai deles.

Vera, ciente de que a irmã não gostava de deixar os filhos com o ex-marido e só o fazia em último caso, estranhou:

— Ué!

— Não me diz que a Lúcia não te avisou?

— Poxa vida, eu me esqueci completamente! — mentiu Lúcia, ocultando a custo um largo sorriso.

— Não me avisou o quê, gente? — quis saber Vera, entre confusa e preocupada.

— A Lúcia arranjou uma faxina pra ir fazer amanhã, e a mãe tem que ir fazer a tomo. Tu não vai ter com quem deixar o Van, quando tu ir trabalhar.

— Ah, mas meu Pai Eterno! E agora, tchê, como é que eu vou fazer?

60

O espírito de Aroldo estava em festa desde a última quinta-feira. O pedido de desculpas de Vera, o reforço do convite para que ele fosse tomar café na casa dela, o carinho secreto que a mulher lhe fizera no braço com o polegar, em meio ao ônibus lotado: tudo isso o havia alçado a uma condição de felicidade jamais experimentada. E, atrelada a esse sentimento, tomara corpo, dentro do homem, uma autoconfiança também inédita; tanto que, quando a noite de domingo caiu, Aroldo lembrou-se da promessa que tinha feito a Margarete de conversar com Diego, o filho dela, para tentar meter-lhe algum juízo na cabeça, e se antes nem de longe sentia-se encorajado a encarar essa difícil missão, desta vez caminhou decidido até a casa da irmã, disposto a fazer o sobrinho sentar-se num canto e obrigá-lo a escutar as suas palavras, que de modo algum seriam moles. No interior da residência, entretanto, encontrou apenas Margarete, que a um só tempo preparava a janta e lavava a louça acumulada do almoço e do café da tarde, indo de um lado para outro da cozinha como um pequeno tornado.

— E o Diego? — perguntou Aroldo.

— E eu vou lá saber?

— Será que não tá no bar?

— Não tá. Agora há pouco eu gritei ele pela janela. Se tivesse no bar, tinha ouvido. Só se tá surdo.

Diego, todavia, não sofria de surdez, embora sofresse de câimbras. Fora só tarde da noite da véspera que ele e Davi, depois de serem abandonados na Farrapos por Pablo e caminharem durante várias horas até chegarem à Bento Gonçalves, pegaram um 398 PINHEIRO, passaram por baixo da catraca (com a autorização do cobrador), acomodaram-se lado a lado num par de assentos livres, desembarcaram na parada 11 da Lomba do Pinheiro, desceram a rua Guaíba e chegaram à vila sem nome em que viviam, onde por fim se despediram, exaustos, seguindo cada qual para a sua casa. Não se viam desde então. E Diego, quando chamado pela mãe, havia pouco, não tinha como ouvi-la, porque, distante dela, ia já pela metade do beco no qual morava Davi, à procura do amigo, queixando-se das crises de câimbras que durante o domingo inteiro atacaram as batatas das suas pernas, sempre quando o adolescente menos esperava, exatamente como tornava a acontecer naquele momento. Sentando-se no degrau superior da escadinha de entrada de uma das casas do beco, ele estendeu a perna atacada desta vez, esperando passar a dolorosa contração dos músculos da panturrilha.

— Caralho, cara!

O beco era estreito o suficiente para que a perna comprida do adolescente, esticada como estava, bloqueasse a passagem, de modo que Diego, com medo de dobrar o joelho para recolhê-la, o que podia agravar a dor, preferiu girar sobre as próprias nádegas para tirá-la do caminho, pois um vulto se aproximava na escuridão da viela. Foi só quando a pessoa já estava bem próxima que ele percebeu ser a avó do seu amigo.

— E o Davi, dona Delci?

— Não tá em casa — respondeu a idosa, sem se deter. Ia à venda, decerto, uma vez que empunhava a caderneta dos fiados.

— Aonde é que ele foi?

— Bará sabe.

Diego, que no dia anterior chegara a cogitar a possibilidade de afastar-se de Davi caso este um dia se assumisse gay, não podia imaginar que o amigo — desapontado como estava com o seu modo de pensar, com o seu modo de ser, e desapontado sobretudo com aquele convite horroroso para transar com Camila —, o amigo era quem, hoje, pela primeiríssima vez desde que se conheciam, não queria a sua companhia e passara o domingo todo a evitá-lo de propósito. Não fazia muito, inclusive, Davi estivera em casa; intuindo, contudo, que Diego sentiria a sua falta e viria procurá-lo, saíra porta afora, sem saber ao certo aonde ir. Assim, andando a esmo por lugares nos quais supunha que não o encontraria, fora parar à entrada da quadra da Mocidade Independente da Lomba do Pinheiro, e ali achava-se até agora, contemplando à distância as luzes do circo, imerso em meditações.

— Salve, meu mano!

Quem o cumprimentava era um certo Djonatan, conhecido como Djou, um rapaz que regulava de idade com ele, morador da Vila Serra Verde. E vê-lo naquele lugar constituía uma surpreendente coincidência, pois toda vez que Davi pensava a respeito do circo, lembrava-se justamente desse rapaz. Dias antes de os circenses chegarem e montarem acampamento no pátio da quadra da escola de samba, quando a notícia de que viriam não passava ainda de mero boato, Davi encontrara com Djonatan no Cambolão, onde ambos tinham ido assistir a uma partida de futebol do campeonato da Lomba do Pinheiro. Na ocasião, Djonatan comentara sobre a iminente chegada do circo, todo empolgado, porque, na sua opinião, era uma ótima oportunidade de "pegar um babilho": talvez os circenses precisassem de ajuda para montar o acampamento, e, assim que chegassem, ele estaria à espera, pronto para oferecer os seus serviços. Tal comentário provocara em Davi grande mal-estar. Em primeiro lugar porque, em vez de empolgar-se com a possibilidade de entretenimento, o amigo, ainda tão jovem, empolgava-se com a possibilidade de trabalho, coisa que por si só já conta uma história triste, pelo menos a espíritos atentos como o de Davi; em segundo lugar, e principalmente, porque, se por um lado Djonatan estava em risível conformidade ao injusto estado das coisas, por outro apresentava louvável honestidade, ao contrário de Davi, que, para "pegar um babilho", tinha começado a roubar carros em companhia de Diego, seguindo os passos que este dava havia já bem mais tempo.

61

— Sereno, Djou? Qual é o plano?

— Eu que te pergunto, sangue bom. Não vai entrar pra dar um bico?

— Pelado não dança, irmão. E tu? Conseguiu trampar com os cara, no fim? — quis saber Davi, indicando os circenses com o queixo, num movimento de cabeça.

— Claro! Ajudei a montar tudo isso daí que tu tá vendo. O problema é que os cara não me pagaro com dinheiro, tá ligado?

— E te pagaro como, então?

— Com um balaio de ingresso, pra eu ver a minha mão. Te liga aqui. — Djonatan retirou do bolso uma porção de bilhetes, tornando a guardá-los em seguida. — Daí é isso: eu fico por aqui pela entrada, tentando ver a minha mão, mas espiado pra caralho com os porco.

— Espiado por quê?

— Vai saber. Se eles me bota na parede e acha isso no meu bolso, vão achar que eu falsifiquei.

— Daí é só tu chamar os cara do circo, pra confirmar que os bagulho é quente, e que não é roubado nem nada.

— Tô ligado, tô ligado. O problema é que até eu provar que eu não sou cavalo, os porco já me fizero comer um tantão de capim, tu sabe como é que é. Mas aqui: se tu quiser entrar, te largo pifado, e depois, quando tu puder, tu me enxerga.

— Bah, pior que ia ser o ouro! — animou-se Davi de repente; não havia considerado essa ideia, que inesperadamente o agradava muito.

— Já é! — disse o outro, entregando-lhe um dos seus ingressos.

Espalhados pelo pátio da escola de samba, os trailers circenses compunham uma cidade em miniatura, pensou Davi, avançando por entre eles em direção à gigantesca tenda principal, armada mais adiante. Havia também barracas nas quais eram vendidos churros, pipoca, algodão-doce, balões em variados formatos e toda sorte de brinquedos. Este último pormenor levou o adolescente a olhar em volta, de pronto sentindo-se ridículo por estar ali: tudo ao redor parecia indicar que aquele não era lugar para um marmanjo da sua idade. Como que para reforçar essa impressão, uma gritaria infantil explodiu de súbito à aparição do palhaço, que tentara sair despercebido de um dos trailers, sem sucesso, e agora via-se obrigado a ocultar atrás de si o cigarro que até então fumava despreocupado, entrando no personagem de maneira antecipada, a evidente contragosto, para interagir com as crianças enlouquecidas, ao mesmo tempo que fugia delas, performando uma corrida cômica e seguindo para trás da tenda, onde devia haver uma entrada exclusiva para os participantes dos espetáculos.

A vergonha de Davi, no entanto, não durou muito, porque o fascínio, muito maior, o fez esquecê-la. Já sentado na cadeira mais próxima ao picadeiro que pudera encontrar, ia acompanhando um a um os números circenses, extasiado com as mágicas, com as acrobacias a cavalo, com as claves de fogo, com tudo. O palhaço era o único a realizar diversas apresentações, intercalando-se entre um espetáculo e outro, e uma delas em particular conduziu o adolescente às gargalhadas, ocasionando-lhe lágrimas e dores na barriga, de tanto que ria.

No número em questão, o palhaço, levando consigo um saco às costas por alguma razão que não ficou clara para Davi, chegava à casa de um amigo, cuja esposa era sonâmbula; esta, no seu sonambulismo, andava de olhos fechados pelo picadeiro, as mãos estendidas à frente, até que encontrava o palhaço, apalpando-o e tirando-lhe alguma coisa, como o relógio ou a carteira. A apresentação, basicamente, era uma sequência de repetições dessa mesma cena, a mulher sempre apossando-se de algo pertencente ao palhaço, que ia se desesperando mais e mais a cada coisa levada. Com exageradas caras e bocas, o palhaço sempre demonstrava ímpetos de acordar a mulher, mas o marido sempre o impedia, alegando que ela podia morrer caso despertada tão repentinamente e emendando, então, o seu bordão: "Um homem sem mulher não é nada". Na cena final, o palhaço, por fim, estava só de cueca — uma samba-canção propositalmente ridícula, de ursinhos —, pois a mulher lhe levara até mesmo as roupas, e a última coisa da qual ela se apossava era o saco trazido às costas por ele; mais uma vez o palhaço demonstrava ímpetos de acordá-la, e mais uma vez o marido o impedia, com a mesma alegação de que ela podia morrer e com o mesmo bordão: "Um homem sem mulher não é nada". E a apresentação terminava com o palhaço finalmente retrucando: "Mas um homem sem saco é o quê?".

É verdade que Davi tinha espírito atento, a ponto de perceber a tristeza implícita no fato de o amigo Djonatan, ainda tão jovem, alegrar-se mais com a possibilidade de trabalho do que com a possibilidade de entretenimento e inclusive estar, naquele exato instante, à entrada do circo, tentando vender ingressos para a próxima sessão; ainda assim, porém, Davi ria a não mais poder da apresentação do palhaço, pois mesmo um espírito atento como o seu falhava em notar o denominador comum entre o número anedótico e a mentalidade terrível que ele próprio identificara no seu grande amigo Diego. Tal mentalidade, longe de ser incomum, parecia permear o pensamento de todos sem que ninguém se desse conta, em maior ou menor grau, expressando-se até mesmo ali, num simples espetáculo infantil que, apesar de aparentemente inofensivo, no fundo era uma espécie de filhote da desgraça — a própria desgraça, só que em escala reduzida, assim como os trailers circenses não deixavam de ser uma cidade, ainda que em miniatura —, e se aquilo, naquelas proporções, podia provocar o riso, em outras proporções podia provocar a morte.

62

O número que mais impactou Davi, entretanto, foi a travessia da corda bamba. Erguida a mais de dez metros de altura e firmemente esticada de ponta a ponta no interior da tenda, a corda, ao que parecia, estivera ali o tempo todo, desde o início das apresentações, sem que ninguém se desse conta dela; o público inteiro, incluindo Davi, só foi percebê-la quando todas as luzes se apagaram e um único holofote pôs em destaque a incrível figura do equilibrista, que, em pé sobre uma minúscula plataforma presa a um dos pilares que sustentavam a tenda, encarava concentrado a corda estendida diante dele, como quem estuda o infinito.

Era um homem cuja força, tanto nos braços como nas pernas, podia-se adivinhar pelos músculos, e a segunda pele que cobria todo o seu corpo dava a impressão de que se apresentava nu. Parecia alheio a tudo, como se habitasse, naquele momento, um mundo particular, ao qual somente ele tinha acesso; Davi chegou a se perguntar se por acaso aquele homem podia ouvir a voz do apresentador a soar nos alto-falantes, anunciando o grande feito que ele se preparava para realizar, ou se tinha consciência da pesada apreensão que tomava conta de toda a plateia. Mas o equilibrista seguia a encarar a corda, como se nada mais existisse.

O adolescente, sem conseguir imaginar como o homem tinha ido parar lá em cima, e considerando que isso por si só já era digno de aplausos, achou que, quando ele finalmente se movesse, atravessaria a corda correndo, sem perda de tempo. Ao contrário, todavia, o equilibrista avançou devagar, sem pressa, sem medo, e quando estava já com os dois pés sobre a corda, os braços desdobrados um para cada lado, sem agarrarem-se em nada, foi como se os presentes se esforçassem mentalmente para ajudá-lo a manter o equilíbrio, com tamanha concentração que, se nos demais números todos propendiam sempre ao barulho, agora não produziam o menor ruído.

Aos poucos Davi foi percebendo que, não obstante o cenho franzido do equilibrista, este, longe de querer realizar o número às pressas, parecia nutrir grande prazer em demorar-se na sua apresentação, como se o seu contato com a corda fosse um encontro despreocupado entre amantes, como se houvesse entre os dois o mais alto grau de intimidade, como se ambos fossem uma coisa só. Aquilo, afinal, não parecia uma travessia, pensou o adolescente; era antes um abraço, uma dança, um carinho. Às vezes o homem andava para trás, como se quisesse retornar ao ponto de início; às vezes equilibrava-se num só pé e girava sobre o próprio eixo, à maneira de um bailarino; às vezes abaixava-se e levava a testa à corda, como se lamentasse não ser eterno aquele encontro; e a cada manobra assim o público produzia aplausos suaves, breves, quase imperceptíveis, para em seguida voltar a profundo silêncio.

Pouco antes de concluir a travessia, o equilibrista foi esticando lentamente um pé para a frente e o outro para trás, até que, de maneira impressionante, completou um espacate, as pernas abertas em rígidos cento e oitenta graus sobre a minúscula superfície da corda. Aquela era uma posição de despedida, interpretou Davi; era a última troca de carícias entre o homem e a corda; e era, sobretudo, uma promessa mútua, amorosa, de novo encontro em breve. O público, parecendo concordar com essa interpretação, pela primeira vez aplaudiu longa e vigorosamente, ao que o equilibrista, tornando a pôr-se em pé, por fim completou a travessia com um salto magnífico, do qual aterrissou com precisão mais de um metro adiante, numa plataforma idêntica àquela da qual tinha partido.

Cerca de meia hora depois, terminados os espetáculos todos, Davi fazia o caminho de volta através do pátio da quadra da escola de samba, movendo-se morosamente em meio à plateia que se dispersava ruidosa, quando viu de relance o equilibrista, sozinho no interior de um dos trailers. Sem coragem de se aproximar, mas sentindo-se magneticamente atraído por aquela extraordinária figura, o adolescente deslocou-se dois ou três passos para o lado, a fim de sair do caminho das pessoas, e deixou-se observar o homem, tentando imaginar o que lhe ia na alma. A porta do trailer estava apenas entreaberta, de modo que a fresta pela qual Davi espiava à distância não lhe permitia analisar os músculos do sujeito, que tanto o haviam impressionado; foi possível, contudo, perceber que ele fumava e que, a julgar pelo prazer com que tragava a fumaça e apertava os lábios logo em seguida, aquele cigarro devia ser de maconha.

De repente, o equilibrista percebeu a secreta contemplação de Davi, e este, num lampejo de inspiração, fingiu (talvez até para si mesmo) que espiava o homem por interesse na droga, prontamente unindo o polegar e o indicador diante da boca, à guisa de pedido para fumar. Em resposta, o sujeito acenou positivamente com a cabeça, ao que o adolescente por fim aproximou-se, abriu a porta do trailer e entrou.

— Fecha isso aí — pediu o equilibrista, a respiração presa produzindo uma voz gutural. — Se não daqui a pouco mais outro sente o cheiro do basebol, e depois mais outro e depois mais outro, e quando vê tem mais maconheiro do que maconha dentro desse trailer.

Davi sorriu, fechando a porta atrás de si.

63

Bastaram uns poucos segundos para que o adolescente se esquecesse por completo da razão pela qual fora parar dentro daquele trailer. Se antes, ao assistir à travessia da corda bamba, tivera a impressão de que o equilibrista estava momentaneamente isolado em um mundo particular, ao qual só ele tinha acesso, agora Davi sentia-se em alguma medida introduzido nesse universo íntimo, como se o interior do cubículo de certa forma representasse o próprio espírito do homem, e essa sensação congestionou os seus pensamentos.

— Ó — disse o equilibrista, oferecendo-lhe o cigarro de maconha.

— Ah, sim, valeu — agradeceu o adolescente, aceitando a droga e lembrando-se, apenas agora, de que estava ali para fumar.

— Como é que é o teu nome?
— Davi.
— Prazer, Davi. Eu sou o Jorge.
— Prazer.

Ao apertar a mão que lhe era estendida, Davi aproveitou para contemplar de perto, ainda que rápida e disfarçadamente, os músculos de Jorge, apesar dos quais o homem, longe de parecer bruto, tinha movimentos tranquilos, nos quais se podia intuir gentileza.

— Gostou da minha apresentação? — quis saber o equilibrista, traindo certa vaidade.

— Claro, muito foda a apresentação do senhor — elogiou o adolescente, com sinceridade e empolgação. — Aquilo que o senhor fez no final, esticando as perna e pá, porra!, eu não consigo fazer aquilo nem no chão normal, imagina fazer em cima duma corda!

Jorge sorriu, satisfeito.

— É só questão de equilíbrio — comentou, com modéstia pouco convincente.

— Hum! — fez Davi, pois a fumaça que naquele momento preenchia os seus pulmões impedia-o de falar; após expeli-la, explicou: — Mas aí é que tá o problema. Eu, quando tô andando na rua, sempre tento ir me equilibrando nos cordão, sem pisar nem na calçada nem no asfalto, mas nunca consigo. Não tenho equilíbrio nenhum! Muito menos depois de fumar um baseado — acrescentou, lembrando-se, com isso, de devolver o cigarro de maconha ao homem.

No exato instante em que a droga mudava de mãos, a porta do trailer se abriu subitamente e uma mulher de maquiagem pesada e colorida apareceu; era, o adolescente percebeu de imediato, a malabarista do número das claves de fogo. Parecia prestes a dizer qualquer coisa; ao ver o cigarro de maconha, entretanto, esqueceu-se de tudo, arregalando os olhos e escancarando a boca.

— Ah! Então é assim, Jorginho? Se escondendo pra não compartilhar o basebol?

— Longe de mim, Gi! A culpa é desse guri aí, que entrou e fechou a porta sem ninguém pedir.

Pego de surpresa pela brincadeira, Davi limitou-se a abrir os braços, encabulado, sem saber o que dizer.

A mulher passou para dentro, fechando a porta atrás de si e indo se sentar na cama, ao lado do equilibrista, sem qualquer cerimônia.

— Ah, viu só? Tu também fechou a porta! — observou Jorge.
— Egoísta!

— Se a farinha é pouca, meu filho, o meu pirão primeiro — riu a malabarista, tomando o cigarro de maconha da mão do homem. — E esse aí, quem é? — perguntou, referindo-se ao adolescente em pé diante dela.

— Esse aí é o Davi. Veio assistir a gente. E, claro, fumar o meu basebol.

— Giovana — apresentou-se ela, estendendo a mão para o adolescente. E, após o cumprimento, indagou: — Veio sozinho?

— Sozinho — confirmou Davi, balançando a cabeça. — Mas gostei tanto que quero vir de novo, e da próxima vez eu vou trazer a minha vó, pra ela ver.

— Tu mora com ela? — foi a pergunta do equilibrista.

— Sim. A minha vó é que me criou, porque a minha mãe morreu quando eu era pequeno. E o meu pai eu nunca nem conheci.

— Sorte a tua! — apressou-se a opinar Giovana. — Eu preferia não ter conhecido o cretino do meu pai, e dou graças a Deus que a minha filha não conhece nem quer conhecer o cretino do pai dela. Olha, *na melhor das hipóteses*, um pai é completamente inútil na vida duma pessoa. Pode acreditar, Davi: tu não perdeu nada não conhecendo o teu.

— Nadica, nadica! — concordou Jorge, com veemência. — O meu passou a vida inteirinha me chamando de "bicha". Não que eu não seja, né?, mas... — Interrompeu-se, rindo e fazendo rir os seus interlocutores, após o que completou: — Ai, ai, enfim. O meu pai era outro cretino.

Os três seguiram a conversar, o cigarro de maconha passando de mão em mão. Depois, já terminada a droga, quando o equilibrista e a malabarista levantaram-se da cama e disseram que precisavam se preparar para a próxima sessão, Davi despediu-se deles e pôs-se por fim a caminho de casa, com inesperada sensação de paz. Para um espírito ultimamente atormentado como o seu, era um bálsamo passar alguns instantes em companhia de pessoas que não lhe pareciam capazes de, de repente, encará-lo para perguntar "Não vai me dizer que tu é barrão?", ou "Tu faz amor pela saída da boia?", ou ainda "O teu prazer é com as mão na parede?".

 Mas bastou Davi chegar à entrada do pátio da escola de samba para ver o seu incipiente sossego já ameaçado: ali o esperava Diego, certamente informado por Djonatan quanto à sua presença no circo.

— Bah, mas que demora pra sair daí, meu bruxo — queixou-se o sobrinho de Aroldo, tão logo pôs os olhos no amigo. — Já faz um tempão que o resto das pessoa saiu, e tu só me aparece agora.

— Eu tava conversando com o pessoal do circo — explicou o neto de dona Delci.

— Mas conversando o quê, com essa tropa de esquisito?

— "Tropa de esquisito"? Tu conhece eles, por acaso?

— Não conheço nem quero conhecer. Mas outro dia eu fui naquela vendinha do lado da borracharia da Doze e tinha uns quantos deles ali: os cara parece tudo barrão e as mina parece tudo mais macho que eu. Tô te falando: os cara tudo maquiado e com as perna depilada, e as mina tudo com o sovaco peludo e os braço musculoso. Deus me defenda! Bizarrice da grossa!

— Tá, o que que tu quer comigo, Diego? Fala logo — disse Davi, perdendo a paciência.

— Então, mano, porra!, te procurei o dia inteirinho! Tu não vai acreditar no tamanho do pé quente que a gente deu, Davi! Tu não vai acreditar, tu não vai acreditar!

Diego, todo empolgação, dava soquinhos no braço de Davi; este, por sua vez, encarava-o de soslaio, entre a curiosidade e o receio.

— Que pé quente?

— Amanhã de tarde vai tá só a Camila lá no pátio dela. Só a Camila, mano! A mãe dela e as tias dela vão tudo trabalhar, os priminho pequeno dela também não vai tá nenhum deles lá, e a véia, a vó dela, vai fazer uns exame. Foi a Camila mesmo que me falou!

— Mano, mano, mano — atalhou Davi, enchendo-se de coragem. — Vou te dar bem a real: eu achei uma merda aquela tua ideia de nós... de nós... tá ligado? — Não conseguia sequer verbalizar a proposta que o amigo havia feito na noite anterior, tamanho horror lhe causava.

— Que ideia?

— Ah, aquilo que tu falou ontem.

— De nós comer a Camila de dupla?

— ...

— Mas aí é que tá a melhor parte: nós nem vamo precisar comer ela de dupla, sangue bom. Eu até tentei meter essa pilha, mas a Camila disse que só vai dar pra mim só. Daí, beleza, então eu joguei um verde, disse que ela tinha que arranjar uma amiga pra ti e pá. E ela arranjou, mano, ela arranjou! É aquela Vitória, que mora na Vilinha, tá ligado? As duas cabacinho, doidinha pra sentar na cobra! Olha só o tamanho do pé quente! E aí, qual vai ser? Vamo dale?

— Certamente — rendeu-se Davi, incapaz de opor mais resistência às forças que o engolfavam. — Aqui é o tata — acrescentou, batendo no peito, como era do seu costume, mas pela primeira vez sentindo-se um imenso tolo com aquele bordão.

À maneira de comemoração, Diego usou o braço esquerdo para aplicar uma inesperada gravata no amigo e, fechando a mão direita, pôs-se a esfregar os nós dos dedos no topo da sua cabeça, com força.

— Esse é o meu bruxo!

64

Toda vez que Lúcia cuidava de Vanderson, deparava-se com um pequeno dilema logo pela manhã: gostaria que o menino dormisse bastante, para que demorasse a vir atormentá-la com as suas intermináveis perguntas; sempre disposta a maltratá-lo, todavia, não achava ruim a ideia de acordá-lo bem cedo e submetê-lo à privação do sono. Procurando, então, um ponto de equilíbrio entre esses dois prazeres, terminava por ir chacoalhá-lo pelo ombro entre nove e dez da manhã, caso, claro, ele ainda não tivesse saltado da cama por iniciativa própria. E dado que Lúcia era uma eterna desempregada, de modo que Vanderson ficava aos seus cuidados com muita frequência para que Vera pudesse ir trabalhar — praticamente todos os dias, excluindo-se os sábados e os domingos —, o menino já estava acostumado a acordar, ou ser acordado, mais ou menos no referido horário; naquela segunda-feira, contudo, faltavam ainda vinte minutos para as sete da manhã quando Vera saiu do beco para a rua Guaíba trazendo no colo um Vanderson não à toa caindo de sono. Atrás deles vinha dona Helena, lambendo o polegar e usando-o para pentear as sobrancelhas do neto por cima do ombro da filha.

— Benza Deus! — reclamou Vera, largando a criança no chão assim que chegou ao ponto de ônibus em frente à praça da vila. — Esse olho do cu tá um chumbo!

— Ora, ora, ora, não fala assim do Vanzinho lindo da vó, tão bonitinho que ele é — sorriu a idosa, agora empenhada em desamarrotar com pequenos tapas as roupas nas quais o menino achava-se metido, que inclusive lhe ficavam um pouco grandes, pois pertenciam a Ronaldo, o filho mais novo de Ivone.

Fátima, Rose e Jurema, as companheiras de Dez Para as Sete de Vera, já estavam por ali, entre outros quinze ou vinte trabalhadores, e reagiram com ligeiro alvoroço à inédita presença de Vanderson no ponto de ônibus.

— Hum! Mas que gatão!
— Esse vai ser namorador!
— As guriazinha da Guaíba que se cuide!

O menino, no entanto, nem sequer parecia ouvi-las, os olhos sonolentos fitos no vazio.

— Vai levar a vovó no médico, que é pra vovó não ficar sozinha? — quis saber Rose.

Quem respondeu foi Vera:

— Ele vai levar é a mamãe no trabalho, que é pra mamãe não ficar sozinha.

— Ah, entendi, tu não tinha com quem deixar o saquinho de batata hoje.

— Pois é. Justo hoje que a mãe tem tomo lá no Clínicas, a Lúcia arranjou faxina pra fazer.

Como o Dez Para as Sete costumava chegar já bastante cheio, sendo portanto difícil locomover-se no seu interior, o plano de Vera a princípio era embarcar com Vanderson no colo, por receio de que sozinho o menino não conseguisse infiltrar-se na massa compacta de passageiros após a catraca; quando o veículo surgiu, porém, ela já tinha desistido dessa ideia, pois carregar o filho de casa até ali fora difícil o suficiente para que não lhe restassem dúvidas quanto à impraticabilidade de enfrentar a aglomeração do ônibus com ele no colo.

— É agora, filho, presta atenção! — alertou Vera, sacudindo Vanderson pelo braço para certificar-se de que estava bem desperto, quando a porta traseira do coletivo se abriu diante dela. — Passa por baixo da roleta, *mas sem arrastar a roupa do teu primo no chão*. E depois tu vai ter que dar um jeito de ir passando pra frente, pelo meio das pessoa, entendeu? É só ir pedindo licença.

O menino, entretanto, via as instruções da mãe como desafios divertidos, e, empolgado com eles, subitamente livre de qualquer traço de sono, não encontrou qualquer dificuldade para passar por baixo da catraca ou infiltrar-se na massa compacta de passageiros; ao contrário, ia já desaparecendo das vistas de Vera, o que a obrigou a contê-lo:

— Calma, filho, calma! Me espera aí!

Exatamente como havia acontecido na última ocasião em que dona Helena embarcara no Dez Para as Sete, também hoje Vera perguntou em alto e bom som se alguém sentado podia ceder o lugar para a sua mãe idosa, ignorando as teimas dela de que não havia necessidade. Depois de vê-la devidamente acomodada, cruzou a catraca e alcançou Vanderson, dando-lhe a mão e acompanhando-o aglomeração adentro, com medo de que os solavancos do ônibus o fizessem perder o equilíbrio e cair. Aline, uma vizinha moradora da Vila Viçosa que estava sentada num banco de corredor, notou toda a apreensão de Vera e levantou-se solícita.

— Aqui, aqui, senta aqui.

— Ah, Aline, muito obrigada! — agradeceu Vera, ocupando o lugar e pondo Vanderson sentado sobre as suas pernas.

— E esse galã de novela aí, Vera, quem é? — perguntou outro vizinho, este morador da Vila Nova São Carlos, que estava em pé um pouco mais adiante.

— Olha ali, filho, o moço falando contigo.

— O meu nome é Vanderson. Mas a minha mãe me chama de Meu Pimpolho e a minha vó me chama de Vanzinho Lindo da Vó Tão Bonitinho que Ele É.

Ato contínuo, as pessoas em volta entoaram, em uníssono, um sonoro "Ohhhhh!", que reverberou pelo ônibus inteiro.

65

O matagal no qual iam terminar alguns dos becos da rua Guaíba, incluindo o Beco da Dona Helena, era o mesmo que, no sopé da Vila Viçosa, margeava o campo de futebol e a Escola Thereza Noronha de Carvalho, parecendo sempre pronto a invadi-los ao menor período de descuido; no alto da Vila Nova São Carlos, todavia, o paredão de árvores remanescentes da Mata Atlântica terminava bruscamente, como se por perda de forças, e dava lugar a uma minúscula propriedade agrícola, onde não havia mais do que uma choupana, meia dúzia de vacas e uma modesta plantação de bergamotas. Ali vivia Zé do Brejo, como era chamada, à sua revelia, a solitária figura vista de vez em quando a cuidar daquele chão; ninguém jamais soube dizer o verdadeiro nome do sujeito, nem se habitava a fazendola na qualidade de dono ou de administrador.

Um trecho da cerca leste da propriedade apresentava-se em péssimas condições, em parte por ação natural das intempéries, em parte porque os meninos das vilas daquela região da Lomba do Pinheiro costumavam invadir o sítio exatamente por ali, sobretudo no inverno, e não contentes em surrupiar as bergamotas para preparar caipirinhas, pareciam encontrar um misterioso prazer em afrouxar, Deus sabia como, os fios de arame farpado e os mourões de guajuvira. Então, após meses e meses vendo à distância aquele trecho deteriorado da cerca assim que abria a porta da sua choupana, sempre experimentando profundo desgosto, Zé do Brejo por fim parara de arranjar desculpas para adiar a inevitável empreitada de reparação e resolvera dar início a esses trabalhos; hoje, nem bem o sol nascera, antes ainda das seis da manhã, ali estava ele, metendo a marteladas pedregulhos e estacas nas folgas dos buracos dos mourões, a fim de firmá-los; agora, terminada essa primeira etapa, vinha esticando um a um os fios de arame farpado, cada centímetro das suas roupas já ensopado de suor. Como de hábito, trabalhava murmurando, sem melodia ou ritmo, a letra de um vanerão:

— O véio, quando enlouquece, dá de relho e de facão. Passa dez dia na farra, meta canha e vanerão. Quando o véio desatina, não governa mais a ideia. Pra acalmar a situação, é só chamando a mãe véia.

Martelou o cabo da chave de fenda, fazendo a ponta arrancar uma lasca do mourão e entrar debaixo do grampo enferrujado, afrouxando-o um pouco.

— Fiasquento solto das pata, bebeu todo o garrafão. Ameaçou tirar as bombacha e revelar todo o bundão. Meteu a mão com a morena, era filha do patrão. Atorou o fole da gaita e mijou no fogo de chão.

Tornou a usar o martelo, agora para fixar um novo grampo, lado a lado com o antigo, e, com a torquês, esticou o fio de arame farpado.

— Mandemo benzer o papai, como último recurso. Manemo no pé da cama, pro véio não corta os purso. Ele é louco e bebe um pouco, destrambelha da veneta. Depois que ele bate o pino, nem metendo um tarja preta.

Martelou ambos os grampos, de modo a prender o arame, mantendo-o permanentemente esticado no segmento entre aquele mourão e o anterior.

— Louco, louco, louco, louco, chama a mãe, que o pai tá louco! Louco, louco, louco, louco, o pai é louco e bebe um pouco!

Deslizou a mão pela testa, enxugando o suor, e verificou, animado, o pouco trabalho faltante: agora era só esticar os segmentos de arame entre aquele mourão e o próximo, dois metros adiante, pois o vultoso arbusto debaixo do qual enfiavam-se os últimos palmos da cerca marcava não só o fim dela, mas também o começo do alambrado que protegia os fundos da Escola Afonso Guerreiro Lima, o qual, evidentemente, não era da sua responsabilidade e, ademais, não necessitava de reparos. Carregou a caixa de ferramentas até o próximo mourão, embrenhando-se no arbusto com certa dificuldade. Foi então, quando já se preparava para trabalhar, que ouviu uma voz de menina:

— Ah, mas que demora, hein?

E logo outra voz, igualmente jovem e feminina, respondeu:
— Tá, tá, tá, eu tô aqui, não tô?

Eram, claro, duas alunas do Guerreiro, e o fato de terem escolhido o ponto mais ao fundo do pátio da escola para conversar, junto ao alambrado, prontamente intrigou Zé do Brejo. Àquela hora da manhã — recém aberto o portão da escola, as primeiras aulas já prestes a começar —, os estudantes não costumavam dar as caras por ali. O assunto das meninas devia ser sigiloso, imaginou ele, apurando a audição para seguir ouvindo a conversa.

— Tudo certo pra hoje?
— Tudo certo.
— Ótimo, então.
— Mas me diz uma coisa... Tu vai dar pro Diego?
— Claro que não! Tá louca? Vai ser só uns beijo e mais nada. Imagina! A minha mãe tá de olho em mim. Outro dia ela até perguntou se eu ainda era virgem.
— É, eu também não vou dar pro Davi. É só uns beijo mesmo. Maravilha. E que horas a tua vó chega? Quanto tempo a gente tem?
— Bom, da última vez, a vó chegou de volta do hospital era quatro da tarde. Eu acho que, pra garantir, é melhor a gente ficar com eles só até as duas. O que tu acha?

— É... Da uma às duas é uma hora. É um tempo bom.

— Por que da uma às duas? Nós vamo chegar lá na minha casa antes da uma.

— "Nós" vírgula. Se tu quer ir correndo beijar aqueles pau no cu, vai sozinha, então. Eu vou almoçar aqui no colégio bem descansada primeiro. Depois eu vou.

— Ah, é verdade! Eu tinha esquecido do almoço...

As vozes já se afastavam. Com um leve sorriso no rosto, Zé do Brejo se perguntava se os meninos dos quais elas falavam por acaso teriam a mesma intenção de não ultrapassar a fronteira dos beijos. E concluindo que isso era pouco provável, abanou a cabeça.

— Deus ajude essas chinoquinha — suspirou, voltando ao trabalho.

66

Como Vera tinha conseguido assento logo após embarcar no ônibus, Fátima, Rose e Jurema vieram se posicionar próximas a ela, para que pudessem conversar. Lá pela metade da viagem, o lugar ao lado de Vera foi desocupado, e Fátima sentou-se ali; a essa altura, Vanderson, já cansado de contemplar a paisagem pela janela e mais uma vez sentindo o sono a amolecê-lo dos pés à cabeça, voltava a dormitar.

— Oh! — gemeu Fátima, fazendo uma expressão de dó, ainda que ao mesmo tempo sorrisse. — Tadinho, Vera, tá cochilando!

— Pois é — disse Vera, esticando um pouco o pescoço para tentar ver o rosto do filho, cuja moleza do corpo ela já podia sentir, quase como se o tornasse mais pesado sobre as suas pernas. — Ele não tá acostumado a acordar cedo assim. Quando ele fica com a Lúcia, ele vai acordar é lá pelas dez hora da manhã. Eu só espero que, chegando lá no serviço, esse pentelho não... — Interrompeu-se de súbito, notando que o rosto da amiga transformava-se. — O que que foi, Fátima?

Inquieta, Fátima cabeceou discretamente e fez pequenos gestos com as sobrancelhas, mas Vera, não entendendo nada, obrigou-a a sussurrar pelo canto da boca:

— Em pé, ali adiante, tá vendo?... De camisa laranja... Tá vendo?... É o nojento que esfregou o tico em mim...

Quando Vera por fim compreendeu a situação, foi instantaneamente contagiada pela inquietação da amiga. E, olhando de maneira disfarçada na direção que Fátima tinha indicado, sentiu o coração disparar, pois com efeito viu, no meio da massa compacta de passageiros, parte de um torso inconfundivelmente masculino metido numa regata laranja. O que mais a assustou, contudo, não foi a simples presença do sujeito logo ali, a dois ou três passos dela, e sim o fato de que, conforme o ônibus sacolejava e as pessoas se mexiam, vez ou outra era possível vislumbrar o rosto barbudo e perceber que o homem ora olhava para baixo, como se observasse o próprio pênis, ora espiava ao redor, como se procurasse certificar-se de que ninguém se dava conta do que fazia.

Enquanto isso, Vanderson sonhava com o seu sítio arqueológico, que já não era mais aquele mero buraco nos fundos do pátio da família promovido apenas por ele, e sim um vasto empreendimento estabelecido em terras estrangeiras, onde trabalhavam centenas e centenas de pessoas. De uma hora para outra, no entanto, uma grande agitação tomou conta de todos, e o menino, largando uma tarefa qualquer que até então desempenhava isolado no recôndito de uma reentrância da escavação, foi correndo verificar o que se passava. Ao encontrar a multidão, percebeu que alguém tinha feito um achado deveras espantoso: após milênios e milênios esquecido debaixo do solo, um homem, *ainda vivo*, fora parcialmente desenterrado, e agora lutava para terminar de desprender-se do chão por iniciativa própria. Ao redor dele, porém, os trabalhadores, longe de parecerem felizes com o achado, xingavam a plenos pulmões aquele fóssil vivo, e qual não foi a surpresa de Vanderson ao perceber que, no meio da turba, achava-se a sua mãe.

— Pega o tarado! — gritava Vera, apontando o dedo. — Olha ali, tá com o tico de fora! Tarado! Sem-vergonha!

O menino acordou, assustado, e para o seu completo pânico, a realidade não se mostrava muito diferente do sonho.

— Toma isso aqui, tarado filho da puta!
— Tem que dar é na cara, dá na cara desse sem-vergonha!

— Tarado! Homem nojento!
— Bate mais, mata, mata, tem que matar!

Em meio à profusão de vozes alteradas, Vanderson, sentindo o seu coraçãozinho bater com inéditas força e rapidez, não sabia para onde direcionar o olhar repleto de medo; virando-se de lado sobre as pernas da mãe, encolheu-se todo e enfiou o rosto debaixo do sovaco dela, na esperança de proteger-se daquela situação para ele incompreensível e, não obstante, aparentemente perigosa; nessa nova posição, ficou com metade do rosto colado ao corpo de Vera e, portanto, com apenas um dos olhos de fora; e foi com esse olho que o menino viu a amiga da mãe, sentada bem ao lado, chorando descontroladamente, o que o levou a chorar também. Apesar das lágrimas, entretanto, Fátima não deixava de contribuir para encorpar a gritaria:

— Outro dia foi comigo, ele se esfregou em mim, esse tarado!

Após vários minutos de tumulto, o ônibus por fim parou em frente à praça Jayme Telles e abriu a porta frontal, por onde o homem da regata laranja, desfalecido e babando uma mistura de saliva e sangue, foi jogado para fora como um saco de lixo; tornando, então, a fechar a porta, o coletivo seguiu viagem como se nada tivesse acontecido, o cano de escape a expelir furioso uma densa nuvem de fumaça preta.

67

Foi só depois, quando já tinha desembarcado do ônibus e fazia a sua habitual caminhada de quase uma hora inteira entre o Monumento aos Açorianos e o condomínio onde trabalhava, que Vera, muito preocupada, parou para pensar nas eventuais consequências de haver denunciado, aos gritos, o homem da regata laranja. Com toda a certeza o sujeito nunca mais embarcaria no Dez Para as Sete; mas como seria se ele um dia resolvesse seguir o ônibus, na carona de um carro, por exemplo, para descobrir onde ela desembarcava e então pegá-la sozinha e desprevenida? Para Vera, de todo concentrada nas vivas cores de terror que tomavam conta dos seus pensamentos, era impossível perceber o grau de improbabilidade daquela fantasia; ao contrário, parecia-lhe que os seus piores receios tinham chances de se concretizar imediatamente após concebidos.

— Ai, ai... — gemeu ela, colocando Vanderson no chão. — Caminha um pouquinho, filho.

Assim ia indo, ora cansando-se de carregar o menino e lhe pedindo que andasse, ora temendo se atrasar por causa dos seus passinhos curtos e tornando a içá-lo ao colo. Era só então que tomava consciência dele, esquecendo-se por instantes do homem da regata laranja e de tudo que ele supostamente seria capaz.

— Tá com fome?

Vanderson fez que sim com a cabeça.

— Quando a gente chegar lá eu vou te dar alguma coisa pra comer. Tá bom?

Nesse momento, alguém buzinou em algum lugar, ao que o menino prontamente interrompeu a marcha, agarrando-se nas pernas da mãe e olhando ao redor com os olhos arregalados. Vera sentiu o coração encolhido. Se ela própria, mulher-feita, até agora não conseguia esquecer-se do tumulto no ônibus, imaginou que Vanderson, mal saído das fraldas, devia estar ainda mais impressionado.

— Ei! Tá tudo bem, meu pimpolho, tá tudo bem. Ouviu? Tá tudo bem, ninguém vai fazer mal. Tá tudo bem.

Passou o resto da caminhada tentando tranquilizá-lo, sem sequer suspeitar minimamente de que as suas palavras surtiam no menino um efeito quase oposto ao desejado. Pois Vanderson, que experimentava a vida com a impressão permanente de que havia muitos mundos, um a envolver o outro como as camadas de uma cebola, não se lembrava de alguma vez ter visitado um mundo tão medonho quanto aquele em que tinha ido parar, e a vaga noção que podia deduzir daquele repetitivo "tá tudo bem, tá tudo bem" era a de que as coisas por ali deviam ser assim mesmo: confusões como a testemunhada havia pouco deviam acontecer todos os dias nos ônibus e nos lugares distantes para onde eles levavam; quanto mais Vera afirmava estar tudo bem, mais o coitado temia que a qualquer momento algo ruim de repente se manifestasse.

E foi, talvez, por estar assim, assustadiço, que Vanderson percebeu uma ameaça real, da qual Vera não pôde se dar conta. Após o estalo metálico que destravava o portão gradeado do condomínio, mãe e filho passaram para o suntuoso jardim, onde ela ficou de cócoras junto a ele, para ajeitar-lhe a gola da camisa, sem notar que Marcelo saíra da guarita e aproximava-se com passos truculentos. Vendo, todavia, que o menino se assustava com algo atrás dela, Vera iniciou o movimento de virar o pescoço, mas já era tarde: plantando a sola do sapato nas costas da mulher e pedalando com violência, Marcelo fez com que ela caísse por cima da criança.

— Ah! Mas o que que é isso?! Tá louco?!

Se o porteiro estava louco ou não, de qualquer modo seria impossível encontrar diferenças entre ele e alguém que estivesse.

— "*Jairo?* Que Jairo?" — urrou, transtornado, borrifando saliva para todo lado. — Tu acabou com a minha vida, sabia?! Acabou com a minha paz, acabou com a minha vida! Ah, é claro que não tá nem aí, né?! Mas agora tu vai ver o que que é bom!

Nem bem a faxineira terminava de pôr-se em pé, com uma careta de dor por causa dos cotovelos esfolados no choque com o chão, Marcelo esticou os braços peludos, agarrando o seu pescoço fino com as duas mãos e empurrando-a para trás até que ela batesse com as costas no portão.

— E agora, vagabunda?! Hein?!

Vera não conseguia respirar, muito menos gritar por socorro, e sentia como se os seus olhos estivessem prestes a saltar das órbitas, tamanha a força com que Marcelo a estrangulava. E o porteiro, naquele estado de espírito de besta, nem sequer tomava conhecimento de que o pequeno Vanderson, berreiro aberto a chorar, puxava-o pela calça do uniforme, tentando inutilmente detê-lo.

— "*Jairo?* Que Jairo?" — repetiu Marcelo, parecendo buscar nesse mantra ainda mais força para apertar o pescoço de Vera.

68

Voltando da parada 16 da Lomba do Pinheiro, onde se encontrava a única farmácia num raio de dezenas de quilômetros, Davi maldizia os pedregulhos da estreita calçada da estrada João de Oliveira Remião, que por cinco ou seis vezes já tinham feito um ou outro dos seus pés suados deslizar no chinelo de modo a arrancar a ponta frontal da tira, obrigando-o a interromper a caminhada, abaixar-se e pegar o calçado para tornar a enfiar a cabeça de borracha no buraco. Não bastasse isso, de quando em quando o neto de dona Delci dava o azar de pisar em cheio num ou noutro pedregulho mais pontudo, e a dor que então sentia na sola do pé atingido, supunha, não devia ser muito diferente da que sentiria caso andasse descalço. Quando passou em frente ao ferro-velho da parada 13-A, fazendo uma careta e soltando um gemido, contudo, desse jeito queixava-se já de outra coisa: expostos ao sol forte daquele início de tarde, os seus ombros ardiam.

Entrou na rua Orquídea, contemplando dali, do alto da Vila Viçosa, o modo como a miragem distorcia o matagal lá embaixo, fazendo-o parecer envolto em labaredas invisíveis. Àquela hora, Diego já devia estar a esperá-lo em meio àquelas árvores, imaginou sem conseguir evitar um estalo de língua e um abano de cabeça. A ligeira irritação, no entanto, era consigo mesmo. Dava-se conta de que tinha topado acompanhar o amigo naquele encontro de casais mais para evitar decepcioná-lo do que por qualquer outro motivo, e mal conseguia acreditar que fora capaz de tão tola complacência.

Ainda pensava nisso quando alcançou a curva fechada na qual a rua Magnólia se transformava em rua Açucena, em frente à Escola Thereza Noronha de Carvalho; naquele ponto, porém, abandonou a via de terra e invadiu o matagal pela trilha que despontava ao lado do colégio, surpreendendo-se com a refrescância do ar no interior da vegetação. Não demorou a encontrar Diego, escorado no tronco de um monjoleiro, visivelmente mal-humorado.

— Puta que me pariu, Davi! — precipitou-se a reclamar o sobrinho de Aroldo. — Eu já tava achando que tu não vinha, cara!

— É que eu fui lá na Dezesseis comprar isso daqui — explicou Davi, tirando do bolso uma pequena cartela de preservativos.

Esquecendo-se imediatamente do próprio mau humor, Diego desatou a rir gostosamente.

— Inacreditável, inacreditável!

O neto de dona Delci tornou a meter as camisinhas no bolso, constrangido.

— Qual é a graça, mano?

— A graça é tu, sangue bom, fazendo questão de ir lá na casa do caralho, e ainda por cima gastar dinheiro, tudo isso pra comprar um pedaço de borracha que vai fazer a tua foda perder metade da graça. Mas, né?, cada um, cada um. Quer vestir o bicho? Veste. *Eu* vou comer a Camila no pelo. — Dando as costas a Davi, o sobrinho de Aroldo pôs-se a andar pela trilha enquanto falava. — E tem outra coisa, mané: era só tu ir ali no postinho da Viçosa e pedir, que eles te davam isso daí de graça.

— *De graça?* — duvidou Davi, indo atrás do amigo.

— Claro. Já faz dois ou três ano que tão distribuindo isso aí. Só tu não sabia. — E, após um momento, Diego mudou de assunto, comentando: — O que que o cara não faz por uma buceta, né, meu?

Era por exigência de Camila que a dupla tomava o caminho menos usual possível para ir à sua casa: através daquele mar de árvores. Ciente de que os seus vizinhos estavam sempre muito atentos à vida alheia, a menina achava que não lhes passaria despercebida a circunstância de não haver no pátio ninguém além dela, e se dois rapazes percorressem o beco inteiro, do início ao fim, à vista de todos, para irem visitá-la na sua casa, pouco depois de ela própria ter chegado da escola acompanhada de uma amiga, isso seria facilitar demais o trabalho dos fofoqueiros. Como Davi e Diego chegariam ao fundo da viela pelo matagal, entretanto, ninguém teria a chance de vê-los entrar no pátio, muito menos na casa de Camila.

— E agora? — perguntou Diego, estacando num ponto onde a trilha se bifurcava.

— O nosso caminho é pra esquerda — disse Davi, dando um tapa no pescoço para espantar uma mutuca.

— Mas pra esquerda não vai dar lá no Zé do Brejo?

— Vai. Só que, antes de chegar lá, a gente entra noutra trilha, à direita, e essa outra trilha é a que vai dar no fundo do Beco da Dona Helena.

— Tem certeza?

— Tenho. Eu sei onde a gente tá. Inclusive, se a gente entrar à esquerda agora e depois à esquerda de novo, aí adiante, saímo na sanga. É por isso essas porra dessas mutuca. Elas gosta de água.

— Tá, e se a gente entrar à direita aqui, vamo parar onde? — quis saber Diego, sem muita confiança nos conhecimentos do amigo, apesar de Davi responder sempre com segurança.

— Pra direita? Depende. Se a gente entrar à direita aqui e seguir sempre reto, vamo parar no campo; mas se a gente entrar à direita aqui e depois entrar à esquerda, daí saímo no fundo do meu beco.

Por fim, satisfeito com as explicações, o sobrinho de Aroldo tomou a trilha da esquerda, seguido de perto por Davi. E, com efeito, os caminhos indicados pelo neto de dona Delci não demoraram a fazer com que a dupla visse surgir à sua frente o vasto brilho do dia, fragmentado por folhas, cipós, galhos e troncos, mas ainda assim ofuscante aos seus olhos já habituados à sombra profunda do interior do matagal. A última trilha, depois de descer bruscamente e fazer uma curva acentuada à esquerda, terminava na majestosa figueira debaixo da qual a família de Camila tinha almoçado e passado a tarde da véspera. Diego, dali já podendo vislumbrar a casa da menina, sentiu o coração bater mais rápido, estimulado pela consciência de que se avizinhava o tão esperado momento da prática sexual, e apressou-se a pular as grossas raízes da árvore, esquecido de tudo, parecendo um cão maluco que vê um gato passar e prontamente sai a persegui-lo; Davi correu no encalço do amigo, também com o coração acelerado; longe de empolgação, todavia, o que sentia era medo.

69

Pela primeira vez em muitos anos de trabalho, Marcelo ainda não tinha comido nada até agora, já passada a hora em que costumava almoçar. Sem a mínima fome, mantinha-se imóvel, sentado na cadeira de rodinhas, os braços cruzados, o corpanzil a lembrar um touro. Em contraste com sua rigidez física, contudo, a sua alma parecia bastante agitada, a julgar pelo modo como os seus olhos, voltados para os coqueiros da avenida Getúlio Vargas, faziam movimentos curtos e frenéticos, dando a impressão de que se empenhavam em lhes contar as folhas em tempo recorde, muito embora na verdade nem sequer os vissem.

Mas a falta de fome não era o único motivo pelo qual o porteiro não se alimentava. Na noite da véspera, quando chegara a hora de jantar e ele se dera conta de que não havia nem comida feita, nem comida por fazer, nem alguém que a fizesse, eis que, numa tentativa comovente de convencer a si mesmo de que podia se virar sem a esposa, lá tinha ido Marcelo ao mercadinho para comprar pão e mortadela. Jantara isso. Esquecera-se, contudo, de guardar parte da refeição para trazer ao trabalho na manhã de hoje, e quando atinara com a marmita vazia, o mercadinho já havia fechado. Aventurara-se, então, no boteco, onde tudo o que conseguira arranjar tinha sido alguns ovos em conserva para lá de duvidosos. E eram esses ovos que jaziam até agora no fundo da mochila de Marcelo, retirados da conserva e colocados na marmita havia muitas horas, fadados a estragar por completo em consequência do calor excessivo, sem serem tocados e muito menos comidos, pois já no ato da compra o homem sabia perfeitamente que, quando chegasse o momento de enfrentá-los, não teria coragem de pô-los na boca.

Além do jejum de Marcelo, outra coisa inédita a acontecer nesse dia foi que Charles, o mais desagradável entre ambos os seus supervisores, apareceu e encontrou-o devidamente quieto dentro da guarita, em vez de zanzando pelas dependências do condomínio. O porteiro viu o chefe passar pelo portão gradeado e cruzar o jardim, tirando os óculos escuros do rosto e colocando-os na gola da camisa, assim como também percebeu, claro, a entrada dele na guarita pela porta bem ao seu lado; comportou-se, no entanto, como se não tivesse se dado conta de nada disso, conservando-se mudo e teso, sem sequer olhá-lo.

— Tá, e aí? — disse Charles após um momento, desistindo de esperar que Marcelo tomasse a iniciativa.

— Nada a relatar — foi a resposta do funcionário.

— Ah, é?

— É.

— Não foi o que disse o morador que ligou lá pra firma.

— ...

— O que ele disse foi que tu tava estrangulando uma faxineira do prédio, de manhã cedo, e que ia terminar matando a mulher se ele não tivesse se metido e feito tu largar ela.

— Que exagero — suspirou Marcelo, abanando a cabeça.

— Bom, se o morador tava exagerando, então me conta *tu* o que que foi, como que foi, por que que foi.

— Foi só um susto, Charles. Só isso. Tu nem precisava te dar ao trabalho de tá aqui. Aquela mulher foi zombando de mim, foi zombando, foi zombando, foi me tirando pra bobo, até eu não aguentar mais. E... Enfim, eu não podia deixar por isso mesmo. Mas foi só isso. Foi só um susto, pra ela aprender que eu não tolero malcriação.

— Esses dias, Marcelo, eu te disse que não comendo ninguém aqui nas dependência do prédio, quem tu come ou deixa de comer lá fora não é problema meu. Bom, eu achei que tu era inteligente o bastante pra entender sozinho, sem eu ter que explicar, que aquela restrição também valia pra... sabe?... discussão, escândalo, briga... *estrangulamento*...

O porteiro, por fim, encarou o supervisor, dizendo:

— Eu errei. Tá bom? Era isso que tu queria ouvir? Eu errei.

Eis aí uma terceira coisa sem precedentes. Marcelo, sempre pronto a demonstrar a insolência comum a qualquer funcionário com tantos anos de casa quanto ele toda vez que Charles aparecia para admoestá-lo, jamais havia reconhecido um mau comportamento, por menor que fosse. E bastou que fizesse isso agora para que o chefe, cruzando os braços e apoiando as nádegas na mesa, passasse a lhe falar noutro tom, menos de repreenda do que de cumplicidade:

— Como que tu me estrangula a faxineira aqui dentro, homem?

— É. Eu devia ter pegado ela na rua.

— Claro! E de preferência bem longe daqui!

— Não vai se repetir.

— Eu sei que não vai. Tu perdeu a cabeça. Acontece. Paciência. Eu tô vendo que tu tá arrependido. O problema é que a gente vai ser obrigado a tomar uma atitude.

— Tomar uma atitude? — alarmou-se Marcelo.

— Claro, tchê! Tu achou o quê? Por acaso tu achou que podia simplesmente estrangular uma mulher bem ali, naquele portão, em horário de serviço, e que ia ficar por isso mesmo?

— E que tipo de atitude vocês vão tomar?

— Bom, o meu sogro mandou eu vir aqui ficar o resto do dia no teu lugar hoje. — Vendo que o funcionário já abria a boca para protestar, Charles adiantou-se: — Não, não, não, nem adianta chiar, Marcelo, nem adianta chiar. Pode arrumar as tuas coisa e ir pra casa. E depois de amanhã, tu não vem pra cá. Tu vai lá pra sede da firma. Lá a gente te informa o teu novo posto. Aqui tu não vai poder trabalhar mais.

70

— Era só o que me faltava, os cara vir de lá de Farroupilha meter o terror aqui em Porto Alegre. Isso é a mesma coisa que o poste mijar no cachorro.

Metido numa camisa do Grêmio coberta de sangue, a voz amolecida por pesada ingestão de álcool, os olhos fitos no nada, o homem sentado ao lado de Vera na sala de espera da Delegacia de Pronto Atendimento do Palácio da Polícia falava sozinho, embora pronunciasse as palavras em bom volume, às vezes beirando o grito. Vanderson, sentado no colo da mãe, não conseguia parar de encarar o sujeito, impressionado com o corte na sua testa e com o seu olho roxo e inchado.

— Para de olhar, filho, a mãe já disse! — repreendeu-o Vera, com um sussurro.

— Não foi dois nem três: foi uns cinco — prosseguiu o gremista bêbado, abrindo os dedos da mão para ilustrar a quantidade. — Cinco! Tudo com aquela camisa bosta do Brasil. E eu sozinho, cagado de bêbado na Cidade Baixa. Daí é fácil. Tomaram um arrodião ontem no Olímpico e viero descontar em mim. Mas tá tudo certo, pelo Grêmio eu até derramo sangue! — Puxou a camisa e deu um beijo no escudo do time; em seguida, pela primeira vez parecendo se dar conta de que estava em uma sala repleta de gente, desdobrou os braços em gestos de incentivo, tentando fazer com que o acompanhassem em coro: — Até a pé nós iremos, para o que der e vier...

Só passou despercebido porque não era o único a falar e a fazer barulho: aqui e ali homens e mulheres reclamavam da demora no atendimento, ou choravam espalhafatosamente, ou faziam ameaças a figuras ausentes, ou gargalhavam por algum motivo, ou pediam informações aos berros; mesmo os policiais que iam e vinham trocavam palavras aos gritos, a fim de escutarem-se à distância, às vezes conversando a respeito de algum dos muitos flagrantes lavrados naquela delegacia, às vezes apenas comentando sobre o almoço ou sobre o calor. Quanto mais tempo Vera permanecia ali, mais arrependia-se de ali permanecer, embora crescesse também, na mesma medida, a firmeza do seu propósito de ser atendida custasse o que custasse, depois de tanta e tão desagradável espera.

De repente, uma grave voz masculina trovejou, alteando-se sobre a barulheira que tomava conta da sala:

— Ficha setecentos e quarenta e três!

— Vamo lá, Vanderson — disse Vera, colocando o filho no chão e levantando-se.

O escrivão era um homem atarracado, cujo mau humor se adivinhava em cada gesto, e pareceu particularmente aborrecido ao perceber que a mulher, sentando-se diante dele, trazia consigo o filho. Soltou um longo suspiro e, enfiando o polegar e o indicador por baixo dos óculos, espremeu os olhos por um momento, num gesto de cansaço.

— E então, senhora, o que que houve? — perguntou, os lábios crispados pela falta de paciência.

— Eu fui estrangulada — revelou Vera, empertigando-se toda, visivelmente crédula de que bastava dizer aquilo para que de pronto fossem tomadas todas as providências cabíveis.

— Isso os brigadiano que trouxero a senhora já me dissero — rebateu ele, baixando a cabeça, pondo-se a fazer anotações e resmungando consigo mesmo: — O que eu não sei é por que que já não trouxero o tal do porteiro junto... Ora, "não sei de nada, ele não quis vir". Eu mereço.

Vera percebeu que os policiais militares que a trouxeram do condomínio até ali haviam relatado os acontecimentos de má vontade ao escrivão, e temia que a zanga dele em decorrência disso terminasse respingando nela.

— O Marcelo tava de serviço e não quis deixar o posto — achou melhor comentar.

— "Marcelo" — murmurou o escrivão, ainda empenhado em fazer anotações, aparentemente descobrindo apenas agora o nome do porteiro. — Tá bem. Marcelo de quê?

— Ah, não sei o sobrenome...

— O que que ele é da senhora?

— Como assim?

— Marido, namorado, irmão, filho, o quê?

— Ah, não, não é nada meu. Ele é porteiro no prédio onde eu trabalho, só isso.

— E a troco do que ele estrangulou a senhora?

— E eu vou saber?

— Não sabe? Como assim não sabe? Mas deve ter um motivo. Foi uma briga por causa de aposta, um desentendimento de amantes, ou o quê?

Vera indignou-se a olhos vistos.

— Ora! Mas eu não sou amante daquele homem! Já disse que ele é porteiro no prédio onde eu trabalho, e é só isso, eu não tenho nenhum tipo de relação com ele. E não faço a menor ideia de por que ele me estrangulou.

O escrivão tornou a suspirar, deixando as anotações de lado e erguendo a cabeça para encarar a mulher.

— Hum... Tá bem... Bom, senhora, é o seguinte: eu preciso entender o que que foi que aconteceu, se não como é que eu vou fazer? Sem saber o que que aconteceu, infelizmente eu não posso fazer nada. Se pelo menos o tal Marcelo tivesse aqui, daí talvez eu conseguisse saber...

— Mas que absurdo! Então o cara tenta me matar, eu venho prestar queixa, e tenho que ouvir o senhor dizer que não pode fazer nada, porque o cara que tentou me matar não quis vir aqui?

— Bom, a senhora não tá parecendo uma pessoa que alguém acabou de tentar matar. E outra: pelo que eu entendi, o porteiro não veio aqui porque tava lá trabalhando, e continua lá até agora, trabalhando, não é isso? Esse também não é o comportamento de alguém que tentou matar outra pessoa. Francamente? Eu acho que a senhora tá exagerando, e ainda por cima não quer me contar o que que a senhora fez pro cara querer estrangular a senhora, e assim o meu trabalho fica difícil. Ora, ninguém sai estrangulando os outro sem motivo nenhum. Além de tudo, a senhora ainda teve coragem de trazer uma criança pra cá: vê lá se isso aqui é lugar pra criança!

Sem dizer mais nada, mas botando fogo pelas ventas, Vera pôs-se de pé, içou Vanderson ao colo e foi embora a passos largos. Antes de chegar ao lado de fora do prédio do Palácio da Polícia, porém, ainda teve tempo de ouvir, às suas costas, a voz do escrivão soando baixo, à distância:

— Ficha setecentos e quarenta e quatro!

71

Quando Davi percebeu que Vitória se inclinava para cima dele de olhos fechados e boca aberta, não viu alternativa senão beijá-la, o que fez também ele fechando os olhos, na esperança de que assim a experiência fosse um pouco menos desagradável. O recurso pareceu surtir efeito: para o neto de dona Delci, que naquele instante beijava alguém na boca pela primeiríssima vez na vida, sentir a língua da amiga de Camila na sua mostrou-se um desprazer muito menor do que o esperado, e foi com indizível alívio que ele concluiu que seria capaz não só de suportar o beijo, mas também de simular o comportamento de quem efetivamente encontrava prazer naquilo, como Diego, bem ao seu lado. Este, com a desculpa de que estava muito calor ali dentro, logo ao chegar havia tirado a camisa e a jogado num canto, e agora, em meio a uma já abrasada troca de beijos e carícias com Camila, tentava de tempos em tempos levantar a blusa da menina para acessar-lhe os seios diretamente, sem a intermediação do tecido, o que ela sempre impedia, pegando a mão do rapaz e colocando em algum outro lugar qualquer.

Havia apenas uma única cama no interior daquele barraco minúsculo — uma cama de casal, na qual dormiam tanto Camila quanto a sua mãe, Maria —, e era sobre ela que os quatro adolescentes se enroscavam. Davi às vezes espiava de esguelha, analisando como Diego desenvolvia a sua performance e pondo-se a imitá-lo prontamente; também ele, Davi, agora tentava de tempos em tempos levantar a blusa de Vitória, que, a exemplo de Camila, também não deixava. Com movimentos desprovidos de naturalidade, o neto de dona Delci seguia a beijar a menina, às vezes lambendo-lhe o pescoço, às vezes passando a mão na sua bunda, às vezes mordendo o seu queixo, sempre reproduzindo com ela o que via Diego fazer com Camila. Sorria de modo travesso, entretanto, no que não plagiava a expressão do amigo, cujo semblante de excitação poderia ser confundido com o aspecto de quem sente dor; e esse sorriso de Davi, embora naquele contexto pudesse ser interpretado como sinal de que o envolvimento com Vitória lhe era gostoso, na verdade significava outra coisa: a sua convicção crescente de que podia lidar a contento com aquelas circunstâncias, simulando tudo o que dele se esperava sem o menor risco de ser desmascarado, e a sua alegria perante essa convicção.

Em determinado momento, todavia, quando o neto de dona Delci tornou a espiar de esguelha para analisar como Diego seguia a desenvolver a sua performance, notou a ereção por baixo do calção do amigo, e isso atirou-o numa implacável sensação de pânico, porque, apesar de até então conseguir imitar o companheiro sem maiores dificuldades, para isso necessitava de concentração, e ver o modo como aquele volume esticava o tecido sintético do calção do rapaz terminou por perturbá-lo. Se era burocraticamente que de tempos em tempos Davi tentava levantar a blusa de Vitória, nada havia de burocrático na sua súbita vontade de baixar o calção de Diego e agarrar-lhe o pênis para sentir toda aquela dureza latejar na sua mão, mas, experimentando aterrorizante urgência em afastar essa imagem da cabeça e nisso empenhando-se com todas as forças, o neto de dona Delci caía em completo descontrole, agora já não conseguindo mais imitar as ações do amigo ou ocultar o seu crescente desconforto com aquela situação. E quando Vitória enfiou a mão por baixo da sua camisa e beliscou-lhe a lateral da barriga, pegando-o de surpresa, Davi agitou-se todo, como uma minhoca partida em dois, e não conseguiu evitar que uma queixa aguda lhe saltasse da boca:

— Aí eu tenho cosquinha!

A isso, Diego parou tudo o que estava fazendo e deixou-se cair de chapa sobre o corpo de Camila, como se perdesse as forças, os ombros agitados por um riso convulso, que soava abafado pelo fato de o seu rosto achar-se enfiado no pescoço da menina. Camila, contagiada por ele, começou a rir também, no que em seguida foi imitada por Vitória. Agora todos riam — menos Davi. Ele tinha a impressão de que o teto do barraco estava prestes a despencar e esmagá-lo, de que as paredes eram igualmente perigosas, de que os móveis representavam ameaça mortal, de que tudo ao redor era hostil, de que até mesmo os seus próprios pensamentos tentavam levá-lo à ruína.

— Bah, agora é que eu me lembrei! — exclamou o adolescente, desesperado, desvencilhando-se de Vitória. — A minha vó mandou eu capinar o pátio hoje! — acrescentou, ciente de que a alegação evidentemente mentirosa soava ademais absurda, e escapuliu do barraco às pressas, como se espantado por assombração, batendo a porta atrás de si.

72

Quando Vera, com Vanderson no colo, chegou de volta ao condomínio, passando pelo portão gradeado após o estalo metálico e pondo-se a atravessar o jardim, sentiu uma onda de alívio a invadi-la: já não era Marcelo quem estava de serviço. No seu lugar achava-se um homem que ela não conhecia, sentado de maneira protocolar no interior da guarita, junto à janela aberta; assim como Marcelo, também esse substituto usava uniforme da empresa de portaria, ainda que o seu traje fosse de uma tonalidade diferente, mais escura, indicando condição de chefia.

— Com licença, a senhora por acaso é a dona Vera? — quis saber Charles, acenando para a faxineira através da janela.

— Sou eu mesma — respondeu ela, colocando o filho no chão.

— Só um segundo — pediu o supervisor, pondo-se de pé, contornando a mesa e saindo pela porta da guarita no momento seguinte, a mão espalmada sobre a barriga para impedir que a gravata se agitasse com o pé de vento que varreu o jardim naquele instante, anunciando tempestade. — A dona Iolanda me pediu pra avisar pra senhora que ela e o seu Péterson foro levar o Artur pro colégio e depois foro almoçar na rua. Ela também disse que a senhora não precisa fazer nada hoje, que é pra senhora só esperar no apartamento, que eles tão querendo conversar com a senhora quando eles voltar.

— Ah, tá bem, então. Obrigada.

— Disponha.

Vera ficou intrigada, tentando imaginar que tipo de conversa teria com os patrões dali a pouco. Só conseguia supor que, inteirados do ocorrido mais cedo, os dois talvez quisessem lhe conceder o resto do dia de folga, para que ela pudesse se recuperar do susto. Pesava contra essa hipótese, contudo, o fato de que não seria apenas Iolanda a lhe falar, mas também Péterson: como hoje era segunda-feira, dia da semana particularmente agitado no trabalho dele, razão pela qual jamais era visto em casa nesse dia, constituía inédita surpresa o seu comparecimento para tratar de uma questão tão sem importância, em detrimento das suas atividades profissionais.

Já no alto do nono andar, no interior do apartamento, a faxineira espiou pela janelinha da cozinha, percebendo com profundo desagrado a massa de nuvens escuras que se acumulavam no céu. Estava a ponto de perder-se em pensamentos quando Vanderson, tendo passado com ela em frente ao banheirinho da área de serviço, fez um comentário curioso, ancorando-a no mundo concreto:

— Aqui tem banheiro dentro. Daí, nos dia de chuva, não precisa se molhar pra fazer xixi ou cocô.

A mãe sorriu, comovida.

— Aqui tem quatro banheiro, meu pimpolho — explicou, abaixando-se diante do filho. — Aquele ali que tu viu é só pra mãe, só a mãe pode usar. Sabia? Daí, lá na sala tem uma portinha, e lá já é outro banheiro, só pras visita usar. Dentro do quarto dos patrão da mãe tem mais um, todinho só pra eles. E dentro do quarto do filho dos patrão da mãe tem outro, só pra ele também.

Mais do que com a quantidade de banheiros, o menino surpreendeu-se com o fato de dois deles serem dentro dos quartos; ficou imaginando, por instantes, os chuveiros e as privadas lado a lado com as camas, intuindo inconvenientes nesse arranjo. Outra coisa, no entanto, o perturbava, e, mudando bruscamente de assunto, choramingou:

— Tô com fome!

Vera recolheu os lábios, engolindo a repentina vontade de chorar. Chegou a olhar ao redor, pensando em pegar algo da cozinha e dar ao filho, mas, temendo que Iolanda e Péterson surgissem enquanto ele comia, achou melhor esperar; depois de conversar com os patrões, pedir-lhes-ia permissão para alimentá-lo com uma fatia de pão de fôrma, ou com uma fruta, ou com um iogurte.

— Aguenta só mais um pouquinho, meu pimpolho — suspirou, fazendo um cafuné em Vanderson. — Só mais um pouquinho. Tá bom? *Ah!* — exclamou de súbito, como quem se dá conta de algo importante; correu, então, para a sala e retornou rapidamente, trazendo consigo uma cadeira. — Aqui, filho, senta aqui.

O menino ficou visivelmente desapontado ao perceber que a mãe não tinha ido buscar algo de comer, porém sentou-se de bom grado na cadeira. E foi nesse momento que a faxineira ouviu, vindo da porta social, lá na sala, o som da chave sendo metida na fechadura.

— Presta atenção, meu pimpolho — começou a instruir ela —, fica comportadinho aqui, que a mãe vai ali conversar e já volta. Tá bom? A mãe não vai demorar. Fica aqui comportadinho, esperando a mãe, e não mexe em nada. Tá bom?

Iolanda e Péterson entraram no apartamento arrematando, aos cochichos, algum assunto; quando viram Vera plantada no limiar entre a sala e a cozinha, aguardando-os, tiveram reações muito diferentes: a patroa, como de hábito, abriu o seu sorrisinho característico, que tanto perturbava a empregada; o patrão, parecendo constrangido, comprimiu os lábios e fez um aceno de cabeça, direcionando os olhos para o chão. Assim como o céu lá fora, também o casal ali dentro apresentava-se carregado, cinzento, envolto em ares de tal modo agourentos que a faxineira, sentindo-se oprimida, não conseguiu proferir sequer um cumprimento.

— Vamo sentar, Verinha, vamo sentar — disse Iolanda, indicando uma das cadeiras em torno da mesa para Vera e indo se acomodar no sofá, no que o marido a imitou. Depois de ver a empregada já sentada, fechou o seu sorrisinho e pôs-se a inflar e desinflar as bochechas alternadamente, como se agitasse um líquido no interior da boca, de certo à procura de palavras suaves para introduzir um assunto duro. Não as encontrando, disparou: — A gente vai ter que te mandar embora.

Dizem que, perante a morte, as pessoas veem toda a vida passar diante dos olhos. O mesmo ocorre aos sem eira nem beira perante o desemprego. Vera gostava de brincadeiras de menino, o que não chegou a colocá-la no lugar de "mulher-macho", mas rendeu-lhe a classificação de "maluquinha". Era boa com o pião, com o estilingue e com as bolinhas de gude. Não tinha medo de cobras; subia em árvores como ninguém; gostava mais de araçá do que de goiaba e brigava com quem teimasse que as duas frutas tinham o mesmo gosto. Emboscou preás, abateu passarinhos; estes últimos, até os assou e descobriu-lhes o sabor de galinha. Na varredura dos chãos encontrou a dança e na lavagem das louças aprendeu a cantar. Evitou as gravidezes; não conseguiu, entretanto, evitar os amores. Um dia sonhou ardentemente tornar-se a esposa de certo Leonel, um sujeito demasiado apegado à mãe, e assim, sem perceber, de repente o havia esquecido. Trabalhou em uma fábrica de enlatados e também em uma fábrica de caixas de papelão. Às vezes brilhou de o sol se admirar; em outras ocasiões causou inveja à chuva. Quis ser chacrete; quis fazer um curso de radiologia; quis dar aulas. Aprendeu a sepultar as vontades. Um dia a sua irmã Lúcia apareceu com uma criança na barriga, um medo no coração e uma ideia na cabeça; dissuadiu-a. E hoje ali estava Vera, nem chacrete nem esposa, nem radiologista nem professora, a perspectiva do desemprego apontada na sua direção como uma faca, Vanderson sob a sua responsabilidade, esperando-a faminto na cozinha, metido nas roupas do primo por não ter as suas próprias.

    Quando a faxineira voltou a si, Iolanda, que tinha iniciado um discurso, dizia exatamente a mesma coisa que ela já tinha ouvido do escrivão no Palácio da Polícia:

— ... porque ninguém sai estrangulando os outro sem motivo nenhum. E daí, poxa, tenta entender o meu lado, aqui em casa tem o meu marido, e tem o meu filho também, que daqui a pouco já tá um homem...

— Mas eu não fiz nada — murmurou Vera, algo catatônica, só agora recobrando a capacidade de falar.

    Péterson, assombrado pela possibilidade de a faxineira perder a cabeça e revelar que fora assediada por ele, resolveu intervir:

— Veja bem, Verinha, tu sempre foi uma mulher muito correta aqui com a gente, e a gente não tá afirmando que tu andou se enrabichando com o porteiro, muito menos que tu algum dia fosse capaz de me desrespeitar ou desrespeitar o Artur, não é isso... Só o que a gente tá dizendo é que... enfim, a gente não pode correr o risco... Tu entende? — Quando Vera o encarou, teve um frio na barriga e apressou-se a meter a mão no bolso, tirando dali um maço de dinheiro. — Ah, mas olha aqui: a gente não vai... é... te deixar mal... Por todo o serviço prestado, por toda a dedicação, por todo o zelo e por todo o respeito que tu sempre teve com a gente... tá aqui, ó. — Levantou-se e foi colocar o montante na mão inanimada da empregada. — Se tu quiser contar, tu vai ver que... enfim, que é uma quantia importante...

— *Beeeem* importante — fez questão de frisar Iolanda, perceptivelmente contrária ao acesso de generosidade do marido, que para ela era um completo mistério.

Instantes depois Vera caminhava rumo ao ponto de ônibus, de mãos dadas com Vanderson. E o temporal que desabou impiedoso sobre ambos cumpriu a sua sagrada função: permitiu que a mãe chorasse sem que o filho se desse conta.

73

A chuva começou a perder forças na terça-feira que se seguiu; depois, na quarta, reduziu-se a uma garoa intermitente, quase imperceptível; e na quinta, finalmente, desapareceu por completo, não obstante o céu manter-se ainda nublado. A temperatura também foi caindo aos poucos ao longo da semana, estabilizando-se na sexta; não chegou a fazer frio em Porto Alegre, mas o frescor do ar, após os dias de calor e abafamento, era sem dúvida uma agradável surpresa.

Assim como a chuva e a temperatura, outra coisa que gradativamente reduziu de intensidade ao longo da semana foi a empolgação amorosa de Aroldo. Sim, é verdade que o seu espírito entrara em festa, mobilizado pelo modo carinhoso como Vera lhe pedira desculpas no ônibus; ocorre, todavia, que os estágios iniciais da paixão costumam submeter o apaixonado a um estado semelhante ao de alcoólatras e dependentes químicos, e era justamente isso que se passava com o tio de Diego: após a reaproximação amistosa de Vera, o homem tivera um pico de felicidade, mas, com o passar dos dias, o sentimento arrefecera, levando-o a experimentar agora uma espécie de crise de abstinência, uma impressão amarga de que nada na vida jamais tornaria a ter a mínima graça, a menos que Vera lhe desse outra dose de afeto, de esperança, de sentido.

No sábado, sem conseguir suportar isso por mais tempo, reuniu toda a coragem de que dispunha e foi à casa da mulher, atendendo ao reiterado convite dela própria para que um dia aparecesse lá e tomasse um café, porém receoso de que tal convite tivesse sido apenas por educação. A tarde, então, arrastava-se em direção à noite; quando Aroldo entrou no Beco da Dona Helena, a massa de nuvens por fim já se apresentava esburacada, aqui e ali revelando porções luminosas e alaranjadas do céu.

Chegando ao final da viela, contudo, o homem percebeu que Vera e os seus familiares encontravam-se reunidos um pouco além da entrada do pátio, debaixo da figueira, à beira do matagal, distribuídos em volta de uma mesa posta naquele lugar. Terminavam de cantar parabéns, e quem soprou a vela de quatro anos enfiada no bolo caseiro foi Vanderson, cujos olhos faiscavam de alegria; era a primeira vez que Aroldo via o menino vestido, e o aspecto de novas das suas roupas o fez crer que deviam ser um presente de aniversário.

Se a chuva, a temperatura e a empolgação amorosa de Aroldo esmoreceram nos últimos dias, nesse mesmo período a paz e a alegria de Vera, ao contrário, intensificaram-se, e certamente contribuíra para isso a quantia dada a ela pelo patrão. Havia sido só no dia seguinte à demissão que Vera, ainda arrasada, tivera ânimo de ir contar o montante, descobrindo, então, que equivalia a quase um ano inteiro de trabalho. Estupefata, sentira toda a angústia ir-se embora de pronto da sua alma, como se exorcizada pelas notas de cem reais: o dinheiro lhe garantia tranquilidade por tempo mais do que suficiente para encontrar um novo emprego e, de quebra, lhe permitia comprar algumas roupas para Vanderson, além, é claro, de preparar uma festinha de aniversário para o menino.

Desencorajado pela junção familiar, Aroldo observou a cena à distância por um momento; antes que ele desse meia-volta e se retirasse, no entanto, Vera o viu e, sorridente, veio caminhando na sua direção.

— Seu Aroldo! — saudou a mulher com entusiasmo, apressando-se a dar um tapinha na boca e corrigindo-se em seguida: — Aroldo, Aroldo, Aroldo, *só* Aroldo!

— Oi, Vera — sorriu o homem, encabulado. — Pois é, eu...

Mas não teve tempo de dizer mais nada: Vera pegou-o pelo braço com as duas mãos e pôs-se a levá-lo para perto da mesa.

— Nem precisa falar nada. Tu finalmente veio pro cafezinho que eu te convido faz dias, não é isso? Ótimo! Não podia ter escolhido um dia melhor. Hoje, além do cafezinho, eu também posso oferecer um pedaço de bolo. Vem, vem, vem, pode ficar à vontade.

Não escapou a Aroldo que Lúcia, Ivone e Maria, as irmãs de Vera, trocaram cutucões, com cara de deboche, ao vê-la trazê-lo pelo braço; esse fato, porém, parecia-lhe irrelevante frente à imediata inflação do seu ânimo e do seu orgulho: tudo indicava que Vera correspondia ao seu desejo de estreitar relações.

Assim como a paz e a alegria de Vera, intensificou-se também, ao longo da semana, o fascínio de Vanderson pela existência. Depois daquele dia infeliz no qual testemunhara a assustadora confusão no ônibus e a ainda mais assustadora agressão contra a sua mãe, o menino fora recompensado com a fabulosa presença dela em casa nos dias seguintes, com a felicidade de tê-la ao alcance da mão desde a hora de acordar até a hora de dormir, com o alívio de não precisar mais ficar aos "cuidados" de Lúcia. Ademais, hoje chegava o seu tão aguardado aniversário, hoje havia doces e salgados, hoje havia bolo e refrigerante, hoje havia roupas bonitas para usar. E havia também uma promessa: à noite, a mãe lhe prometera, finalmente iriam ao circo. Incapaz, entretanto, de acreditar por completo em tamanha alegria, de tempos em tempos o menino sentia necessidade de certificar-se de que a promessa ainda estava de pé, como tornou a sentir agora.

— Mãe, a gente vai mesmo no circo de noite?

— Claro, meu pimpolho! — Vera beliscou carinhosamente a bochecha do filho, voltando em seguida o olhar para Aroldo, plantado ao seu lado. — Vem no circo com a gente? — convidou de improviso, num falsete de eureca.

O homem, que naquele momento comia um pedaço de bolo, pareceu se engasgar. Levou o punho fechado à boca e deu uma leve tossida; depois inclinou a cabeça com pesar e respondeu:

— Infelizmente, eu tô sem dinheiro.

— Mas isso não é problema: eu pago o teu ingresso, e depois, outro dia, tu me paga. Aproveita que é época das barras inteira, hein?

Aroldo, claro, não entendeu a expressão. Aceitou, todavia, o convite, e a exemplo de Vanderson, também ele mal podia acreditar em tamanha alegria. Mas o fato é que, à noite, lá estavam os três, o homem, a mulher e o menino, lado a lado na primeira fileira do circo, quando uma voz soou nos alto-falantes:

— Respeitável público!

O apresentador seguiu a falar, anunciando o primeiro número do palhaço, que abria a sessão. Vanderson, contudo, quis saber:

— O que que é "respeitável público"?

Aroldo, que não se cansava de contemplar Vera, como se fosse ela o espetáculo digno de atenção, percebeu que a pergunta do filho provocou algo dentro da mãe. Os olhos da mulher de repente brilharam, úmidos, fitos no picadeiro mas decerto acessando outras imagens, Deus sabia quais. Então, após um momento, ela balançou a cabeça com convicção e disse:

— Ele tá querendo dizer que a gente merece respeito.

Uma vez postas para fora, essas palavras fizeram com que uma ebulição violenta tomasse conta da alma de Vera, razão pela qual ela teve que levar a mão ao rosto para impedir que rolasse uma lágrima. E Aroldo, que estava muito longe de ser um expert nos assuntos do amor, mesmo assim soube de imediato que era a hora de fazer pela mulher aquilo que ela tinha feito por ele no ônibus quando o vira à beira do pranto: pegou, pois, na sua mão e pôs-se a lhe fazer carinho com o polegar, acolhendo-a naquele pequeno diálogo mudo, vazio de verbo, ainda que tanto dissesse.

74

Davi, por outro lado, não tinha quem o acolhesse. Depois de fugir da residência de Camila, passara a semana inteira trancafiado em casa, alegando não se sentir muito bem e inventando sintomas cada vez que a avó, entre intrigada e preocupada, lhe perguntava por que não estava na rua. O mundo lá fora, para o qual o neto de dona Delci sempre saíra sem maiores receios, agora parecia-lhe terrível tal qual uma praça de guerra; o adolescente intuía que da porta do barraco para fora havia, reservado para ele, algo como um tiro certeiro ou um estouro fatal.

Quando a tarde de domingo ia a meio, no entanto, Davi, as costas já cansadas da cama e os olhos já cansados do teto, chegou à conclusão de que não podia passar o resto da vida dentro de casa, e foi então, coincidentemente, que dona Delci fez um muxoxo, emendando resmungos:

— Tem que fazer feijão hoje de noite e a banha acabou. Lá vou eu na Lídia de novo.

— Pode deixar que eu compro, vó — voluntariou-se ele, dando de mão na caderneta dos fiados e sentindo de pronto os efeitos de uma descarga de adrenalina, cada célula do seu corpo parecendo implorar que não fosse à rua.

— Ah, já melhorou do banzo?

— Já.

Saiu porta afora; apesar da sua determinação em enfrentar o mundo, porém, cada passo que dava acelerava mais o seu coração, como se o beco já não o conduzisse à conhecida rua

Guaíba, mas ao abismo, aos leões, à morte. Com efeito, ao alcançar a ponta de entrada da viela, deu de cara com um grupo de conhecidos seus, Diego entre eles, que fumavam maconha na praça, do outro lado da rua. O céu da Lomba do Pinheiro, sempre tão imenso, reduziu de tamanho, e nele já não restava nuvem alguma para testemunhar os dedos indicadores e as gargalhadas que tinham Davi como alvo.

— Ei, Nego Mumm-Ra, que papo é esse de "aí eu tenho cosquinha"?

— Que arriada, hein, mano, fugiu da panqueca de carne, largou fincado!

— Já capinou o pátio, Nego Mumm-Ra?

O adolescente não retrocedeu ao interior da viela; em vez disso, aguentou estoicamente as chacotas e prosseguiu para a venda, tornando a suportá-las na volta, quando já trazia consigo o bloco de banha de porco.

— Vai ter linguicinha no feijão, Nego Mumm-Ra?

— Nas que é, tá mais pra Nego Mumm-Rosca!

— Ei, sangue bom, fiquei sabendo que tu curte andar de bicicleta! Vem cá, vem cá, senta no meu pau, pedala nas minhas bola, segura nos pentelho e vamo embora!

Em casa, entretanto, Davi entregou a banha a dona Delci e em seguida trancou-se no banheiro, ali sentindo-se a salvo do mundo. Chorou. Com medo de preocupar a avó, não fez o menor ruído. Mas chorou. Sentado no vaso, chorou. Tapando o rosto com a mão para que o rolo de papel higiênico não testemunhasse a sua dor, chorou. E só foi sair dali vários minutos depois, quando se achou capaz de sustentar uma expressão digna, na qual dona Delci não pudesse intuir a sua tristeza, a sua raiva, o seu desespero.

O resto do dia foi uma interminável espera pela madrugada, pois o adolescente estava irreversivelmente decidido a pôr em prática um certo plano, depois que a avó caísse ferrada no mais profundo sono. E passavam já das duas da manhã quando, por fim ouvindo claramente os roncos da idosa a ressoar do outro lado do guarda-roupa que servia de divisória entre os quartos, Davi saltou da cama e pôs-se a arrumar as suas coisas. As camisas furadas, as bermudas demasiado pequenas, o boné do Charlotte Hornets manchado, o relógio de pulso falsificado que havia muito já não funcionava: jogou tudo quanto lhe pertencia no interior da maior sacola que pudera encontrar na cozinha. Era chegada a hora de deixar aquele barraco que jamais tornaria a ver. À guisa de despedida, contemplou demoradamente o rosto adormecido de dona Delci, mas, apesar da vontade de lhe dar um beijo, não se atreveu a fazê-lo, com medo de acordá-la. Depois saiu para a noite escura e silenciosa, fechando a porta atrás de si.

Todas as esperanças de Davi estavam depositadas em uma única figura: Jorge. Se necessário, o adolescente dispunha-se a passar o resto da vida plantado diante do trailer do equilibrista, debaixo de sol e debaixo de chuva, tentando convencê-lo a incorporá-lo ao circo: voltar para casa não era uma opção. Enquanto subia a passos largos a rua Guaíba, deserta àquela hora, elaborou antecipadamente promessas de dedicação absoluta à corda bamba e teses de como seria incrível um número em dupla; como alternativa, também preparou discursos sobre versatilidade, sobre o seu sincero desejo de aprender quaisquer coisas, contanto que pudesse fazer parte do circo, mesmo que na mais subalterna condição, e ir-se embora para bem longe na companhia daquela gente, quando chegasse a hora.

O que Davi não sabia, contudo, era que a hora de ir-se embora para bem longe não só já havia chegado como ficara para trás. Descobriu essa tragédia em seguida, ao alcançar a entrada do pátio da quadra da Mocidade Independente da Lomba do Pinheiro. Outro golpe duro que o mundo lhe aplicava! Com os olhos cheios d'água, analisou, até onde o breu permitia enxergar, o capim alto a balançar com a brisa em torno do terreno; esquadrinhou as britas rosa e as bitucas de cigarro que forravam o chão; procurou por entre as embalagens de pipoca e os cataventos abandonados.

Não havia dúvidas: o circo já não estava mais lá.

© José Falero, 2024

Todos os direitos desta edição reservados à Todavia.

Grafia atualizada segundo o Acordo Ortográfico da Língua Portuguesa de 1990, que entrou em vigor no Brasil em 2009.

capa
Elisa v. Randow
obra de capa
Dacordobarro (Skarlati Kemblin)
composição
Lívia Takemura
preparação
Ana Alvares
revisão
Jane Pessoa
Tomoe Moroizumi

Dados Internacionais de Catalogação na Publicação (CIP)

Falero, José (1987-)
    Vera / José Falero. — 1. ed. — São Paulo : Todavia, 2024.

    ISBN 978-65-5692-733-6

    1. Literatura brasileira. 2. Romance. 3. Desigualdade social. I. Título.

CDD B869.3

Índice para catálogo sistemático:
1. Literatura brasileira : Ficção B869.3

Bruna Heller — Bibliotecária — CRB 10/2348

todavia
Rua Luís Anhaia, 44
05433.020 São Paulo SP
T. 55 11 3094 0500
www.todavialivros.com.br

fonte
Register*
papel
Pólen natural 80 g/m²
impressão
Ipsis